AF145116

Katrin Franke lebt mit ihrer Familie in Dresden. Sie liebt die Schönheit ihrer Heimatstadt genauso wie die Berge und das Meer. Das alltägliche Leben und die Familienurlaube inspirieren sie zu immer neuen Geschichten voller Liebe, Spannung und Romantik, die auch stets mit einer Prise Humor versehen sind. Mit ihrem Gespür für große Gefühlsmomente erobert sie die Herzen ihrer Leser:innen im Sturm.

Ostseeküsse schmecken besser

KATRIN FRANKE

Erstausgabe April 2025

Copyright © 2025 dp Verlag, ein Imprint der
dp DIGITAL PUBLISHERS GmbH
Made in Stuttgart with ♥
Alle Rechte vorbehalten

Ostseeküsse schmecken besser

ISBN 978-3-69090-001-0
E-Book-ISBN 978-3-98998-811-8

Covergestaltung: Buchgewand
Umschlaggestaltung: Christin Peulecke
Unter Verwendung von Abbildungen von
stock.adobe.com: © Alisles, © b.illustrations,
© Марина Радышевская, © Tatyana Sidorova, © dariaustiugova,
© nongnuch_l, © Nikole, © Larisa, © OrigaZDesign
shutterstock.com: © Firsova Kateryna, © Ekaterina Koniukhova
Lektorat: Sarah Nierwitzki
Satz: dp DIGITAL PUBLISHERS GmbH
Druck und Bindung: Books on Demand GmbH, Norderstedt

*Für alle, die glauben, zweite Chancen sind immer nur
für andere.*

*Manchmal sind sie einfach für uns selbst, weil wir bei
der ersten vielleicht noch nicht so weit waren.*

Playlist

Taylor Swift – The Albatross
Paramore – The only Exception
Myles Smith – Stargazing
Sixpence non the richer – Kiss me
Avril Lavigne – Complicated
Taylor Swift – All too well (10 Minute Version)
Michael Marcagi – Scared to start
Ariana Grande – We can't be Friends
Taylor Swift – You Are in Love
Myles Smith – I will wait for you
John Legend – All of me
Imagine Dragons – Bad Liar
One Direction – Night Changes
Helene Fischer – Atemlos (sorry!)

Kapitel 1

1. Leugnen
2. Gefühlsausbrüche
3. Verhandeln
4. Eingeständnis
5. Akzeptanz

Wenn man Google Glauben schenken konnte, waren das die fünf Stadien, die man durchlebte, wenn man schrecklichen Liebeskummer hatte.

Ich hatte Liebeskummer.

Keinen besonders schrecklichen, schließlich war in der Regel ich diejenige, die eine Beziehung beendete, dennoch durchlebte ich jedes einzelne Stadium so intensiv, als wäre ich die Verlassene. Ich litt wie ein Hund, den man bei sengender Hitze im Auto zurückgelassen hatte (shame on you, wer das tut!).

Meine Lieblingssongwriterin Taylor Swift hatte eigens für diese Szenarien die passenden Playlists zusammengestellt, die im Moment auf und ab aus meinem Bluetooth-Lautsprecher schallten.

Aktuell befand ich mich in Phase drei – verhandeln.

Dabei verhandelte ich keineswegs mit B-e-n-e-d-i-k-t, meinem Ex. Vielmehr ging es darum, dass ich meine Entscheidung, mit ihm Schluss zu machen, bevor es ernst wurde, vor mir selbst zu rechtfertigen versuchte.

Pah, als müsste ich das …

Okay. Ja, natürlich musste ich das. Ansonsten würde ich emotional zugrunde gehen und mich Zeit meines Lebens schlecht fühlen.

Aber es war richtig gewesen, ihn zu verlassen, bevor ich mich in etwas gestürzt hätte, das mich womöglich wieder in einen Abgrund gestoßen hätte. Als er mir die Angebote des Immobilienmaklers für diverse Eigentumswohnungen gezeigt hatte, waren bei mir sämtliche Sicherungen durchgebrannt. Auch wenn eine Eigentumswohnung etwas Gutes war, weil sie eine Wertanlage war. Aber sie bedeutete ebenso eine gemeinsame Verpflichtung. Und was, wenn unsere Beziehung irgendwann den Bach runterging? Benedikt aus irgendwelchen Gründen keinen Bock mehr auf ein Leben mit mir hatte? Dann hätten wir einen Scherbenhaufen, ich ein abermals gebrochenes Herz, aber eine Eigentumswohnung an der Backe?

Nein, danke. Darauf verzichtete ich liebend gern und hatte deswegen die Reißleine gezogen und mich getrennt.

Im Hintergrund lief gerade *The Albatros* von Taylor Swift und ich summte leise die Melodie der Bridge mit.

»Luna, hörst du mir überhaupt zu?«

Die Stimme meiner besten Freundin Sophie drang in meine Ohren, als wäre sie am anderen Ende der Welt und würde versuchen, über ein Dosentelefon mit mir zu kommunizieren.

»Ähm … Ja, natürlich.« Ich räusperte mich, um wieder im Hier und Jetzt bei Sophies und meinem Telefonat zu landen.

»Ach ja, und was habe ich gerade gesagt?«, fragte sie schnippisch. Zurecht. Nächste Woche war ihr großer Tag. Sie und Finn heirateten. Endlich. Die beiden waren schon seit der achten Klasse ein Paar und seitdem unzertrennlich.

Für einen Moment zögerte ich, aus Angst, wieder einmal in eines der berühmt-berüchtigten Fettnäpfchen zu treten. Es kam selten vor, dass ich eines ausließ.

Geräuschvoll sog ich die Luft ein, bevor ich schließlich antwortete: »Dass du dich sehr auf die Hochzeit freust?« Während diese Worte meinen Mund verließen, wusste ich, dass ich kolossal danebenlag.

»Falsch. Düdüm. Ich hatte dich an den Termin für die Anprobe erinnert. Du schaffst es doch, rechtzeitig da zu sein, oder?«

Ihre Stimme klang wieder sanfter, das beruhigte mich.

»Natürlich. Du weißt, dass ich dich nie hängenlassen würde. Ich bin so gespannt, wie das Kleid an mir aussehen wird. Viel mehr freue ich mich aber, dich in deinem Tülltraum zu sehen.«

Weil Sophie in Binz, ich hingegen in Dresden lebte, hatten wir gemeinsam im Onlineshop des Brautausstatters ein Kleid ausgesucht. Vor Ort würde ich es anprobieren und reiste deswegen schon eine Woche vor der Hochzeit an, damit noch Zeit für Änderungen blieb.

Ich hoffte inständig, es würde gut an mir aussehen. Es musste einfach perfekt sein. Für mich. Und für mein angeschlagenes Ego. Vor allem aber für Sophie, weil ich die Trauzeugin für sie sein wollte, die sie verdient hatte.

»Oh, du wirst umwerfend darin aussehen«, sagte meine beste Freundin. »Da bin ich mir ganz sicher.«

»Ja, vielleicht. Ich habe schon alles gepackt, damit ich morgen direkt nach der Arbeit losfahren kann.«

»Supi. Hach, ich freue mich so auf dich!«, rief sie euphorisch ins Telefon.

»Ich mich auch. Ich kann noch gar nicht glauben, dass ihr endlich heiratet. Wahnsinn.«

»Es ist so aufregend. Die ganze Planung und alles. Wirklich irre, wie schnell die Zeit dabei vergeht.«

»Ihr hättet euch eine Hochzeitsplanerin nehmen können«, merkte ich an.

»Ja, ich weiß. Finn hielt nichts davon, als ich ihm das anfangs vorgeschlagen hatte. Zu teuer.« Ein leises Seufzen war nach dem letzten Wort zu hören.

Zu teuer. Na klar. Dabei hatte Finns Familie Geld wie Heu. Ihnen gehörte das größte und nobelste Hotel in Binz. Sie hätten sich zwanzig Hochzeitsplanerinnen leisten können.

»Ich hoffe, er ist mit allem zufrieden«, sagte sie schließlich leise.

»Ganz bestimmt. Du hast so viel Liebe und Herzblut in die Organisation gesteckt, er wird hin und weg sein. Alles wird toll, glaub mir.«

»Ja, bestimmt. Schade, dass du Benedikt nicht mitbringst. Wenn du erst nach der Hochzeit mit ihm Schluss gemacht hättest, wärst du nicht alleine.«

Bäm! Damit war die Magie des Augenblicks dahin. Benedikt war die Red Flag, über die ich gerade am allerwenigsten sprechen wollte.

»Es macht mir gar nichts aus, alleine zu kommen. Das ist voll okay.«

»Ich meine ja nur. Wenn du so weitermachst, schaffst du es nie vor den Altar.« Mir war klar, dass Sophie damit Besorgnis zum Ausdruck bringen wollte. Aber ihre Worte verletzten mich. Als ob eine Hochzeit ein allgemeines Lebensziel für jedermann war, zusätzlich zum Hausbau und dem Ziel, Kinder in die Welt zu setzen.

Ich war schon froh, wenn ich, ohne zu stolpern, durch den Tag kam.

Um die Hochzeitseuphorie meiner besten Freundin nicht zu dämpfen, beschloss ich, unsere unterschiedlichen Einstellungen zum Leben zu einem anderen Zeitpunkt mit ihr zu klären.

»Hm«, brummte ich. »Das passt schon.«

»Jaja. Und warum läuft dann diese Musik im Hintergrund? Ich meine, du hörst wahrscheinlich wieder sämtliche Heartbreaking Titel, die die Streamingplattformen bieten, oder? Huste zweimal, wenn ich falschliege.«

Ich hustete gar nicht.

»Wusste ich es doch. In welche Phase sind wir gerade?«

Ein bitteres Lachen verließ meine Kehle. »Also du bist in der Ich-heirate-bald-und-meine-Welt-ist-rosarot-Phase. Und ich? Phase drei würde ich sagen.«

»Ah, du versuchst also, dir die Trennung schön zu reden.«

»Genau. Er war einfach nicht der Richtige.«

»Ach ja? Und warum? Zwar habe ich euch nicht so oft zusammen erlebt, aber ich fand schon, dass ihr gut zusammengepasst habt.«

»Ähm, nein, das hat getäuscht. Glaub mir, es ist besser so.«

»Aber warum ist du dann traurig, dass du ihn in die Wüste geschickt hast? Das verstehe ich langsam nicht mehr.«

Ich holte tief Luft. Ich liebte meine beste Freundin wie eine Schwester. Aber ihre Fürsorge war mir manchmal etwas zu viel.

»Musst du auch nicht. Ich höre da auf mein Bauchgefühl, weißt du. Und bei Bened- ... Bei ihm hat es einfach nicht gepasst.« Wie sehr ich es hasste, seinen Namen auszusprechen. Er kam mir einfach nicht über die Lippen.

»Vielleicht. Aber mal ehrlich, du kannst nicht ewig so weitermachen, Luna. Du kannst nicht jedes Mal, wenn ein Typ es ernst mit dir meint, die Reißleine ziehen. Damit bist du nicht besser als ...«

Mir war klar, worauf sie hinauswollte. Und insgeheim wusste ich sogar, sie hatte recht mit dem, was sie sagte.

Trotzdem.

»Er war schon auf Wohnungssuche. Für uns. Verstehst du? Er hat mir ständig irgendwelche Angebote geschickt und hat Besichtigungstermine vereinbart. Wir waren gerade einmal ein halbes Jahr zusammen und noch dabei, uns kennenzulernen.«

Auch wenn wir nur telefonierten und ich Sophie nicht sah, wusste ich, dass sie gerade den Kopf schüttelte.

»Du tust das immer wieder, Luna. Seit der Sache mit du weißt schon wem. Hör auf damit. Du verpasst noch die Chance deines Lebens.«

Für einen Moment herrschte Schweigen in der Leitung. »Du meinst, ich bin so, weil Lord Ich-verpiss-mich-ohne-etwas-zu-sagen mich damals versaut hat? Hm, das würde ich sogar unterschreiben.«

»O Mann, Luna, echt. Es ist zehn Jahre her. Und bestimmt hatte er seine Gründe ...«

»Über die er hätte mit mir sprechen können«, unterbrach ich sie. »Aber weißt du was? Mein Beziehungsstatus spielt gerade keine Rolle. Ich meine, du heiratest in ein paar Tagen und ich freue mich so sehr darauf, dich wiederzusehen. Und dass ich deine Trauzeugin sein darf, ist die größte Ehre, die mir auf diesem Planeten je zuteilwurde.«

»Na, nun übertreib mal nicht«, sagte sie und kicherte am anderen Ende der Leitung. »Ich freue mich auch riesig auf die Zeit mit dir und kann es kaum erwarten, dich vom Bahnhof abzuholen. Gibst du mir die Ankunftszeit noch mal durch?«

»Na klar, ich schicke dir nachher alles per WhatsApp.«

Wir plauderten noch eine Weile über Gott und die Welt, überflüssige Hochzeitstraditionen und verabschiedeten uns dann.

Den Rest des Abends verbrachte ich damit, zu leiden. Phase drei war längst noch nicht abgeschlossen und so redete ich mir weiter ein, das Richtige mit der Trennung getan zu haben.

Das tat ich jedes Mal, nachdem ich mich von einem Typen getrennt hatte. War es vielleicht ein Fluch, dass der eine oder andere nach ungefähr einem halben Jahr die Beziehung vertiefen wollte? Da war dann von Zusammenziehen die Rede, Familienfeiern, auf die ich mitgehen sollte, und dergleichen. Immer wieder war das der Zeitpunkt gewesen, an dem ich mich distanzierte und schließlich das Weite suchte.

War das fair den Typen gegenüber? Mh, vermutlich nicht.

War es nötig, um mein Herz davor zu schützen, erneut gebrochen zu werden? Japp.

Seitdem Du-weißt-schon-Wer mich vor zehn Jahren von einer Sekunde auf die andere hatte sitzen lassen, konnte ich das alles nicht mehr. Ich hatte viel zu viel Angst davor, wieder an den gleichen Punkt zu kommen wie damals. Wieder so verletzt zu werden, dass ich glaubte, für immer gebrochen zu sein.

Ich war nicht scharf darauf, eine gemeinsame Wohnung mit jemandem zu beziehen, den ich kaum kannte. Mit *ihm* hätte ich es mir damals vorstellen können und da hatte es sich richtig angefühlt. Mit allen, die danach kamen, nicht. Eltern kennenlernen? Nein, danke. Das brauchte ich wirklich nicht. *Seine* Eltern hatte ich nur zu gut gekannt. Schließlich waren wir über vier Jahre lang ein Paar und unzertrennlich gewesen. Sein Elternhaus war quasi mein zweites Zuhause gewesen. Und umgekehrt.

Bis zu jener Nacht kurz nach unserer Abi-Abschlussfeier, in der ich ihm vorgeschlagen hatte, gemeinsam nach Dresden zu gehen, um dort zu studieren. Es war nur eine Idee gewesen. Nichts war in Stein gemeißelt.

Am nächsten Morgen lag ein Zettel auf meinem Kopfkissen.

Es tut mir leid.

Vier Worte, die meine Welt in einer Millisekunde in Scherben zerbrochen hatten.

Keine Erklärung.

Keine Rechtfertigung.

Nur diese verdammten vier Worte und jedes einzelne hatte sich wie ein Dolch in mein Herz gebohrt.

Es war, als hätte jemand den Stecker gezogen. Meine Welt, die eben noch in den leuchtendsten Farben gestrahlt hatte, versank in einem Meer aus Grau. Wieder und wieder hatte ich auf den Zettel gestarrt, in der Hoffnung, die Botschaft würde sich ändern.

Aber sie blieb.

Es tut mir leid.

Vier Jahre voller liebevoller Blicke auf dem Schulhof, gestohlener Küsse hinter der Turnhalle, endloser Telefonate bis tief in die Nacht und Treffen am Strand. Vier Jahre, in denen wir uns eine gemeinsame Zukunft ausmalten – das Studium in derselben Stadt, die erste gemeinsame Wohnung, vielleicht sogar irgendwann eine Familie. Deswegen fand ich meine Idee, gemeinsam in Dresden zu studieren, nicht abwegig.

Aber mit diesen vier Worten hatte er all unsere Träume zerschmettert.

Es dauerte eine Weile, bis ich realisiert hatte, dass er fort war. Wieder und wieder wählte ich seine Nummer, schrieb ihm Nachrichten. Aber er rief nicht zurück, meine Nachrichten blieben unbeantwortet. Es war, als hätte ich einen Geist geliebt, der nicht existiert hatte. Die Tage und Wochen danach verschwammen zu einem einzigen dumpfen Schmerz. Ich bewegte mich wie in Trance durch mein Leben, funktionierte irgendwie, aber nichts fühlte sich real an. Sophie und Finn versuchten, mich aufzumuntern, meine Mutter bot mir Gespräche an, aber wie sollte ich erklären, was ich selbst nicht verstand?

Das Schlimmste waren die Gewohnheiten, die sich in mein Herz gebrannt hatten. Der reflexartige Griff zum Handy, wenn ich morgens aufwachte, weil ich wusste, dass er mir ein witziges GIF geschickt hatte. Meine Gedanken, die immer wieder zu ihm drifteten. Jede Entscheidung, die ich traf, und mich fragte, was wer wohl täte.

Ich hasste mich dafür, dass ich trotz allem auf ein Wort von ihm wartete. Auf eine Erklärung, eine Entschuldigung, irgendetwas. Aber da kam nichts. Er war wie vom Erdboden verschluckt.

In manchen Nächten lag ich wach und fragte mich, was eigentlich schiefgelaufen war. Wie aus einem *Ich liebe dich* ein solcher Abgang werden konnte. Ob er gewusst hatte, dass er gehen würde, während er mir noch Versprechen für die Zukunft machte? Dieser Gedanke hatte fast noch mehr wehgetan als sein Verschwinden selbst.

Irgendwann begann der Schmerz, zu verblassen. Aber diese erste Erfahrung von Verlust und Verrat hatte sich tief in meine Seele eingegraben und sie kaputtgemacht. Wie ein feiner Riss in einem Spiegel – meist unsichtbar, aber in bestimmtem Licht deutlich zu erkennen.

Damals hatte ich mir geschworen, dass mich dieses Gefühl der Hilflosigkeit nie wieder lähmen würde. Nie wieder würde ich einem Mann diese Macht über mich geben, mich im Nullkommanichts zu zerstören.

Also ja, wenn ich mich davor schützen wollte, erneut so eine Bruchlandung hinzulegen, zog ich selbst die Reißleine, bevor es zu spät war.

Kapitel 2

Dass ich nicht Nein sagen konnte, war eine meiner größten Schwächen. Ingrid, meine Chefin, wusste das und nutzte das gern aus, um mir mal eben neue Projekte aufzuhalsen, selbst wenn ich schon bis zum Haaransatz im Arbeitsmorast versank. Auch dieses Mal hatte sie den richtigen Riecher und mir gestern, an meinem letzten Arbeitstag vor dem Urlaub, noch ein neues Projekt auf den Tisch gelegt, begleitet von den Worten »Kürbis- und Weihnachtszeit starten bald« sowie einem Zwinkern. Dienstbeflissen wie ich war, hatte ich bereits eine virtuelle Akte dafür in meinem Planungstool angelegt und alles, was ich dafür brauchte, eingepackt, damit ich im Urlaub schon erste Gedanken dazu sortieren konnte.

Es war Ende Mai und man sollte meinen, dass bis zum Herbst noch eine Menge Zeit war. Nicht so im Marketing, denn da tickten die Uhren anders und man musste früher schon an später denken.

Schnaufend ließ ich mich am Freitagmittag auf den Sitz in dem Zugabteil sinken, nachdem ich meinen Koffer verstaut hatte. Ich packte meinen Laptop und die Projektmappe aus, die ich natürlich mitgenommen hatte. Seit vier Jahren arbeitete ich in einem kleinen Freizeitpark in der Nähe von Dresden, der allerhand In- und Outdoorattraktionen für Kinder bot. Man hatte mir damals die Stelle als stellvertretende Marketingleitung angeboten, die ich gern übernommen hatte. Nicht zuletzt der Aussicht wegen, die Leitung irgendwann zu übernehmen. Es machte mir wirklich unglaublichen

Spaß, die kreativen Konzepte mit dem Team umzusetzen. Wir planten Mottopartys, betreuten die Social-Media-Kanäle und leisteten Öffentlichkeitsarbeit.

Die Kürbiszeit war meine liebste, weil ich ein absolutes Herbstkind war. Ich liebte es einfach, wenn die Natur alles in die schönsten goldenen rot-orangen Farbnuancen tauchte. Wenn das Licht weicher wurde, die Wiesen am Morgen von Raureif überzogen waren, während die Tage noch angenehm warm wurden. Und wenn es kühler wurde und die Regentage kamen, liebte ich den Herbst noch mehr. Dann verkroch ich mich mit einem guten Buch und meinem heißgeliebten Pumpkin Spice Latte auf dem Sofa.

Nach sieben Stunden Zugfahrt, in denen ich einmal umgestiegen war, landete ich pünktlich um achtzehn Uhr dreizehn am Binzer Bahnhof. Der Tag steckte mir buchstäblich in den Knochen. In meinem Kopf wummerte ein Presslufthammer, weil ich zu wenig getrunken hatte.

Doch als ich meinen Koffer aus dem Zug gehievt hatte und meine beste Freundin am Bahnsteig entdeckte, verflog der Smog in meinem Kopf. Ich spürte, wie sich meine Mundwinkel bis zu den Ohren breitzogen, und beschleunigte meine Schritte.

Es war eine gefühlte Ewigkeit her, dass ich Sophie gesehen hatte. Sie kam mir mit demselben breiten Grinsen entgegengerannt und schloss mich in ihre Arme. Sie roch wie immer nach einer üppigen Blumenwiese. Ihre dunklen, langen Locken hatte sie zu einem Zopf gebändigt.

»Ich hab dich so vermisst«, murmelte sie an meiner Schulter.

»Und ich dich erst, Süße. Es tut so gut, dich zu sehen.«
Meine Gedanken und Gefühle überrannten mich in
diesem Moment, weswegen ich gegen den Kloß in meinem trockenen Hals anschluckte.

Sophie brachte wieder Abstand zwischen uns. »Du
heulst doch jetzt nicht etwa? Wie geht's dir? Erzähl!«

Ich schüttelte den Kopf. »Mir geht's wunderbar, und
nein, es wird keine Tränen geben, die hebe ich mir für
eure Trauung auf.«

Sophie hob abwehrend die Hände und zog eine Grimasse. »O Gott, erinnere mich nicht daran. Ich muss
unbedingt noch wasserfeste Mascara kaufen.«

Wir lachten beide und setzten uns in Bewegung. Das
Geräusch der Rollen meines Koffers, die über die Pflas-
tersteine ratterten, begleitete uns bis zu Sophies Auto.

»Wollen wir noch irgendwo eine Kleinigkeit trinken
oder essen? Oder willst du gleich ins Hotel?«

Unsicher stieß ich die Luft aus, während ich den Kofferraum öffnete, um meinen Koffer einzuladen. »Wenn
es dir nichts ausmacht, würde ich gern erst mal ins Hotel. Ich muss dringend duschen und mir etwas Frisches
anziehen. Ist das okay?«

Sophies Miene veränderte sich kaum merklich, aber
ich sah ihr an, dass sie wohl mit einer anderen Antwort
gerechnet hatte.

»Wir können aber später am Abend gern noch ausgehen«, schob ich deswegen hinterher.

Sie stieg auf der Fahrerseite ein. »Nee, sorry, das geht
leider nicht. Wenn Finn von der Arbeit kommt, müssen
wir den Sitzplan unbedingt noch mal durchgehen. Du
weißt ja, man darf da nichts dem Zufall überlassen.«

»Glaub ich gern.« Lachend glitt ich auf den Beifahrer-sitz und war froh darüber, nicht in ihrer Haut zu ste-cken. »Aber denk daran, es ist eure Hochzeit, und so, wie ihr es macht, ist es richtig.«

»Haha, sag das mal Opa Helmut. Der motzt jetzt schon, dass er auf gar keinen Fall neben Tante Karla sit-zen kann, weil die beim Essen schmatzt.«

Ich verkniff mir ein erneutes Lachen. Opa Helmut war schon damals, als wir noch zur Schule gingen, ein Unikum und immer für einen derben Scherz zu haben gewesen. Einmal, als ich Sophie nach der Schule be-suchte, hatte er mich mit seinem Gebiss erschreckt. Er hatte es aus seinem Mund genommen, hielt es in der Hand und wartete mit Klappergeräuschen hinter der Hausecke auf mich. Als wäre es erst letzte Woche gewe-sen, erinnerte ich mich daran, wie ich schreiend durch den Garten gerannt war.

»Du wirst ihn erleben beim Familienessen am Sonn-tagabend.«

Ich nickte stumm. Mir war klar, dass eine Reihe Ter-mine in den nächsten Tagen anstanden. Dennoch brannte mir eine Frage unter den Nägeln, die ich mich nicht traute, zu stellen, weil ich Angst vor der Antwort hatte.

»Ich muss dir noch was beichten, Luni.«

Erst jetzt fiel mir auf, dass wir nicht den Weg zum Ho-tel Strandgut, das Finns Eltern gehörte, fuhren.

Ich setzte mich etwas seitlich, sodass ich sie besser an-sehen konnte. »Ich bin ganz Ohr.«

»Nun ja, weißt du, es ist so. Das Hotel ... Also es gab da irgendwie ein Problem mit dem Buchungsportal, wodurch es zu Doppelbuchungen kam. Keine Ahnung, was genau passiert ist, das kann Finn dir besser erklären.«

»Was genau willst du mir sagen, Sophie?« Skeptisch reckte ich mein Kinn nach vorn.

»Na ja, also eigentlich sollten unsere Hochzeitsgäste alle im Strandgut übernachten. Aber das klappt nun leider nicht so wie geplant. Wir mussten also ein bisschen umplanen und auf die Pension in Dünenwiek ausweichen. Ich hoffe, das ist okay für dich?«

Sie verzog das Gesicht, als hätte sie Schiss, dass ich ihr eine Szene deswegen machen würde. Stattdessen nickte ich. »Klar, das ist kein Problem.«

Wir waren also auf dem Weg nach Dünenwiek. Dem kleinen und verschlafenen Örtchen, das zwischen Binz und Sellin lag und ich dem aufgewachsen war. Das war an sich kein Problem, auch wenn ich mir hier etwas verloren vorkommen würde. Schon im Frühjahr hatten mir meine Eltern angeboten, dass ich auch bei ihnen übernachten konnte. Aber sie waren gerade im Urlaub und besuchten meine Schwester Stella, die in Oxford studierte. Davon abgesehen, dass ich hätte auch alleine in meinem Elternhaus sein können, hatte ich mir eingestehen müssen, dass mich keine zehntausend Pferde in mein altes Zimmer bringen würden, in dem mich alles an damals erinnerte. Da war die Einladung in das Hotel Strandgut gerade recht gekommen.

Nun wurde daraus ein Aufenthalt in der Pension Wellenspiel. Das war nicht das Ende der Welt. Swantje, die Inhaberin, war eine Bekannte meiner Mutter und ich wusste, wie schön und gemütlich es im Wellenspiel war. Die alte Strandvilla war zwar etwas in die Jahre gekommen, aber Swantje gab ihr Bestes, um alles in Schuss zu halten.

Als wir das Ortseingangsschild von Dünenwiek passierten, wurde mir mulmig zumute. Die kleinen Härchen in meinem Nacken stellten sich auf und ich fragte mich, was das zu bedeuten hatte.

»Und du bist mir auch wirklich nicht böse, dass wir dich hier einquartieren und nicht im Hotel?« Mit entschuldigendem Blick sah Sophie mich an, ehe sie ihn wieder auf die Straße richtete.

Ich legte meine Hand auf ihren Unterarm. »Ach was, überhaupt nicht. Das Wellenspiel ist doch megaschön und ich fahr dann einfach mit dem Taxi zur Hochzeit.«

»Was? Nein, das kommt überhaupt nicht in Frage. Finn hat schon Fahrdienste für alle Gäste organisiert, die hier übernachten.«

»Oh. Okay. Das ist natürlich noch besser.«

Finn überließ wohl nichts dem Zufall.

Es dauerte nicht lange, bis wir in die Straße einbogen, die direkt Richtung Strand und damit auch zur Pension führte. Sophie parkte den Wagen und half mir, den Koffer auszuladen, bevor sie mich noch einmal fest umarmte.

»Es tut mir so leid, dass ich nachher keine Zeit mehr für dich habe. Dafür sehen wir uns morgen zur Anprobe, ja? Sei unbedingt pünktlich. Frau Petersen schließt den Laden nur für uns auf.«

»Natürlich. Und hör bitte endlich damit, dich zu entschuldigen. Es ist in Ordnung, dass ich hier übernachte. Und es noch mehr in Ordnung, dass du nicht jede freie Sekunde mit mir verbringst. Ich meine, hallo? Du heiratest morgen in einer Woche! Und hast tausend andere Dinge zu tun. Ich werde die Zeit hier einfach genießen und wenn du meine Hilfe brauchst, dann lass es mich einfach wissen, okay?«

Sophie nickte und sah mich mit großen Augen an. »Es gibt da tatsächlich etwas, wobei ich deine Hilfe bräuchte. Aber das besprechen wir morgen, ja? Also, hab einen schönen Abend. Hab dich lieb.«

»Schwirr schon ab und kümmere dich darum, dass Opa Helmut den richtigen Platz bekommt.« Mit einem Zwinkern verabschiedete ich meine beste Freundin und genehmigte mir einen Blick aufs Meer, bevor ich in die Pension ging. Die Sonne hing schon über dem Horizont, bereit in den Wellen zu versinken. Das Licht war frühsommerlich und weich und tauchte die Umgebung in glänzendes Gold. Leise spülten die Wellen ihre Geschichten an den Strand, die sie im Meer gesammelt hatten.

Es war einfach der magischste Ort auf der ganzen Welt und ich beschloss, nachher unbedingt noch an den Strand zu gehen. In der Abenddämmerung war es nämlich besonders schön.

Doch erst würde ich mein Zimmer beziehen und mich frisch machen.

Swantjes Begrüßung war nordisch-herzlich, was so viel bedeutete, dass sie mich mit einem festen Händedruck und einem »Na?« willkommen hieß. Erst nach meinem Umzug nach Dresden war mir bewusst geworden, dass es auch anders ging.

»Selber na«, scherzte ich und checkte schließlich ein.

»Du hast Zimmer dreizehn. Die Treppe rauf und dann rechts den Flur entlang. Ist nicht zu verfehlen. Frühstück gibt es von sieben bis zehn.«

Sie schob mir einen Schlüssel mit einem alten schweren Metallanhänger über den Tresen. Zimmer dreizehn. Das klang vielversprechend, denn das war nicht nur Taylors Glückszahl, sondern auch meine. Mein Aufenthalt hier konnte also nur gut werden.

»Alles klar. Danke. Weißt du, ob es die Fischräucherei am Strand noch gibt? Ole irgendwas?«

»Nee du, da musst du nach Binz fahren.«

»Es wird doch hier irgendwo noch ein Fischbrötchen geben, oder?« Argwöhnisch musterte ich sie.

»Versuch dein Glück am Markt. Keine Ahnung, ob die noch geöffnet haben um diese Zeit.«

Ich sah auf die Uhr. Es war gerade mal um sieben. Primetime sozusagen. Aber ich war halt in Dünenwiek, wo schon am späten Nachmittag die Bürgersteige eingeklappt und die Läden geschlossen wurden.

Lachend schüttelte ich den Kopf, wünschte Swantje einen schönen Abend und schnappte mir meinen Koffer, um gleich darauf den alten Fahrstuhl anzusteuern.

»Ähm, der ist kaputt. Daher die Treppe rauf.« Mit einem Nicken deutete sie zu den Stufen, die mit blauer Teppich-Auslegeware überzogen waren.

Na super, es fehlte mir gerade noch, das schwere Ungetüm Stufe für Stufe in die erste Etage zu tragen. Ich plusterte die Wangen auf und stieß geräuschvoll die Luft aus. »Okay, na dann ...«

Mit lautem Gepolter hievte ich den viel zu schweren Hartschalenkoffer nach oben. Mit jeder Stufe verfluchte ich mich mehr, weil ich jedes Mal den halben

Kleiderschrank einpackte, wenn ich verreiste. Woher sollte ich aber wissen, auf welches Outfit ich nächsten Donnerstag Lust hatte? Oder ob es nicht doch am Freitag regnen würde? Ich war lieber für alle Eventualitäten ausgestattet.

Während ich die letzten Stufen erklomm, keuchte ich, als würde ich den Mount Everest ohne Sauerstoff besteigen. Für einen Moment rutschte ich mit der Hand vom Geländer ab und verlor das Gleichgewicht. Mist!

Unter Aufbietung all meiner Kräfte gelang es mir, den Koffer an Ort und Stelle zu halten. Nicht auszudenken, wenn er die Treppe heruntergestürzt wäre und unten im Foyer meine Klamotten ausgespuckt hätte.

Viel zu spät nahm ich die weiß-grauen Sneaker wahr, die in mein Blickfeld gerieten.

»Brauchst du Hilfe?« Das dunkle Timbre einer Männerstimme bescherte mir Gänsehaut, die ich versuchte, nicht zu beachten. Vielmehr musste ich mich darauf konzentrieren, die Kontrolle über mein Gepäck zu behalten.

»Sehe ich so aus?«, polterte ich und überwand die letzte Stufe, um endlich im ersten Obergeschoss anzukommen. Erst jetzt richtete ich mich auf, wischte mir die Schweißtropfen weg, die sich auf meiner Oberlippe angesammelt hatten, während ich diesen Kraftakt bestritten hatte, nur um dann für den Bruchteil eines Wimpernschlags in die schokoladigsten Augen zu blicken, die je gesehen hatte.

Und ...

Moment ...

Augen, die ich kannte.

Die ich nur allzu gut kannte.
Scheiße.

Kapitel 3

Mein Kopf fühlte sich so schwer an, als bestünde er aus Blei – zu schwer, um ihn mühelos zu heben und meinem Gegenüber ins Gesicht zu sehen. War es kindisch, dass ich das Hilfsangebot so trotzig ablehnte? Vielleicht.

War es reiner Selbstschutz? Unbedingt.

»Luna? Luna Winkler? Das glaube ich jetzt nicht!«, stieß mein Gegenüber überrascht aus und ich war mir nicht sicher, ob der Unterton in seiner Stimme Freude oder pures Verderben bedeutete.

Shit. Shit. Shit.

SHIT!

Was sollte ich denn jetzt tun?

Zur Auswahl standen: mich einfach an ihm vorbeidrücken und in meinem Zimmer verkriechen. Weinend zusammenbrechen, weil ich darauf nicht vorbereitet gewesen war. Oder: mein Kinn nach vorn recken, ihm direkt in die Augen blicken, ein süßes Lächeln schenken und ein schönes Leben wünschen.

Die Entscheidung für eine der Varianten fiel mir schwer.

Er war hier im Hotel.

Moritz König, aka der Mann, dessen Namen ich seit zehn Jahren nicht genannt hatte, weil er mir das Herz gebrochen hatte, wohnte für die nächsten Tage in der gleichen Pension wie ich.

Welche Wahl blieb mir da noch?

Wie auf Kommando ging ein Ruck durch meinen Körper. Ich hob meinen Kopf, allerdings nur so weit, dass ich einen flüchtigen Blick auf sein Gesicht erhaschte.

»Moooritz«, piepste ich gedehnt und versuchte mich an einem Lächeln. Ich war mir jedoch sicher, dass mein Mund gerade dem von Joker aus Batman ähnelte. »Du hier?«

»Ja, verrückt, oder?«

Wie man es nahm. Vor allem war es unnötig.

»Welches Zimmer hast du?« Mit einer Hand griff er nach meinem Koffer, den ich schnell zur Seite zog. Es fehlte mir gerade noch, dass er mir meine Sachen hinterhertrug.

»Dreizehn.«

»Echt? Das wird ja immer verrückter. Ich hab die elf, also genau gegenüber.«

Ich konnte ein Augenrollen nicht verhindern, ebenso wenig, dass ein leises Schnaufen meine Kehle verließ.

»Na, was für eine Freude«, zischte ich. »Kann ich dann jetzt in mein Zimmer? Bitte?« Ich konnte einfach nicht nett zu ihm sein. Die letzten zehn Jahre hatten nicht gereicht, um Abstand zu gewinnen, das merkte ich in diesem Moment mehr als deutlich.

»Ja klar.« Moritz ging einen Schritt zur Seite, um Platz machen. »Ich wollte gerade was essen gehen, kommst du mit?«

War er von allen guten Geistern verlassen? Was stimmte nicht mit ihm?

Gerade als ich versuchte, ihn mit einem mürrischen »Ich hab schon gegessen« abzuservieren, knurrte mein Magen so laut, dass ich mir sicher war, sogar Swantje hatte das unten an der Rezeption gehört.

Du mieser Verräter!, schimpfte ich meinen Magen in Gedanken aus.

Und als würde das nicht reichen, übernahm mein Sprachzentrum die Regie, schaltete jegliche Vernunft aus und ich hörte mich »Ja ... ja, okay« sagen.

»Cool. Dann bringen wir schnell dein Gepäck ins Zimmer und dann können wir los.«

Ich war völlig überrumpelt. Die letzten Worte, die ich mit Moritz gesprochen hatten, hatten sich ums Studium gedreht, eine gemeinsame Wohnung und so weiter. Danach hatte er sich dafür entschieden, mich zu ghosten. Zehn verdammt lange Jahre hatte er sich nicht gemeldet.

Und jetzt stand er vor mir und tat so, als wäre nichts gewesen und ich dumme Kuh hatte nichts Besseres zu tun, als mit ihm essen zu gehen?

Stumm nickte ich. Kein Wort dieser Welt hätte beschreiben können, was in diesem Augenblick in meinem Kopf und erst recht in meinem Herzen vor sich ging.

Jetzt überließ ich ihm doch meinen Koffer, den er mit Leichtigkeit über den in die Jahre gekommenen dunkelroten Teppichboden rollte. Das dumpfe Geräusch, das dabei entstand, hämmerte in meinem ganzen Körper. Mit zitternden Fingern öffnete ich die Tür zu meinem Zimmer und er schob mein Gepäck hinein.

»Gib mir ein paar Minuten.« Meine Stimme bebte. Was genau tat ich hier gleich noch mal?

»Ja klar, ich warte hier. Mann, ich freu mich echt, dich wiederzusehen.« Warum konnte er nicht einfach die Klappe halten, anstatt so zu tun, als wäre zwischen uns alles bestens?

Als wäre ich auf der Flucht huschte ich in das kleine Zimmer, schloss die Tür und lehnte mich von innen an sie. »Scheiße«, stieß ich aus und gab mir gar nicht erst die Mühe, leise zu sein. Sollte er es ruhig hören, wie ich unser Wiedersehen fand.

Ich holte tief Luft. Dreimal. Dann angelte ich mein Telefon aus der Tasche, um Sophie anzurufen. Schon nach dem ersten Klingeln ging sie ran.

»Hey, na, hat Swantje dir ein schönes Zimmer gegeben?«

O ja, und was für ein tolles Zimmer sie mir gegeben hatte.

»Japp. Direkt gegenüber residiert ...«

»Du, ich wollte dir noch was sagen«, unterbrach sie mich und ich ahnte, was es war.

Ich war wirklich sauer auf sie, weil sie es mir nicht eher gesagt hatte. Mein Magen zog sich krampfhaft zusammen und mein Herz wummerte ungleichmäßig. »Es wäre gut für mich gewesen, wenn du es mir vorher gesagt hättest, Sophie. Vorher! Er ist hier. Moritz ist hier. Und er hat das Zimmer direkt gegenüber. Ich muss dir nicht sagen, wie doof das ist, oder?«

Für einen Moment herrschte Schweigen am anderen Ende. »Tut mir leid, Luna. Ich wusste nicht, wie ich es dir am besten sagen soll«, verteidigte sie sich. »Du machst ja jedes Mal dicht, wenn ich mit dem Thema anfange.«

Ich stieß ein grollendes Geräusch aus. »Er tut, als wäre nichts gewesen und will mit mir essen gehen. Einfach so. Als wäre nichts gewesen. Ist das zu glauben?«

»Das ist doch super. Dann könnt ihr eure Vergangenheit aufarbeiten. Vielleicht versteht ihr euch wieder so gut wie früher.«

Das war ausgeschlossen. Weder in diesem noch in einem anderen Leben würde das passieren.

»Na klar, ganz bestimmt.«

»Hast du zugesagt?«

»Dummerweise ja, aber ich habe Hunger und bin gerade nicht zurechnungsfähig«, jammerte ich. »Was soll ich denn jetzt machen?«

»Na, du gehst mit ihm essen. Lass ihn auf jeden Fall zahlen«, riet sie mir. »Ich muss Schluss machen. Finn kommt gerade ...«

»Jaja, die Sitzordnung, ich weiß.«

»Wir sehen uns morgen zur Anprobe und reden weiter, okay? Sei bitte nicht böse auf mich, ich wollte es dir wirklich sagen.«

»Ist schon okay«, log ich und legte auf.

Das Klopfen an der Tür und ein dumpfes »Luna?« rissen mich aus meiner Lethargie.

»Bin gleich so weit!«, rief ich, öffnete meinen Koffer, um meine Kosmetikutensilien im Bad zu verstauen. In aller Seelenruhe machte ich mich frisch und hoffte einfach nur, dass mein Herz und ich die nächsten Tage heil überstehen würden.

Dann schnappte ich mir meine Tasche, warf mir eine Jeansjacke über den Arm, für den Fall, dass es nachher kühler werden würde, und öffnete die Tür.

Mit klopfendem Herzen, aber bereit, in den Kampf zu ziehen.

Zum ersten Mal gestattete ich mir einen ausführlicheren Blick auf meinen Ex-Freund. Also Ex-Ex-Ex ... Meine erste große Liebe.

Er sah noch immer verdammt gut aus, wenn nicht sogar noch besser. Kantige Wangenknochen betonten sein von der Sonne gebräuntes Gesicht, ein Bartschatten zierte sein Kinn, was ihm wirklich gut stand. Die dunklen Haare trug er etwas länger als damals, das gefiel mir irgendwie.

What? Nein. Es hatte mir nicht zu gefallen. *Er* hatte mir nicht zu gefallen.

Ein unverschämt charmantes Lächeln zupfte an seinen Mundwinkeln und ich spürte, wie es mir förmlich unter die Haut kroch, ohne dass ich mich dagegen wehren konnte.

Mühelose schaffte er es immer noch, mich aus dem Konzept zu bringen.

Bevor ich mich weiter in seiner gut aussehenden Erscheinung verlor, riss ich meinen Blick von ihm los. »Können wir?« Ich versuchte, so gelangweilt wie nur irgendwie möglich zu klingen.

»Ich bin fertig. Und du?«

Wieder nickte ich nur und lief einfach vor ihm die Treppe runter.

»Schönen Abend euch beiden«, rief Swantje, aber ich war so damit beschäftigt, die Fassung zu wahren, dass ich nicht darauf reagierte.

Das übernahm Moritz. »Danke dir. Gibt es den Italiener am Strand noch?«

»Na klar. Lasst es euch schmecken.«

Stumm verließen wir die Pension und liefen nebeneinanderher, um zum Strand zu gelangen. Ohne ein Wort miteinander zu wechseln, als wäre das ein Symbol für die vergangenen zehn Jahre. Die Hauptstraße hinunter, am Tante-Emma-Laden vorbei, in dem wir uns früher immer Eis gekauft hatten, und dann waren wir schon fast da.

»Wie geht's dir denn?« Moritz brach das unangenehme Schweigen.

»Ganz gut. Und dir?«

»Auch ganz gut.«

Meine Hände zitterten und mein Magen zog sich krampfartig zusammen bei dem Gedanken daran, dass wir den Abend mit Gesprächen dieser Art fortsetzten. Wollte ich das wirklich? War Smalltalk jetzt unser Ding? Nach zehn Jahren Funkstille?

Wir waren schneller am Restaurant angekommen, als mir lieb war. Im Handumdrehen fanden wir einen freien Tisch auf der Terrasse, wo uns der frische Küstenwind um die Nasen wehte. Ich atmete die salzige Luft ein und fühlte mich zu Hause, während ich mir einredete, dass ich stark genug war, um diesen Abend zu überleben.

Das Dünengras, das die Terrasse vom Strand trennte, wogte im Wind seicht hin und her, was eine beruhigende Wirkung auf mich hatte. Weil ich Angst hatte, Moritz ins Gesicht zu sehen, war mein Blick stur auf die Ostsee gerichtet, die in gleichmäßigen Bewegungen kleine Wellen anspülte.

»Wer hätte gedacht, dass wir uns nach all den Jahren ausgerechnet zur Hochzeit unserer besten Freunde wiedersehen?« Moritz hatte die Initiative ergriffen und begann ein Gespräch.

»Bist du etwa auch …?« Mein Hirn ratterte wie eine Maschine, um eins und eins zusammenzuzählen.

»Trauzeuge? Na, was denkst du denn? Finn ist mein bester Freund seit der Grundschule. Natürlich begleite ich ihn in den Hafen der Ehe.«

Ich hätte es wissen müssen. Aber es war mir offensichtlich gelungen, alles zu verdrängen.

Mein Magen drehte sich und ich bereute für eine Sekunde, dass ich nicht einfach in der Pension geblieben war.

»Was für ein Zufall, dass wir in den nächsten Tagen so viel Zeit miteinander verbringen werden, oder?«

Es war nicht unbedingt das, was ich mir vorgestellt hatte. Und ein Zufall war es schon mal gar nicht.

»Ich glaube nicht an Zufälle«, erwiderte ich, ohne meinen Blick vom Strand abzuwenden.

Noch immer vermied ich den direkten Blickkontakt mit ihm. Wenn wir uns in die Augen sehen würden, würde er sofort wissen, wie es in mir aussah. Wie durcheinander ich war. Wie verletzt. Immer noch.

Unsere Getränke wurden serviert und ich nahm einen großen Schluck von meinem Sanddorn Spritz. Der hatte ein hervorragendes Mischungsverhältnis und wenn ich noch einen zweiten davon trank, würde ich den Abend halbwegs gut überstehen.

»Kein Zufall? Was ist es denn dann deiner Meinung nach?«, wollte Moritz wissen.

Noch ein großer Schluck vom Spritz, dann lenkte ich meinen Kopf doch in seine Richtung, ganz vorsichtig, und schenkte ihm ein schiefes, bittersüßes Lächeln. Schließlich konnte ich ihn nicht die ganze Zeit ignorieren.

»Weißt du, solche Zufallsbegegnungen gibt es nicht. Jeder Mensch, der in dein Leben tritt, ist entweder eine Strafe oder ein Geschenk.«

Seine Augen weiteten sich und er sah mich erwartungsvoll an. Er hoffte doch nicht etwa, dass er zur Kategorie Geschenk gehörte?

Unbeirrt fuhr ich fort: »Eine Strafe bist du nicht unbedingt. Vom Geschenk bist du weit entfernt.« Ich machte eine kunstvolle Pause. »Ich schätze, es ist einfach Pech, dass wir im gleichen Hotel gestrandet sind.«

»Das ist eine interessante Sichtweise.« Ein leichtes Lächeln umspielte seine geschwungenen Lippen und ich musste höllisch aufpassen, dass ich mich nicht darin verlor, sie anzustarren. »Tatsächlich bin ich ganz froh, in der Pension gelandet zu sein. Ich mag keine großen Hotels.«

Er blieb beim Smalltalk. Dabei gab es tausend Dinge, die wir uns hätten an den Kopf werfen können. Aber auch mir fehlte der Mut dazu. Ich war völlig überfordert damit, ihm gegenüber zu sitzen. Und doch sträubte sich alles in mir gegen diese belanglose Unterhaltung.

»Dann war es für dich wohl eher Glück, dass das Buchungssystem im Hotel einen Bug hatte«, erwiderte ich und horchte in mich hinein. Eine ähnliche Leere wie damals erfasste mich. Kälte kroch mir die Wirbelsäule hinauf, aber nicht, weil ich fror, sondern weil ich nichts fühlte. Gleichzeitig fühlte ich viel zu viel. »Hör mal Moritz, wir müssen das hier nicht tun. Okay?«

Mit gerunzelter Stirn sah er mich an. »Was müssen wir nicht tun? Essen? Jeder Mensch muss essen.«

Ich verdrehte die Augen. »Das meine ich nicht.« Noch einmal nahm ich einen Schluck vom Sanddorn Spritz, der fast alle war. »So tun, als wäre nichts gewesen. Das meine ich.«

Sein Blick wurde wachsamer und ein Ruck ging durch seinen Körper. Er rutschte auf dem Stuhl hin und her.

Jetzt war er es, der meinem Blick auswich. Anscheinend ging es ihm ähnlich wie mir.

Was taten wir hier eigentlich? Hatte ich wirklich geglaubt, ich könnte einfach mit ihm essen gehen und plaudern?

Ich schluckte gegen das Druckgefühl im Hals an, das plötzlich aufkam. Mein Puls raste. Mir wurde schlagartig bewusst, dass ich mit unserem Wiedersehen nicht nur überfordert war. Ich war schlichtweg nicht bereit dafür. Ich war nicht bereit dafür, mit der Vergangenheit, reinen Tisch zu machen.

»Ich … es …« Moritz stieß geräuschvoll die Luft aus und fuhr sich mit den Fingern durch die Haare.

»Ich glaube … mir ist das zu viel«, unterbrach ich ihn murmelnd und fischte meine Geldbörse aus der Tasche, um gleich darauf einen Zwanzig-Euro-Schein auf den Tisch zu legen. »Ich muss gehen, es tut mir leid.«

»Luna?« In seiner Stimme lag fast so viel Verzweiflung wie in meiner.

Aber ich schüttelte den Kopf und schob den Stuhl mit einem lauten Knarzen zurück, bevor ich mich erhob. »Ich … ich kann das nicht, Moritz, tut mir leid.«

In den letzten Jahren hatte es gute Tage gegeben, an denen ich Moritz' Existenz nahezu verdrängt hatte. Doch auf einmal stoben all die Erinnerungen an damals auf wie kleine Staubwolken im Wind und ich war

wieder mittendrin in diesem Schmerz, der mich zu ver-
schlingen drohte.

»Ist okay«, murmelte er.

Aber rein gar nichts war okay.

Kapitel 4

Sophie hatte es mir so eingebläut, dass ich überpünkt-lich in Binz angekommen war. Um viertel vor drei stand ich vor dem altehrwürdigen, typisch weißen Ge-bäude, in dem sich Frau Petersens Brautmodenladen befand. Die Schaufenster waren hübsch dekoriert mit Ankleidepuppen in raffinierten Kleidern und passen-den Anzügen. Alles sah hochwertig und edel aus, selbst der Schriftzug über dem Eingang wirkte, als wäre er goldüberzogen. »Glücksgefühle« bekam man hier si-cherlich.

Während ich auf meine beste Freundin wartete, schien die Sonne auf mich herab und ich verfluchte mich selbst, weil ich vergessen hatte, Sonnencreme ein-zupacken. Mit meinen blonden Haaren und meinem hellen Teint konnte das schnell einen Sonnenbrand ge-ben. In Gedanken beschloss ich, mir auf dem Rückweg noch einen Sonnenschutz zu besorgen.

»Luni, du bist schon da«, hörte ich Sophie abgehetzt rufen. Mit ausgestreckten Armen kam sie auf mich zu und wir drückten uns zur Begrüßung, als hätten wir uns zwanzig Jahre nicht gesehen. Dann betrachtete ich sie näher. Schatten lagen unter ihren Augen und die Haare sahen wirr aus.

»Alles in Ordnung bei dir?« Ich zog die Augenbrauen hoch und sah sie fragend an.

»Jaja, es war nur mal wieder alles sehr knapp. Im Hotel geht es drunter und drüber wegen der Fehlbuchungen. Hatte ich dir ja schon gesagt, oder? Siehst du, nicht einmal das kann ich mir merken.«

Mir schwante, was hier vorging. Sophie schob Panik. Behutsam legte ich meine Hände auf ihre Schultern und hoffte, sie würde sich beruhigen. »Süße, kann es sein, dass du vielleicht ein kleines bisschen aufgewühlt bist?« Gut, okay, das würde sie vermutlich weniger zur Ruhe bringen, also sprach ich einfach weiter, ohne ihre Antwort abzuwarten: »Lass uns reingehen, Frau Petersen wartet bestimmt schon auf uns. Dann trinken wir erst einmal ein Glas Sekt, oder zwei«, ich zwinkerte ihr zu, »und probieren in aller Ruhe die Kleider an. Okay? Und jetzt atmen wir dreimal ganz tief ein.« Wie auf Kommando holten wir zeitgleich tief Luft. »Und wieder aus. Noch mal.«

Sophies Gesichtszüge entspannten sich mit jedem Atemzug.

»Danke. Das habe ich jetzt wohl gebraucht. Diese Hochzeit bringt mich noch um den Verstand.«

Erneut zog ich sie in meine Arme, bevor wir endlich in das Geschäft marschierten, in dem uns Frau Petersen mit einem breiten Lächeln und zwei Gläsern Sekt empfing.

»Na, hier hat wohl jemand kalte Füße, hm?«, säuselte sie. Ihre akkurat frisierte Dauerwelle wippte im Takt ihrer Schritte, als sie auf uns zukam.

Synchron schüttelten wir die Köpfe. »Nein, nein, um Gottes Willen. Wir sind nur so aufgeregt«, platzte es aus meiner Freundin heraus, während sie schluckweise an der Prickelbrause nippte.

»Wir fangen am besten mit der Braut an, ist das in Ordnung?«

»Na klar.« Ich nickte, schließlich war ich nicht der Hauptperson.

»Gut, Sophie, kommst du?« Mit spitzem knallrot lackierten Zeigefinger lotste sie meine Freundin durch den Laden in eine geräumige Umkleidekabine mit goldfarbenem Samtvorhang.

Ich nahm derweil auf dem passenderweise goldenen Samtsofa Platz und genehmigte mir noch ein Glas Sekt aus der Flasche, die auf einem kleinen Glastisch daneben stand.

»Oh, das wird himmlisch aussehen. Ich habe hier die Naht noch einmal neu gesetzt und die Schleppe verlängert«, hörte ich Frau Petersen fachsimpeln und war mir sicher, sobald Sophie aus der Kabine herauskam, würde sie mit all den goldenen Details hier drin um die Wette strahlen.

»Ah, oh, das ist aber eng geworden.« Ich schmunzelte, weil ich mir vorstellte, wie Sophie die Luft anhielt, damit der Reißverschluss zuging.

Vermutlich wäre ich keine so kooperative Braut wie sie, schoss mir durch den Kopf.

Ob ich überhaupt jemals eine werde?, kam mir als Gedanke gleich danach.

Wenn es mit meinen Beziehungen so weiterging wie bisher, war es sowieso unwahrscheinlich, dass mich irgendein Typ vor den Altar zog. Aber es fiel mir einfach verdammt schwer, mir vorzustellen, länger mit jemandem zusammen zu bleiben. Was, wenn er es sich dann doch anders überlegte und mein kleines, mühsam gekittetes Herz erneut brach?

Ach, an allem war nur Moritz schuld.

Moritz.

Da war er wieder. Der Gedanke, der es einfach nicht wert war, ihn an jemanden wie ihn zu verschwenden.

Aber ich konnte nicht anders, als mir seinen Gesichtsausdruck in Erinnerung zu rufen, als ich gestern die Treppe in der Pension hinaufgestolpert war. Sein breites Grinsen, nachdem er mich erkannt hatte. Dieses kleine Grübchen neben seinem linken Mundwinkel. Die dunklen Augen, die mich schon damals so fasziniert hatten.

Ein wirres Kribbeln jagte unter meiner Haut entlang und entlud sich in meinem Bauch. Das war das Letzte, was ich wollte.

Das Geräusch des Vorhangs, der aufgezogen wurde, riss mich aus meinen Gedanken, wofür ich dankbar war. Nicht auszudenken, wenn ich mich noch mehr darin verloren hätte ...

Jetzt hatte ich nur noch Augen für die Braut, die mit zaghaften Schritten aus der Umkleidekabine trat und von Frau Peterson auf einen Hocker gelenkt wurde, der mitten im Raum stand.

Ein elfenbeinfarbener Traum aus Seide, Tüll und Spitze ergoss sich förmlich über Sophies ebenmäßige, sonnengebräunte Haut. Angeschnittene kurze Ärmel sorgten für ein freies Dekolleté. Am Oberkörper schmiegte sich der Stoff eng an ihre Taille, die so hervorragend zur Geltung kam. Ab der Hüfte wurde das Kleid ausladender und schwang sich in üppigen Bahnen bis zu ihren Füßen, die in goldfarbenen Pumps steckten. Winzige Glitzerdetails, die am unteren Teil des Kleides angebracht waren, funkelten in der Sonne wie Edelsteine und ließen Sophie wie eine Prinzessin aussehen. Genau davon hatte sie als Kind immer geträumt.

Langsam erhob ich mich. »Wow«, flüsterte ich. »Du bist so, so wunderschön. Ein Traum. Ich meine, also, wow ...«

Hastig fuhr ich mit den Fingern ich über meine Wange, um die Bewunderungstränen wegzuwischen, die sich auf den Weg gemacht hatte, ohne dass ich es hatte verhindern können. Doch auch Sophie stieß ein zartes Schluchzen aus.

»Wirklich?«, wollte sie mit bebender Stimme wissen.

Ich konnte nur nicken und umrundete den Hocker, auf dem sie stand. Gott, dieses Kleid war der Wahnsinn. Der Rückenausschnitt war V-förmig und reichte bis zur Hälfte ihrer Wirbelsäule, von wo aus sich kleine goldene Knöpfe aufreihten. Auch wenn sie erhöht stand, ließ die Schleppe erahnen, dass sie ziemlich lang hinter ihr her funkeln würde.

»Der Hammer«, flüsterte ich. »Finn werden die Augen aus dem Kopf fallen.«

Sophie kicherte hinter vorgehaltener Hand und wischte sich ebenfalls Tränen aus dem Gesicht.

Frau Petersen begann derweil, hier und da um Kleid herumzuzupfen. Dann trat sie ein paar Schritte zurück, verschränkte die Arme vor der Brust und legte einen Zeigefinger an ihre Lippen. Sophie musternd schritt sie eine Runde um den Hocker, zippelte an der Schleppe. Wir hörten ein »Hm« oder ein »Nein, wobei, doch, ja« und schließlich ein »Es ist einfach wie für dich gemacht«.

Erleichtert kehrte die Farbe in Sophies Gesicht zurück. Erst jetzt fiel mir auf, wie blass sie die ganze Zeit gewesen war. Noch einmal drehte sie sich vorsichtig im Kreis, betrachtete sich im Spiegel und nickte sich selbst anerkennend zu.

Dann wandte sie sich mir zu. »Nun bist du dran, Luni.«

Frau Petersen half ihr, vom Hocker zu steigen und beim Ausziehen des Kleides, was deutlich schneller ging als vorhin. Ich trank währenddessen meinen Sekt aus, wäre ja zu schade, wenn der schal würde.

»Frau Winkler, es kann losgehen.«

Plötzlich überschlug sich mein Herz und die Aufregung war ganz auf meiner Seite. Als Trauzeugin war ich für Sophie eine wichtige Person und dass sie mir bei der Auswahl des Kleides behilflich war, bedeutete mir die Welt. Gemeinsam hatten wir es auf der Homepage des Geschäfts ausgesucht, weil sie genaue Vorstellungen davon hatte, wie es aussehen sollte. Ich hatte die allerdings auch und so hatte es sich schwierig gestaltet, etwas zu finden, was uns beiden gefiel. Aber es hatte geklappt, und jetzt, da ich so kurz davor, es anzuprobieren, überschlugen sich auch meine Emotionen. Mir wurde heiß und kalt zugleich. Na gut, vielleicht war das auch dem Sekt geschuldet, wer wusste das schon so genau?

Als ich nach Sophie die Umkleidekabine betrat, hing bereits ein in Folie verpackter, salbeifarbener und bodenlanger Seidentraum. Ich schluckte und begann, meine Kleidung abzulegen. Dass mein BH nicht unter dieses Kleid passen würde, hatte ich natürlich nicht bedacht, doch Frau Petersen reagierte so sofort.

»Moment, ich hole Ihnen etwas.« Keine zehn Sekunden später kam sie mit einem Paar dieser Pads zurück, die man sich an die Brüste klebte, um sie an Ort und Stelle zu halten. Vertraute ich diesen Dingern? Auf gar keinen Fall. Hatte ich eine andere Wahl, wenn es perfekt sein sollte? Nein.

Zehn Minuten später war ich diejenige, die unter Sophies staunendem Blick die Umkleide verließ und auf den Hocker stieg. Ich drehte mich in Richtung Spiegel. Die feinen Träger schmiegten sich an meine Schultern, der tiefe V-Ausschnitt betonte mein Dekolleté und das geraffte Band in der Taille fühlte sich an wie eine zweite Haut. Ab da floss der seidene Stoff einfach zu Boden und fühlte sich herrlich leicht an.

»Du siehst umwerfend aus. Genau wie ich es mir vorgestellt hatte.« Sophie klatschte vor Freude in die Hände und tanzte um mich herum. »Ich weiß, wem ganz sicher die Augen aus dem Kopf fallen werden.«

Was bestimmt als Scherz gemeint war, kam bei mir jedoch an, wie das Stichwort an die Erinnerung, dass ich noch immer sauer auf sie war.

»Darüber reden wir gleich noch«, raunte ich ihr zu, bevor ich mich wieder ganz dem Seidentraum widmete. Der Rücken war tiefer ausgeschnitten als der von Sophies Brautkleid, damit stahl ich ihr hoffentlich nicht die Show.

»Es sitzt perfekt, wir müssen gar nichts ändern«, stellte Frau Petersen zufrieden fest. »Haben Sie passende Schuhe dazu?«

»Ja, ich habe silberne Riemchensandalen. Allerdings sind die noch im Koffer.« Die hätte ich natürlich mitbringen sollen, hatte ich jedoch vergessen. Aus Gründen. In meinem Kopf herrschte ja seit gestern Abend ziemliches Chaos.

»Wie hoch sind denn die Absätze? Und welche Schuhgröße haben Sie?«, wollte Frau Petersen wissen.

Mit Daumen und Zeigefinger versuchte ich, die Absatzhöhe einzuschätzen. »Vielleicht fünf Zentimeter? Und Schuhgröße neununddreißig.«

Sie nickte und während sie schon auf dem Weg in einen anderen Teil des Ladens war, rief sie: »Ich habe bestimmt ein passendes Paar, damit wir sehen können, ob die Länge des Kleides in Ordnung ist. Momentchen.«

Als Frau Petersen mit einem Paar Glitzersandaletten zurückkam, war schnell klar, dass die Länge des Kleides hervorragend mit der Absatzhöhe meiner Schuhe harmonieren würde.

Eine halbe Stunde später verließen Sophie und ich zufrieden und bepackt mit einer großen Papiertüte sowie einem Kleidersack das Geschäft. Wir waren nicht nur voller Sekt, sondern auch voller Glücksgefühle und befanden, dass der Laden seinen Namen deswegen zurecht trug.

Wir luden unsere Kleider in Sophies Auto. Sie hatte die Idee, noch einmal an die Promenade zu gehen, um in einem der Cafés auf uns anzustoßen.

Also landeten wir in einem hippen, relativ neuen Lokal mit dem Namen »Meins« und gönnten uns Kaffee, Kuchen und noch mehr Sekt.

»Ich bin übrigens immer noch sauer auf dich, Sophie«, rutschte es mir zwischen zwei Kuchenbissen heraus. »Du hättest mir sagen müssen, dass Moritz im gleichen Hotel ist wie ich.«

Sophies Gesicht bekam eine tomatenähnliche Färbung und ein unsicheres Grinsen huschte über ihre Lippen, bevor sie antwortete: »Es tut mir wirklich leid. Ehrlich gesagt bin ich davon ausgegangen, dass du es dir denken konntest, ihn wiederzusehen. Ich meine, wir vier waren damals wie eine feste Einheit und unzertrennlich. Unabhängig davon wollte ich es dir aber heute sagen. Es konnte ja niemand ahnen, dass ihr euch direkt nach deiner Ankunft in die Arme lauft.«

In die Arme laufen.

Ja, genauso war es gewesen.

Für den Bruchteil einer Sekunde ertappte mich bei der Erinnerung an seine starken Arme.

»Na ja, ich schätze, ich habe das wohl einfach verdrängt. Das mit der Einheit und so.«

Sophie ging einfach zum nächsten Punkt über. »Wie war denn das Essen mit ihm? Meinst du, ihr könnt die nächsten Tage in Frieden verbringen? Mir und Finn zuliebe?«

Ich nippte zweimal an meinem Sekt und trank ihn schließlich in einem Zug aus. War es eigentlich schon den ganzen Tag so heiß oder war es der Alkohol, der mir langsam zu Kopf stieg? Mein Blick glitt zum Strand, an dem heute viel los war. Kindergekreische, volle Strandkörbe und haufenweise Touristen. Bewegte sich der Horizont oder kam es mir nur so vor?

»Das Essen? Das war seltsam. Ja, das beschreibt es ganz gut. Seltsam, komisch, skurril.«

»Für dich oder für euch beide?«

»Anfangs hat er so getan, als wäre nie etwas zwischen uns gewesen. Als hätten wir keine gemeinsame Vergangenheit. Als wäre ich eine ehemalige Schulkameradin, die er zufällig getroffen hat. Aber ich glaube, es war für ihn genauso unangenehm wie für mich. Ich konnte einfach nicht so tun, als wären wir Freunde und bin ... einfach gegangen.«

So oft hatte ich mir ausgemalt, wie es wäre, Moritz König wiederzusehen. In meiner Fantasie hatte ich mir vorgestellt, was ich ihm alles an den Kopf werfen würde. Dass ich erwachsen genug wäre, um ihm zu trotzen. Dass ich genügend Abstand hätte, um ihm so begegnen, als wäre er nichts weiter als ein alter Bekannter. Ein Schulkamerad von früher. Doch dann kam gestern die ernüchternde Realität, in der nichts davon eingetreten war. In der ich nicht den Mumm hatte, ihm ins Gesicht zu sagen, wie scheiße es war, was er damals abgezogen hatte.

»O Mann, das tut mir so leid.«

»Du wiederholst dich«, gab ich zu bedenken und da mein Sekt alle war, nippte ich einfach an Sophies Glas. »Die Begegnung mit ihm hat mich einfach total überrumpelt. Natürlich hätte ich wissen müssen, dass er da ist. Mein Unterbewusstsein hat mir da einfach einen fiesen Streich gespielt, weil ich solche Angst davor hatte, ihn wiederzusehen. Ich hätte einfach gern selbst entschieden, wann der richtige Zeitpunkt dafür ist.«

Nie.

Niemals wäre der perfekte Zeitpunkt gewesen.

»Ach Luni«, Sophie schob ihre Hand über den Tisch und tätschelte meine. »Vielleicht ist es hilfreich, dass ihr in den nächsten Tagen mehr Zeit miteinander verbringt. Hatte ich schon erwähnt, dass wir noch einen Tanzkurs machen am Mittwochabend? Also, Finn und ich und unsere Trauzeugen.«

Ich spürte, wie mir die Farbe aus dem Gesicht wich. In meinem Magen breitete sich ein mulmiges Gefühl aus, und das kam definitiv nicht vom Sekt.

»Ein Tanzkurs? Ich mit Moritz? Das vergisst du lieber ganz schnell, Sophie. Nie im Leben wird das passieren.«

Sophie schob schmollend die Unterlippe nach vorn. »Ach komm schon, das wird lustig. Pass auf, ich erkläre es dir.«

Dann folgte ein Monolog, in dem mich meine beste Freundin so ganz nebenbei darüber informierte, dass sie und ihr angehender Göttergatte keinen klassischen Hochzeitstanz wollten. Der sollte nur angeteasert werden und dann würden Moritz und ich ins Spiel kommen, um gemeinsam mit ihnen herumzuhampeln. Wobei es in diesem Fall kein Wir gab, da musste ich Sophie leider enttäuschen.

»Also ich weiß nicht, ich kann gar nicht tanzen«, murrte ich, nachdem sie fertig war.

»Dafür machen wir ja den Kurs. Es sind nur zwei Stunden. Ein paar Tanzschritte. Mach's für mich, Süße. Bitte.« Mit vorgeschobener Unterlippe legte sie ihre Hände auf meine Schultern und zog mich schließlich in eine Umarmung. »Stell dir einfach vor, du würdest mit Theo James tanzen.«

Ja, das wäre durchaus eine nette und vor allem sinnvolle Ablenkung.

Mit einem Seufzer schob ich sie wieder von mir. »Ich überlege es mir, okay? Hast du sonst noch irgendwelche Pläne, von denen ich wissen sollte? Mit Überrumpelungen reicht es mir nämlich.« Ich verzog das Gesicht zu einem schiefen Grinsen.

»Nee, nicht, dass ich wüsste. Hier, trink meinen Sekt aus, vielleicht hilft das über den ersten Schock hinweg. Bestimmt könnt ihr euch irgendwie arrangieren.« Sophie drückte mir ihr Sektglas in die Hand, was ich in einem Zug leerte.

»Hör mal, Luna, Moritz ist immer noch ein guter Mensch. Ja, er hat Mist gebaut. Aber das war vor zehn Jahren. Meinst du nicht, ihr könnt das hinter euch lassen?«

Ich entschied mich für eine nonverbale Antwort, indem ich die Augenbrauen nach oben zog und demonstrativ das Sektglas an meine Lippen hob. Wie viel Alkohol vertrug eine Frau meiner Statur eigentlich, bevor sie ins Delirium rutschte? Nicht, dass ich das austesten wollte. Aber ich fürchtete, ganz nüchtern würde ich die nächsten Tage nicht überstehen. Erst recht nicht einen Tanzkurs.

»Sieh es einfach als Wink des Schicksals, dass ihr euch hier wiederseht. Zu einem so schönen Anlass noch dazu.«

Ich sah das etwas anders.

Wenn das hier Schicksal war, dann schickte es mir einen Denkzettel für was auch immer. Warum sonst sollte mein Ex wie aus dem Nichts plötzlich wieder in meinem Leben auftauchen?

Wir beließen es einfach dabei und wechselten das Thema, genehmigten uns noch einen Gin Tonic und verabschiedeten uns schließlich.

Für den Weg zurück in die Pension rief ich mir ein Taxi. Bevor wir uns verabschiedeten, umarmte mich Sophie noch einmal. »Du denkst an das Abendessen morgen bei uns? Moritz wird auch da sein, nur damit du Bescheid weißt.«

Ich klammerte mich an meiner Papiertüte mit dem Kleid fest und nickte heftig. Oh, Fehler. Alles schwankte. Oder war ich das?

»Ja, ich weiß Bescheid«, hörte ich mich nuscheln. »Alles klar, Mister Moritz ist auch da.«

Mit aller Kraft schaffte ich es, dem mitleidigen Blick meiner Freundin auszuweichen, mit dem sie mich ansah, während ich in das Taxi stieg. »Vielleicht redet ihr noch mal. Und findet einen Weg, miteinander auszukommen. Also ich meine das jetzt nicht nur der Hochzeit wegen. Eher für euch. Für dich und deinen Seelenfrieden.«

Verdattert schüttelte ich den Kopf. Wegen des vielen Sektes und der Hitze fiel es mir schwer, einen klaren Gedanken zu fassen und etwas Kluges darauf zu antworten.

»Hm, mal sehen«, murmelte ich notgedrungen.

»Meinst du nicht, dass er eine zweite Chance verdient hat?«

Das war allerdings glasklar. Hatte er nicht. Warum auch?

Sophie hatte anscheinend nicht vor, aufzugeben, und redete einfach weiter. »Ich weiß, er hat Mist gebaut. Aber sind wir doch mal ehrlich, es ist zehn Jahre her und wir sind inzwischen alle erwachsen. Dinge ändern sich, Menschen auch. Rede einfach mit ihm und dann ziehst ihr einen Strich unter die Sache, ja? Das ist doch Schnee von gestern.«

Schnee?

Ja, Schnee würde sich jetzt irgendwie gut anfühlen. In meinem Nacken zum Beispiel, der von der Sonne aufgeheizt war und schon ein bisschen brannte, weil ich natürlich nach wie vor keine Sonnencreme aufgetragen hatte.

Ich holte tief Luft. Meine Lider waren schwer wie Blei und ich wollte mich nur noch hinlegen. »Ich kann nichts versprechen. Vielleicht ergibt es sich, vielleicht aber auch nicht.«

»Schlaf deinen Rausch aus, Süße. Danke für den schönen Nachmittag. Wir sehen uns morgen.«

Ich winkte ihr noch einmal, dann setzte sich das Taxi in Bewegung und mich zehn Minuten später vor der Pension ab. Mühsam hangelte ich mich die dreistufige Treppe zum Eingang der Pension hinauf, als müsste ich tausend Stufen bezwingen.

Kapitel 5

Auf dem Weg in die erste Etage kramte ich in meiner Tasche nach dem Zimmerschlüssel. Warum schleppte Frau eigentlich immer den halben Hausstand mit sich herum? In meiner Tasche befand sich alles (außer Sonnencreme), was man zum Überleben in der Wildnis brauchte. Oder auch nicht brauchte. Es kam wohl ganz auf die jeweilige Situation an. Auf jeden Fall würde ich immer gut aussehen in der Wildnis, weil ich genügend Schminkutensilien bei mir hatte. Verhungern musste ich auch nicht, denn garantiert versteckte sich irgendwo ein Müsliriegel, der unter Umständen vielleicht älter war als ich – aber im Notfall war mir das egal. Und immerhin wäre ich dank des fantastischen Kleides, das sich zwar in der Papiertüte und nicht in meiner Handtasche befand, stilvoll gekleidet.

Zielgerichtet ging ich zu meinem Zimmer und nestelte mit dem Schlüssel am Schloss herum. Es war mühsam und lag wohl einfach daran, dass ich mit der Papiertüte bepackt und beschwipst war, aber der Schlüssel wollte einfach nicht in das Schloss passen. An den Türrahmen angelehnt versuchte ich es unerbittlich und verfluchte mich dafür, zu viel getrunken zu haben.

»Das muss doch gehen ...«, murmelte ich und stocherte erneut mit dem Schlüssel am Türschloss herum.

Bis sich die Tür endlich wie von Zauberhand öffnete. Na bitte, war doch gar nicht so schwer. Erleichtert atmete ich auf und gerade, als ich das Zimmer betreten wollte, hörte ich eine Stimme.

Also, nicht irgendeine.

Seine Stimme.

»Falsches Zimmer?«

Langsam, wirklich ganz langsam, damit mein Gehirn nicht noch mehr verrutschte, hob ich den Kopf und blickte direkt in Moritz' Gesicht. Mit einem amüsierten Grinsen sah er mich an.

Ich war völlig verblüfft und ließ die Hand sinken, in der ich immer noch den Schlüssel hielt.

»Was? Wie?« Mein Sprachzentrum war noch nicht ganz wiederhergestellt. Dafür funktionierte meine Sehkraft hervorragend. Viel zu hervorragend, denn je tiefer mein Blick sank, umso mehr Moritz bekam ich zu sehen.

Seine muskulösen Schultern.

Seinen noch athletischeren Oberkörper.

Ich schluckte.

Wassertropfen perlten auf seiner gebräunten Haut ab.

»Ich, ähm … Sorry? Ich wollte nicht …« Geräuschvoll stieß ich die Luft aus, während ich nicht verhindern konnte, ihn weiter zu betrachten. Um seine Hüften hatte er ein dunkelblaues Handtuch geschlungen.

Shit.

Das war zu viel.

Viel zu viel.

Von allem.

Aber vor allem zu viel Moritz.

Seine Haare waren nass und das Wasser tropfte auf seine Schultern. Einige Tropfen liefen an seinen Schläfen hinab und für den Bruchteil einer Sekunde war ich versucht, sie mit den Fingern wegzuwischen.

Das hier war ein Traum.

Ein Fiebertraum.

Anders war es nicht zu erklären, dass die Luft plötzlich flirrte.

Dass mir heiß und kalt zugleich war.

An seinen Mundwinkeln zupfte ein immer breiter werdendes Grinsen. »Hey, kein Problem. Alles okay, Luna? Du wirkst etwas … verwirrt?« Die Art, wie er meinen Namen aussprach, fühlte sich in meinen Ohren an wie Salted Caramel Eis auf der Zunge. Zart schmelzend und süß.

Er trat einen Schritt auf mich zu.

Komm ja nicht näher, Moritz König!

»Willst du reinkommen?«, brummte er.

Was? Warum sollte ich? Er war nackt. Ich beschwipst. Schwierige Kombination und unberechenbar in jeder Hinsicht.

Mein Hirn drehte durch. Sagte ich das alles laut oder dachte ich es nur?

»Nein, lass mal. Sophie und ich waren Kleider anprobieren.« Demonstrativ hob ich die Papiertüte in die Höhe.

Warum konnte ich nicht einfach rüber in mein Zimmer gehen? Es lag keine drei Meter entfernt. Und doch stand ich hier. Vor diesem halb nackten, leider unfassbar gut aussehenden Kerl und war völlig aus der Spur.

Meine Kopfhaut juckte unangenehm. Das war immer so, wenn ich nervös oder gestresst war.

»O wow, bin schon ganz gespannt, wie die Braut aussieht.« Er bewegte sich noch einen Schritt auf mich zu und beugte sich zu mir. »Und wenn ehrlich bin, bin ich auch gespannt, wie du aussehen wirst.«

Sein warmer Atem kitzelte meine Nasenspitze.

Das war zu viel Nähe.

Es irritierte mich, was in seiner Gegenwart mit mir geschah. Aber ich schob es auf den Alkohol. Weil es ja nicht normal sein konnte, dass ich nach der langen Zeit noch so auf ihn reagierte. Es musste also an äußeren Umständen liegen.

Vielleicht hätte ich doch Benedikt mitbringen sollen, schoss mir in den Kopf. Das wäre zumindest die Lösung dieses Problems gewesen.

»Ähm, ich sollte jetzt gehen. In mein Zimmer. Also, da rüber.« Mit dem Kopf deutete ich zur Tür gegenüber, wo sich dann wohl mein eigentliches Zimmer befand.

Und dann endlich setzte sich mein Körper in Bewegung. Rückwärts, aber er bewegte sich von diesem heißen Vulkanschlund namens Moritz weg.

»Hast du heute Abend schon was vor?« Moritz stützte sich mit einem Arm im Türrahmen ab, was dafür sorgte, dass das Handtuch minimal verrutschte. Das wiederum sorgte dafür, dass ich meinen Blick nicht wie geplant von ihm abwenden konnte.

Nicht hinsehen, Luna. Nicht hinsehen. Dieser Anblick ist nicht für uns bestimmt!

»Ich ... ähm ... sollte mich hinlegen. Kopfschmerzen, weißt du. Die Hitze und so.«

Er leckte sich über die Lippen. Diese vollen, unglaublich weichen Lippen, und nickte schließlich. »Okay. Dann schlaf gut. Wenn ich dich morgen Abend mit zum Essen bei Sophie und Finn nehmen soll, lass es mich wissen.«

Endlich war ich an meinem Zimmer angekommen und drückte mich rücklings fest an die Tür, bevor ich den Kopf schüttelte. »Nicht nötig. Ich laufe. Schönen Abend, Mo-«

Weiter kam ich nicht, weil er sich schon von mir abgewendet hatte und in sein Zimmer verschwunden war.

Mir blieb also nichts anderes übrig, als das zu tun, was ich die ganze Zeit schon vorgehabt hatte, zumindest, wenn ich nicht an der falschen Tür gestanden hätte: Ich ging in mein Zimmer, schloss die Tür hinter mir und warf mich samt der Papiertüte aufs Bett.

Was zur Hölle war das gerade eben gewesen? In meinem Kopf herrschte das reinste Chaos, es war unmöglich, einen klaren Gedanken zu fassen, weil ich keine Ahnung hatte, was da eben passiert war.

Mit dem Bild von einem halb nackten Moritz vor Augen driftete ich irgendwann in einen unruhigen Schlaf.

***

Es war schon hell, als ich am nächsten Morgen erwachte. Oder war es noch hell, weil gar kein Tag vergangen war? Verwirrt angelte ich mein Handy, der Blick auf die Uhr brachte schnell Gewissheit. Ich hatte vermutlich zehn oder zwölf Stunden tief und fest geschlafen.

Die Sonne kroch bereits den Himmel hinauf und ich beschloss, vorm Frühstück an den Strand zu gehen. Um diese Tageszeit waren das die magischsten Momente. Wenn alles noch menschenleer war, die Sonne gerade über den Horizont kroch und man sich Sand und Wellen nur mit den Möwen teilte.

Schnell sprang ich auf, ließ mich jedoch direkt wieder aufs Bett sinken, weil sich hämmernder Schmerz in meinen Kopf bohrte, der mich an meine kleine Notlüge von gestern Abend erinnerte.

Swantjes Pension lag unmittelbar am Strand. Ich musste nur ein paar Stufen hinabsteigen und schon vergrub ich meine Zehen in dem warmen Sand. Wie sehr hatte ich mich nach diesem Gefühl gesehnt.

Es war kurz nach acht Uhr und die Sonne schien inzwischen unerbittlich. Eine zarte Brise wehte vom Meer herüber und wirbelte Sandkörner auf. Ich suchte mir ein windgeschütztes Plätzchen und setzte mich einfach in den Sand, um meinen Gedanken nachzuhängen. Leise seufzend schloss ich die Augen und reckte mein Gesicht der Morgensonne entgegen. Selbstverständlich hatte ich heute an den Sonnenschutz für die Haut gedacht.

Ganz so menschenleer, wie ich mir den Strand um diese Zeit vorgestellt hatte, war er dann doch nicht. Einige Leute waren schon unterwegs. Zum Spazieren, Joggen, Sonne genießen – so wie ich.

Ein Pärchen watete Hand in Hand durch die sanften Wellen, die der Wind an den Strand spülte. Als ich sie beobachtete, spürte ich diesen Stich im Herzen. Es war so eine Art Stich, die ich nicht mochte, weil sie mir vorhielt, was andere hatten, ich hingegen nicht.

Das Mädchen da drüben schmiegte sich glücklich lächelnd an ihren Freund, der sie mit seinem Arm um ihre Schultern fest an sich drückte. Bestimmt waren sie ganz frisch verliebt.

Für einen Moment versuchte ich, mich daran zu erinnern, wie es sich anfühlte, frisch verliebt zu sein.

Als ich mit Moritz damals in der achten Klasse zusammengekommen war, hatte er es mit sprudelndem Brausepulver verglichen, das durch die Adern schoss. Der Vergleich gefiel mir noch immer.

Dass Moritz hier war, nicht.

Damals, als wir beide in diesem Brausepulvergefühl schwelgten, hatte ich geglaubt, uns würde die Welt gehören. Ich hatte mir unsere Zukunft in den schillerndsten Farben ausgemalt. Er war meine erste große Liebe gewesen. Die Liebe, die man nur einmal erlebte und die einen so dermaßen prägte und veränderte, dass nichts mehr wie vorher war, wenn man sie verlor.

Und ich hatte sie verloren.

Ich hatte *ihn* verloren.

Daher war es völlig absurd, was gestern passiert war. Diese Sache mit der falschen Zimmertür und diesem Moritz im Handtuch. Noch immer stockte mir der Atem, wenn ich nur daran dachte. Ich hatte das Bedürfnis gehabt, ihn zu berühren, was absolut verrückt war und gar nicht sein konnte. So etwas konnte ich nicht wollen. Zum einen, weil ich ihn zehn Jahre nicht gesehen hatte. Zum anderen hatte er mir das Herz gebrochen und so dafür gesorgt, dass ich für alle Zeit beziehungsunfähig war.

Moritz König also berühren zu wollen, konnte einfach nicht möglich sein.

Es war Einbildung.

Das war alles.

Nach einer halben Stunde, in der mein Gedankenkarussell Achterbahn gefahren war, meldete sich mein Magen mit einem lauten knurrenden Geräusch. Also beschloss ich, zur Pension zurückzugehen und zu frühstücken. Hoffentlich hatte Swantje die Terrasse eingedeckt, von da aus hatte man den schönsten Blick auf den Strand und ich sah mich schon mit meinem Kaffee dasitzen.

Die Bekannte meiner Mutter empfing mich freudestrahlend, als ich vom Strand zurückkam. »Du warst ja früh auf den Beinen heute. Kurze Nacht gehabt?« Mit einem Zwinkern sah sie mich an.

»Eher eine sehr lange. Ich hatte Kopfschmerzen und hab mich zeitig schlafen gelegt.«

»Oh. Okay. Geht es dir besser?«

Ich nickte. »Ist auf der Terrasse noch Platz? Ich würde gern frühstücken.«

»Ich fürchte, du musst dich irgendwo dazusetzen. Heute sind alle schon so früh auf den Beinen und wollen den Tag genießen. Drinnen findest du aber bestimmt einen Tisch für dich allein.« Schon wieder dieses Zwinkern.

»Nein, wer sitzt denn bei diesem herrlichen Wetter drinnen? Das geht gar nicht, sorry. Kaffee mit Blick aufs Meer muss einfach sein.«

»Na dann, raus mit dir.«

Freundlich, aber bestimmt schob sie mich in den Außenbereich, wo ich mir schnell einen Überblick verschaffte. Die Tische waren alle für vier Personen, an einigen war jedoch noch Platz.

Okay.

Ich hatte die Wahl zwischen einem Tisch, der von drei älteren Herren belegt war. Oder einem, an dem ein Ehepaar saß, das sich anschwieg. Vielleicht doch lieber der Geschäftsmann ganz hinten? Der hatte sicher auch keine große Lust auf Smalltalk, genau wie ich. Genau in dem Moment drehte er sich um und ein breites Grinsen huschte über sein Gesicht.

Mhm, ganz sympathisch. Das mit dem Smalltalk konnte ich ja noch mal überdenken.

Zielgerichtet steuerte ich also den letzten Tisch an.

»Ist hier noch Platz?«, fragte ich höflich und erst jetzt sah ich, dass der Mann deutlich älter war als ich und bereute meine Entscheidung.

»Für so eine Schönheit wie dich ist hier immer Platz.« Sein breites Grinsen wirkte nun doch etwas schmierig und ich räusperte mich. Wollte ich in dieser Gesellschaft den ersten Kaffee des Tages genießen?

»Ah, verdammt, ich habe mein Handy oben vergessen«, flunkerte ich und versuchte, das Mobiltelefon in meiner Hand zu verbergen.

Dann drehte ich mich um und prallte direkt mit Arnold Schwarzenegger zusammen, der mir die Sicht versperrte und überhaupt mit seiner Erscheinung der ganzen Welt die Sonne nahm.

Frisches Parfum kroch in meine Nase, es roch nach Meer, Abenteuer und Freiheit. Mein Blick war stur geradeaus gerichtet auf eine Männerbrust, die von einem weißen Shirt verhüllt wurde.

»Hey Sprotte, da bist du ja«, hörte ich eine mir vertraute Männerstimme rufen und erstarrte, so wie die Worte mein Hirn erreichten. Sprotte – so hatte mich bis jetzt nur einer genannt. Und das war lange her. Sehr lange.

Obwohl es schon ziemlich heiß war, überzog eine Gänsehaut meine Arme.

Hatte ich geglaubt, Arnold war zu Scherzen aufgelegt, spürte ich im nächsten Moment seinen Arm um meine Taille. »Da vorn ist ein Tisch freigeworden.« Wie selbstverständlich griff er nach meiner Hand und zog mich weg von dem Geschäftsmann, dem inzwischen das Gesicht eingeschlafen war.

Niemand geringerer als Lord Volde-Moritz hatte mich aus dieser Misere gerettet. An dem freien Tisch zog er ganz gentlemanlike einen Stuhl zurück, auf den ich mich fallen ließ, weil ich noch ganz perplex von seinem Auftritt war.

»Guten Morgen, Luna«, raunte er, nachdem er sich mir gegenübergesetzt hatte.

»Du erwartest jetzt hoffentlich keine Dankesrede von mir oder was weiß ich. Guten Morgen.« Er hätte sich nicht einmischen müssen.

»Nein, keine Sorge. Ich wollte dir nur helfen. Na ja, der Typ sieht nicht unbedingt so aus, als hätte er gute Absichten, oder?«

Vorsichtig drehte ich mich um, doch der Geschäftsmann sah in eine andere Richtung und telefonierte.

Dabei war Sonntag. Und Sonntage waren heilig.

Zumindest sollten sie das sein.

Aber niemand wusste besser als ich, dass es auch unheilige Sonntage gab. Meine Chefin legte wenig Wert auf die Wochenendauszeiten und so bekam ich nicht selten E-Mails oder Anrufe am Wochenende.

»Mir egal. Ich wollte nur Kaffee trinken und was frühstücken.«

»Das trifft sich gut, ich hatte das Gleiche vor.«

Na prima.

»Geht es deinem Kopf besser? Du wirktest gestern etwas ... angeschlagen.« Hörte ich da eine Spur Besorgnis in seiner Stimme?

Es war so unnötig, mich an das desaströse Szenario von gestern Abend zu erinnern. Dennoch nickte ich höflich und versuchte, zu lächeln. Zumindest fühlte es sich so an, als würden sich meine Mundwinkel wenigstens etwas nach oben bewegen.

»Ja, alles wieder gut. Entschuldige noch mal, dass ich so bei dir ... reingeplatzt bin. Das war ...«

»Nicht der Rede wert, wirklich. Es ist schön, dich mal wieder sehen und Zeit mit dir zu verbringen. Was machst du heute?« Als wäre es das Normalste auf der Welt, dass ausgerechnet wir beide hier saßen und plaudern, lächelte er mich an, nippte hin und wieder an seinem Kaffee und verspeiste sein Rührei.

Das war nicht sein Ernst, oder?

Ich spürte dieses Wutknäuel in meinem Magen, das mir den Appetit nahm. Aber ich würde gute Miene zum bösen Spiel machen. Meiner besten Freundin zuliebe.

»Ich wollte mir ein Fahrrad ausleihen und ein bisschen die Gegend erkunden. Vielleicht mal nach Sellin zur Seebrücke fahren, oder so. Keine Ahnung.«

»Gegend erkunden? Du bist genauso witzig wie früher. Wir sind hier aufgewachsen und kennen jedes Sandkorn, schon vergessen?« Moritz' dunkles Lachen fuhr mir direkt unter die Haut und hinterließ dort ein Kribbeln, das ich dummerweise nicht als unangenehm einordnen konnte.

Verschmitzt zwinkerte er mir zu.

Nichts hatte ich vergessen.

Keine Sekunde.

Nicht einen Augenblick.

Ich rang mir ein Lächeln ab. »Natürlich nicht. Aber trotzdem verändert sich ja vieles. Ich war zum Beispiel ewig nicht in Prora. Da soll es jetzt einen Baumwipfelpfad geben, vielleicht schaue ich mir den mal an.«

Okay. Das war mutig von mir, denn ich litt unter furchtbarer Höhenangst. Früher war ich immer diejenige gewesen, die anderen dabei zugesehen hatte, wie sie auf Bäume geklettert waren oder über die riesigen Findlinge am Strand.

»Hört sich nach einem guten Plan an. Hast du deine Höhenangst überwunden? Oder soll ich mitkommen?«

Er wusste es noch.

In meinen Ohren rauschte es. Ich konnte nicht einordnen, ob es mein eigenes Blut war, was ich da hörte, oder die Wellen am Strand. Mein Herz schlug bis zum Hals, holperte und stolperte. Dieses Gefühl war mir bestens bekannt. Weil er schon damals dafür verantwortlich war.

»Nicht nötig. Ich denke, das schaffe ich auch allein.«

Als ob ...

Moritz legte das Besteck auf den Teller und schob diesen zur Seite, bevor er sich zurücklehnte und mit einer Hand durch die verstrubbelten Haare fuhr, die von der salzigen Luft ganz stumpf aussahen.

»Und, wie ist es in Dresden? Was machst du so?«, fragte er.

Ernsthaft? Smalltalk, als wäre nichts gewesen?

Okay.

Ich straffte meine Schultern und atmete tief durch, um mich innerlich zu beruhigen. » Dresden ist toll. Ich mag die Stadt sehr. Nach dem Studium habe ich erst auf einem Kreuzfahrtschiff gejobbt und dann einen Job in der Stadt gefunden. Ich arbeite in der Marketingabteilung eines Funparks und mit viel Glück wartet demnächst eine Beförderung auf mich.« Ziemlich emotionslos versorgte ich ihn mit den wichtigsten Eckdaten. »Und du? Wo bist du gelandet?«

Als wäre es genau das richtige Stichwort, begannen seine dunklen Augen mit der Sonne um die Wette zu strahlen.

»Nach dem Studium bin ich eher herumgetingelt, hab viel ausprobiert, war im Ausland. Aber nichts hat sich richtig angefühlt. Bis ich vor drei Jahren ein Jobangebot in München bekam.«

Kryptischer gings ja wohl kaum.

»Und was machst du dort?« Ich bemühte mich, so desinteressiert wie nur möglich zu klingen, und lehnte mich mit vor der Brust verschränkten Armen zurück.

Voller Stolz nickte er. »Ich arbeite in einer großen Klinik und leite dort die Kommunikationsabteilung.«

»Na, das ist ja dein Spezialgebiet«, nuschelte ich.

»Was meinst du damit?«

»Kommunikation. Reden und so.« Es dauerte eine Sekunde, bis er verstand, worauf ich hinauswollte.

»Oh, Kommunikation ist so viel mehr als nur reden.«

Ich zischte giftig zurück: »Ich sag ja, dein Spezialgebiet.«

Moritz sog geräuschvoll die Luft ein. »Okay, verstehe. Hör mal, Luna, ich hatte mich wirklich gefreut, dich wiederzusehen, und irgendwie hatte ich gehofft ... Ach, egal.« Er lehnte sich wieder zurück und sein Blick glitt aufs Meer.

Für einen Moment schwiegen wir. Es war unangenehm, nichts zu sagen. Und es war unangenehm, dass es unangenehm war. Denn es gab Zeiten, da hatte ich es sehr geliebt, mit diesem Mann einfach nur am Strand zu sitzen und schweigend auf die Wellen zu schauen. Für einen Moment gestattete ich mir eine kurze Zeitreise und versuchte, mich genauso zu fühlen wie damals, als Nichtreden mit ihm noch angenehm gewesen war.

Bis sich Moritz wieder nach vorn beugte und mit den Ellenbogen auf dem Tisch abstützte. Sein eindringlicher Blick traf mich unvermittelt und bescherte mir schon wieder eine Gänsehaut.

»Warum bist du so abweisend, Luna?«

Sechs Worte, die den Augenblick in Sekundenschnelle zunichtemachten und sich wie Pfeilspitzen in mein ohnehin schon angeschlagenes Herz bohrten. Für den Bruchteil einer Sekunde spürte ich den Schmerz von damals, nachdem er einfach gegangen war. Warum nur tat es immer noch so unsagbar weh?

Ich erhob mich und schob den Stuhl mit kratzenden Geräuschen nach hinten, während ich die weiße Stoffserviette zusammenknüllte und auf den Tisch warf.

»Ich muss los. Bis … später.«

Kapitel 6

Wenn mir Moritz' Anwesenheit eines vor Augen führte, dann diese Tatsache: Zeit heilte keine Wunden.

Im Gegenteil, sie sorgte nur dafür, dass man den tiefsitzenden Schmerz verdrängte. Und dann, in einem unachtsamen Moment, kam alles wieder hervor. Es war, als fühlte ich das Gleiche noch mal. Ich war genauso gelähmt und leer wie damals.

Hastig rannte ich in mein Zimmer, wohlwissend, dass ich vor dem Problem namens Moritz König nie würde davonlaufen können. Vielleicht hatte Sophie ja doch ein bisschen recht und ich sollte das aufarbeiten? Für mich. Für meinen Seelenfrieden.

Im Zimmer angekommen riss ich das Fenster auf und atmete ein paar Mal tief durch. Was zur Hölle sollte ich denn jetzt machen? Mir war klar, dass ich ihm nicht aus dem Weg gehen konnte. Wieder und wieder würden wir uns begegnen in den nächsten Tagen. Familienessen hier, Tanzkurs da, Hochzeit dort …

Beunruhigenderweise stellte ich fest, dass mich seine Gegenwart noch immer völlig aus dem Konzept brachte. Die Art, wie er mich ansah, mit diesem smarten Lächeln und dem Grübchen, sorgte dafür, dass mein Herzschlag ungesunde Ausmaße annahm. Ob ich das wollte oder nicht. Es war wie ein verdammter Zeitsprung in die Vergangenheit, wo ich regelmäßig unter seinen Blicken geschmolzen war wie Eis in der Sonne.

Apropos Eis. Das war eine hervorragende Idee, um mich abzulenken. Ich stopfte ein Handtuch in meinen

Rucksack, zog den olivgrünen Bikini unter meine Klamotten und cremte mich sorgfältig mit Sonnenschutz ein. Noch die Sonnenbrille auf die Nase, Flip-Flops an die Füße und ich war fertig für meinen geplanten Ausflug nach Prora. Swantje hatte mir hoffentlich schon ein Fahrrad bereitgestellt, mit dem ich gleich losdüsen würde.

Gut zehn Kilometer und eine abgekämpfte Stunde später bestaunte ich schon das längste Wohnhaus der Welt. Natürlich kannte ich den alten Wohnblock aus Kindheitstagen, aber er stand lange leer und verfiel. Erst in den letzten Jahren hatte man ihn saniert und nun fanden Wohnungen und ein Hotel darin ihren Platz. Mit über vier Kilometern Länge erstreckte sich der Komplex am Strand entlang. Wahnsinn. Ich erinnerte mich daran, im Internet gelesen zu haben, dass man dieses lange Haus wohl sogar aus dem All sah.

Ich beschloss, eine Pause einzulegen, und schob das Rad zum Strand. Mühsam kämpfte ich mich damit durch den Sand, bis ich eine schöne Stelle gefunden hatte, die von ein paar schattenspendenden Kiefern gesäumt war.

Als ich das dunkelblaue Handtuch aus dem Rucksack kramte, kam mir dieser desaströse Moment von gestern in den Sinn. Und sofort hatte ich Moritz wieder vor Augen, inklusive seines von Wassertropfen bedeckten Körpers. Unglaublich, welche Assoziationen ein simples Handtuch wecken konnte.

Kopfschüttelnd und genervt von den viel zu realistischen Bildern in meinem Kopf breitete ich es aus und ließ mich auf den weichen Untergrund sinken. Und da saß ich nun. Das Herz voller Schmerz, den Kopf voller Erinnerungen.

Ich ließ den warmen Sand durch meine Zehen rieseln und genoss das kratzige Gefühl, das die fein gemahlenen Muscheln auf meiner Haut hinterließen. Meine knallrot lackierten Fußnägel leuchteten in der Sonne und gaben einen schönen Kontrast zum Beige, das sich vor meinen Augen ausbreitete.

Weil nur eine laue Brise wehte, war auch die Ostsee still. Fast so, als wollte sie mir sagen, dass alles gut war. Dass ich einfach aufhören sollte, so aufgewühlt zu sein. Ohne, dass ich es geplant hatte, kam ich innerlich zur Ruhe und begann endlich, mich zu entspannen. Zum ersten Mal, seit ich Moritz vor zwei Tagen begegnet war, hatte ich nicht das Bedürfnis, ihm an die Gurgel gehen zu wollen.

Mein Herzschlag wurde merklich ausgeglichener, je länger ich auf die sanften Wellen sah, die mit leisen Geräuschen in den Sand platschten. Ich hatte es schon als Kind magisch gefunden, einfach aufs Meer zu sehen. Das hatte mich immer glücklich gemacht.

Bis ich mit Moritz zusammengekommen war. Ab da hatte er das übernommen.

Als wäre es erst gestern oder zumindest letzte Woche gewesen, kamen Erinnerungsfetzen in meinen Kopf. Ich war gerade vierzehn Jahre alt geworden und wenn man meinen Mitschülerinnen hatte Glauben schenken wollen, dass sie alle schon herumgeknutscht hatten, eine absolute Spätzünderin. Es hatte mich geärgert und verletzt, dass sie mich damit aufgezogen. Aber Moritz war für mich dagewesen. Hatte mich getröstet und mir immer wieder gesagt, dass es nichts über meinen Wert aussagte, nur weil ich noch nie jemanden geküsst hatte. Ich erinnerte mich noch so gut daran, wie süß ich das fand.

Eines Tages, ich hatte einen ziemlich miesen Tag hinter mir, hatte ich ihm auf dem Nachhauseweg davon erzählt, dass ich vorhatte, mir einfach jemanden zu suchen, den ich küssen konnte. Ich schlug Finn vor. Immerhin sah der gut aus und ich wusste, dass einige meiner Klassenkameradinnen schwer in ihn verschossen waren, und hätte ihnen damit eins auswischen können.

»Das geht nicht«, hatte Moritz sofort erwidert. »Erstens ist er in Sophie verknallt. Zweitens, wenn du schon unbedingt jemanden küssen willst, dann mich.«

Mir war das Herz stehengeblieben und die halbe Welt gleich mit. Warum sollte ich meinen besten Freund küssen? In jeder Mädchenzeitschrift hatte ich gelesen, dass eine Freundschaft nach einem Kuss nie wieder dieselbe war. Und er wollte das einfach so riskieren?

Ohne meine Antwort abzuwarten, hatte er mir meinen Schulrucksack abgenommen und neben seinen auf den Fußweg gestellt. Er war näher an mich herangetreten, so nahe, dass ich seinen Atem auf meiner Haut gespürt hatte, legte seine Hand an meine Wange, biss sich auf die Unterlippe und sah mir tief in die Augen.

»Jetzt wäre ein guter Zeitpunkt, zu kneifen«, hatte er eingeworfen, als wäre auch er unsicher, ob wir das Richtige taten.

»Warum sollte ich? Ich will endlich mitreden können.« Mein Entschluss hatte festgestanden, sein Angebot anzunehmen.

Als Nächstes spürte ich den leichten Druck seiner Finger in meinem Gesicht und wie Moritz mich an sich zog.

Ab da hatte ich nur noch gefühlt.

Mit geschlossenen Augen.

Seine weichen Lippen auf meinen trockenen.

Sein Atem, der sich beschleunigt hatte.

Mein Herz, das raste, als ginge es um Leben und Tod.

Um eine Ewigkeit.

Und um eine unglaubliche Sehnsucht nach mehr.

Weil es sich genauso angefühlt hatte und ich nicht wollte, dass es aufhörte.

Ein wehmütiges Seufzen hatte meine Kehle verlassen, bevor Moritz wieder etwas Abstand zwischen uns gebracht hatte.

»Jetzt kannst du mitreden, Sprotte«, hatte er gesagt und mir ein Lächeln geschenkt. Aber es war kein normales Lächeln. So wie man halt lächelte, wenn man gut befreundet war. Vielmehr war es eines von der Sorte, das einem die Knie weich werden ließen wie Pudding und man kaum noch stehen konnte, geschweige denn atmen.

Es war der wowigste Moment meines bisherigen Lebens gewesen.

Die Tage danach waren wir uns beide aus dem Weg gegangen, weil wir es in der Gegenwart des anderen kaum aushielten. Jedes Mal, wenn ich Moritz sah, flatterte mein Herz, dass ich befürchtete, jeden Moment mitten auf dem Schulflur ohnmächtig zu werden. Und ihm ging es wohl nicht anders, denn am Wochenende nach dem Kuss stand er mit einem Blumenstrauß und einer Picknickdecke vor unserer Haustür und aus einem Übungskuss wurden viele richtige Küsse. Wunderschöne Küsse. Zärtliche, fordernde, gierige, raue Küsse.

Ein ähnliches Seufzen wie damals rutschte mir über die Lippen, als ich kopfschüttelnd versuchte, diese vermaledeiten Erinnerungen zu vertreiben. Sie machten alles nur noch schlimmer.

Auf einmal fühlte ich mich schrecklich allein. Es fehlte mir, meine Eltern zu besuchen. Zum ersten Mal waren sie nicht da, wenn ich meiner alten Heimat einen Besuch abstattete. Meine Schwester fehlte mir, seit sie in England war, auch wenn wir mehr oder weniger regelmäßig per Facetime miteinander sprachen. Aber das war nicht das Gleiche wie gemeinsam am Strand zu sitzen, tonnenweise Stracciatella-Eis zu verdrücken und über Gott und die Welt zu reden.

Auch meine beste Freundin fehlte mir. Natürlich wusste ich, dass sie mit der Hochzeit alle Hände voll zu tun hatte. Trotzdem hätte ich mir mehr Zeit mit ihr allein gewünscht, auch wenn das vielleicht egoistisch war.

Selbst Benedikt fehlte mir in diesem Moment, was absurd war, denn ich war es gewesen, die Schluss gemacht hatte. Aber sein Bernhardinergrinsen vermisste ich schon irgendwie. Bereute ich meine Entscheidung, ihn abzuservieren? In diesem Moment? Ja. Wenn ich sachlich darüber nachdachte? Nein. Zwar hatte ich ihn sehr gemocht, aber ich war nicht wirklich in ihn verliebt gewesen. Mehr in die Tatsache, dass jemand da war, der mich umgarnt hatte. Und es lag ja wohl auf der

Hand, dass das nicht die Basis einer gesunden Beziehung sein konnte.

Anscheinend war ich für Beziehungen einfach nicht gemacht. Möglicherweise war es mein Schicksal, meine Kämpfe allein auszutragen.

Einen lauten Seufzer ausstoßend kramte ich in meinem Rucksack nach meinem Handy und wählte die Nummer meiner Schwester in der Facetime-App. Es dauerte gar nicht lange, bis sie den Anruf entgegennahm und ihr Gesicht auf meinem Display erschien.

»Schwesterherz, was für eine Überraschung«, rief sie, als müsste sie ohne Handy von Oxford an die Ostseeküste brüllen.

»Hi, Stella. Sind Mama und Papa auch bei dir?«

»Ja, klar, ich habe sie gerade über den Campus geführt. Papa ist fast ausgeflippt, weil es hier anscheinend doch mehr Jungs gibt, als er angenommen hatte.« Sie lachte und legte sich die Hand vor den Mund, als würde sie sich schämen. »Und Mama kommt aus dem Staunen gar nicht mehr raus. Sie vergleicht alles mit Hogwarts. Crazy, oder? Wie geht's dir? War die Hochzeit schon?«

Ich liebte es, meiner Schwester zuzuhören, auch wenn sie viel zu weit weg war. »Ihr habt bestimmt viel Spaß zusammen. Ich vermisse euch«, erwiderte ich und wischte mir eine Träne aus dem Augenwinkel.

»Hey, heulst du etwa?«

»Nein, das war nur ein Sandkorn. Ich sitze am Strand. Die Hochzeit ist nächsten Samstag, aber ich bin schon hier und na ja, irgendwie ist es nicht das Gleiche, ohne euch hier zu sein.«

Sie zwinkerte verschwörerisch. »Ach komm, Sophie hat doch tausend Leute eingeladen, da findet sich doch bestimmt ein Hottie, der was mit dir unternimmt.«

»Warte, Moment. Wusstest du etwa, dass ...«

»Liebling, wie schön, dich zu sehen? Stella, halt das Telefon mal etwas höher, ich kann ja gar nicht sehen«, hörte ich meine Mutter und hatte Mühe, die Tränen zurückzuhalten. »Wie geht's dir? Hast du Moritz schon gesehen?«

Stella riss das Handy wieder an sich und ich sah sie mit aufgerissenen Augen und offenem Mund in die Kamera starren, bevor sie wiederholte: »Moritz? Der Moritz-Moritz? Nein, echt jetzt? Luna, warum hast du nichts gesagt? Seid ihr wieder ... O Gott, das wäre ja ein Traum.«

Warum genau hatte ich Sehnsucht nach diesem Chaotenhaufen?

Zähneknirschend schüttelte ich den Kopf und biss mir auf die Unterlippe, um nicht loszuheulen.

»Nun lasst sie doch mal zu Wort kommen«, meldete sich endlich mein Vater zu Wort, der nur mit halbem Gesicht im Display auftauchte. Seine Sonnenbrille war verrutscht, was mich schmunzeln ließ, denn damit sah er aus wie ein verrückter Professor. »Hey, Kleines. Alles gut bei dir? Bist du bei Finn und Sophie im Hotel?«

»Hi Papa. Nein, das war leider überbucht. Aber die beiden haben Ausweichzimmer in Swantjes Pension, da bin ich jetzt.«

»Ach, das ist doch schön, aber du hättest auch zu Hause übernachten können«, rief Mama wieder. »Richte Swantje liebe Grüße aus.«

»Das mache ich, Mama. Wie geht es euch denn? Wie ist Oxford?« Das Schniefen, das meine Kehle hinaufkroch, unterdrückte ich mit aller Macht.

»Es ist einfach toll. Hier ist alles so alt und so wunderschön. Wie Hog...«

»...warts«, tönten meine Schwester und mein Vater synchron lachend im Hintergrund.

»Ihr Banausen, ja, es ist genauso ein magischer Ort wie Hogwarts«, schwärmte sie weiter.

»Nur, dass die Leute hier cooler und hübscher sind«, warf meiner Schwester ein und ich lachte.

»Muss ich dich wirklich daran erinnern, dass du schwer in Cedric in dem Teil mit dem Trimagischen Turnier verknallt warst?«

»Pff, das ist hundert Jahre her. Aber hey, apropos verknallt. Was läuft da zu Hause? Du musst mir alles erzählen, ja?«

Ich blinzelte gegen die Sonne. »Bei Gelegenheit mache ich das. Erst mal steht die Hochzeit an. Du kannst dir nicht vorstellen, wie groß die Aufregung hier schon ist. Heute Abend ist bei Sophies Eltern das große Familienessen. Und einen Tanzkurs will sie noch mit mir machen. Gestern haben wir die Kleider geholt und o Gott, das Brautkleid ist einfach nur ein Traum.«

»Schick mir unbedingt Fotos. Auch von dir, hörst du? Du wirst umwerfend aussehen. Zeig ihm«, beim letzten Wort rollte sie theatralisch mit den Augen, »wo der Hammer hängt.«

Ich liebte es, dass meine kleine Schwester mich immer zum Lachen brachte, auch wenn mir nach heulen zumute war. Jetzt vermisste ich sie umso mehr.

»Wann kommst du mal wieder nach Hause?«, wollte ich daher wissen.

»In den Semesterferien habe ich es ganz fest eingeplant. Ich besuche dich auf jeden Fall in Dresden.«

»Abgemacht.«

»Schätzchen«, rief Mama dazwischen, »die Führung geht gleich los. Wir müssen.« Mit dem Zeigefinger tippte sie auf ihre Uhr.

»Dann viel Spaß euch noch. Hab euch lieb.«

»Wir dich auch, Kleines. Bis ba...« Die letzten Buchstaben wurden vom Mobilfunkuniversum verschluckt, als Stella auflegte.

Traurig verstaute ich das Handy wieder in meinem Rucksack und schniefte vor mich hin. Na toll, jetzt war ich noch frustrierter als vorher. Das war einfach nicht zum Aushalten.

Genau jetzt war wohl der richtige Zeitpunkt, um zur Pension zurückzuradeln und bis zum Familienessen einfach die Seele baumeln zu lassen.

Also packte ich alles zusammen und setzte mich wieder aufs Rad, um Richtung Dünenwiek zu fahren. Weit kam ich allerdings nicht, denn der in die Jahre gekommene Drahtesel gab den Geist auf. Die Kette riss und wickelte sich dabei um meinen Knöchel, dass ich – begleitet von einem Schmerzensschrei – absprang.

Ging denn heute alles schief?

Mir war nach Heulen zumute und ich merkte bereits, wie sich Wasser in meinen Augenwinkeln sammelte. Ready to tropf. Aber nicht mit mir, nein, nein, nochmals nein. Das war zu viel. Entschlossen straffte ich meinen Rücken – ich würde einfach zurücklaufen. Es waren ja nur über dreißig Grad, die Sonne brannte unerbittlich und ich hatte nichts zu trinken dabei. Murphys Law hatte auf ganzer Linie zugeschlagen. Was mir jedoch viel mehr zu schaffen machte, war der Aspekt, dass ich vorhatte, am Abend mit dem Rad nach Binz zu Sophie und Finn zu fahren. Jetzt musste ich wohl ein Taxi nehmen. Gedanklich notierte ich mir, beim nächsten Mal unbedingt mit dem Auto herzukommen, um flexibel zu sein.

Kurz bevor ich die Pension erreichte, klingelte mein Telefon. Den Anruf nahm ich über die Kopfhörer an, ohne einen Blick auf das Display zu werfen. Fehler.

»Hallo?«, brummte ich missmutig.

»Luna? Bist du es? Hier ist Benedikt.«

»Oh. Oooh, hi, Beeenedikt.« Noch immer fiel es mir schwer, diesen Namen auszusprechen. »Was gibt es denn?«

Ich war überrascht, dass er sich bei mir meldete. Wir hatten in den letzten Wochen nichts voneinander gehört. Also, ja, anfangs hatte er mir immer noch Nachrichten geschickt oder mir auf die Mailbox gesprochen. Aber das hatte er irgendwann eingestellt, vermutlich, weil ich nie geantwortet hatte. Ein messerscharfer Gedanke bohrte sich in meine Hirnwindungen: *Ich war genauso wie Moritz.*

»Läufst du einen Marathon oder so was?«

»Was? Nein. Mein Fahrrad ist kaputt gegangen und ich muss es jetzt nach Hause schieben«, erklärte ich nach Luft schnappend.

»Wo bist du? Ich hole dich ab.«

Netter Mensch. Ja, das war er wirklich.

»Ähm, ich glaube, das wäre etwas weit, ich bin an der Ostsee.«

Ich hörte, wie er am anderen Ende der Leitung geräuschvoll die Luft ausstieß. »Oh, okay. Ja, es würde in der Tat eine Weile dauern, bis ich bei dir wäre. Was genau machst du an der Ostsee? Urlaub? Alleine?«

»So etwas in der Art. Meine beste Freundin heiratet am kommenden Wochenende und ich bin ihre Trauzeugin. Und ja, ein paar freie Tage genehmige ich mir auch. Alleine.«

Dass mein Ex mir hier ständig über den Weg lief, musste Benedikt nicht wissen. Jetzt, wo ich darüber nachdachte, wusste er ohnehin recht wenig über mich.

Benedikt schwieg für den Moment, also redete ich weiter. »Hör mal, weswegen hast du gleich noch mal angerufen? Wolltest du etwas Bestimmtes?«

Er schnaufte laut und ich verdrehte genervt die Augen. Von Weitem war das Ortseingangsschild von Dünenwiek zu erkennen. Endlich.

»Na ja, ich wollte einfach mal hören, wie es dir geht. Du ... du fehlst mir, Luna. Und ich ... Wir ...«

O nein, nicht diese Geschichte. Die Fronten waren doch geklärt. Zumindest dachte ich das.

»Denkst du manchmal an mich?«, wollte er noch wissen.

Das brachte mich tatsächlich zum Überlegen.

»Ich habe mit Sophie über dich gesprochen, zählt das?«

»Ha, wusste ich es doch.« Er stieß ein triumphierendes Geräusch aus. »Wie wäre es, wenn ich spontan auch Urlaub an der Ostsee mache? Wo genau bist du?«

»Ich bin in meiner Heimat, Dünenwiek auf der Insel Rügen. Total verschlafenes Nest, hier ist es viel zu langweilig für Urlaub.«

Wobei ... Vielleicht war die Idee gar nicht so verkehrt? Ich könnte so tun, als wäre ich wieder mit ihm zusammen. Vielleicht würde mein Herz dann in Moritz' Gegenwart weniger verrücktspielen?

Doch dann fiel mir mein Auftritt von gestern am späten Nachmittag ein, wo ich so gar nichts im Griff gehabt hatte. Also nein, wenn Benedikt auch noch hier auftauchen würde, wäre das Chaos unaufhaltbar.

»Schade, ich hätte dich einfach überraschen sollen«, sagte er nach ein paar Sekunden, während ich mir den Schweiß von der Stirn wischte. An meinen Handflächen klebte Sand, sodass es sich wie ein Peeling anfühlte.

»Meinst du nicht, dass das ein wenig übergriffig gewesen wäre? Außerdem wusstest du bis gerade eben gar nicht, wo ich bin«, gab ich zu bedenken.

»Das stimmt, entschuldige. Ich würde einfach gerne noch mal mit dir reden, Luna. Ich weiß nicht, aber ich kann einfach nicht glauben, dass es vorbei sein soll. Es lief doch so gut zwischen uns.«

Ich sah ihn direkt vor mir. Benedikt war nur ein wenig größer als ich, trug seine dunkelblonden Haare für meinen Geschmack immer ein Ticken zu akkurat. Er war immer rasiert und hatte ebenmäßige Gesichtszüge. Kein außergewöhnliches Erscheinungsbild, aber sein Lächeln war einnehmend. Wenn er skeptisch war, runzelte er jedes Mal die Stirn, wodurch sich die Zornesfalten zwischen den Augenbrauen in Gletscherspalten verwandelten. Der Gedanke daran ließ mich schmunzeln.

Ich lief gerade die Straße zur Pension hinunter und automatisch beschleunigte sich mein Herzschlag. Je näher ich kam, umso größer wurde die Wahrscheinlichkeit, Moritz zu begegnen.

»Weißt du, vielleicht können wir das machen, wenn ich wieder da bin. Also reden, meine ich. Lass uns ein Treffen ausmachen, ich bin ab nächsten Dienstag wieder in Dresden.« Er war ein guter Kerl, immer für mich da gewesen und konnte einfach nichts dafür, dass ich so ein verkorkstes Wesen war.

Gerade als ich das Rad in den dafür vorgesehenen Fahrradständer einfädelte, nahm ich einen Schatten wahr, der sich im nächsten Augenblick fast schon bedrohlich vor mir aufbaute und mir die Sonne nahm.

Moritz.

Klar, wer sonst.

Ein Date?, formte er tonlos mit den Lippen.

»Okay. Luna, das ist toll. Danke. Ich finde, wir haben eine Chance verdient. Genieß den Urlaub und erzähl mir alles von der Hochzeit, wenn wir uns dann sehen, ja?«

»Ich melde mich. Bis bald, Benedikt«, erwiderte ich und betonte seinen Namen extra, damit Moritz nicht überhörte, dass ich mit einem Mann telefoniert hatte. Auch wenn der Vorschlag mit dem Treffen von mir gekommen war, wusste ich noch nicht, ob ich das wirklich durchziehen wollte.

Moritz machte keine Anstalten, den Weg freizumachen. Noch immer stand er vor mir, die Hände lässig in den Taschen seiner Badehose, die quietschorange und mit Ananasfrüchten bedruckt war. Immerhin trug er ein Muskelshirt dazu, das mich davor bewahrte, den Anblick seines nackten, überaus anziehenden Oberkörpers ertragen zu müssen.

»Originelles Outfit«, stellte ich anerkennend fest, was ihn grinsen ließ. Hatte ich erwähnt, dass Moritz' Lächeln noch viel einnehmender war als das von Benedikt? Warum zur Hölle war dieser Kerl so zum Niederknien? Das war unverschämt und eine Frechheit.

»Danke, Sprotte. Bedeutet mir viel, dass es dir gefällt.« Er schob die Sonnenbrille ins Haar und zwinkerte mir zu, bevor sein Blick an mir hinabglitt. Es fühlte sich seltsam an, wie er mich musterte. Unangenehm, aber irgendwie auch nicht. An meinem Knöchel blieb er schließlich hängen.

»Was ist passiert? Kampf mit einem weißen Hai?« Langsam ging er vor mir in die Hocke, um meine kleine Verletzung, die überhaupt nicht der Rede wert war, zu begutachten. Derweil schloss ich die Augen und schickte ein Stoßgebet gen Himmel, er mochte sich sofort wieder aufrichten. Aber nichts dergleichen passierte. Stattdessen spürte ich seine Finger an meinem Fußgelenk und sog scharf die Luft ein.

»Lass das, es ist nichts weiter«, fauchte ich giftig, während mein Herzschlag eine besorgniserregende Geschwindigkeit annahm.

Sofort nahm er seine Hand weg und erhob sich. »Okay, sorry, ich wollte dir nicht zu nahe treten. Du solltest das aber säubern und wenigstens ein Pflaster draufmachen.«

»Ja, danke für den Hinweis, Herr Doktor. Die Fahrradkette ist gerissen, einfach so beim Fahren.« Mit den

Händen ahmte ich eine Explosion nach, das war übertrieben, beschrieb aber am besten, wie es sich angefühlt hatte. »Dabei wollte ich nachher mit dem Rad nach Binz fahren. Echt Mist.«

»Swantje hat sicher noch eins für dich.«

Ich schüttelte den Kopf. »War das letzte, die anderen sind alle in Umlauf.«

Moritz beugte sich etwas zu mir, bis sein Mund auf der Höhe meines Ohrs war. »Ich könnte dich mitnehmen«, bot er an und seine Stimme vibrierte bis in die Tiefen meines Bauches hinein.

Kurz wog ich meine Möglichkeiten ab. »Ich nehme ein Taxi.«

»Ich könnte dein Taxi sein.« Seine Position hatte er nicht geändert und so donnerte das dunkle Timbre erneut durch meinen Körper.

Mutig ergriff ich die Initiative, legte eine Hand auf seine Brust und schob ihn zurück in seine Ausgangslage. »Lass gut sein, Moritz.«

Meine Hand fühlte sich an, als hätte ich sie eben auf ein glühend heißes Kochfeld gelegt.

»Ach komm schon, Luna. Wir haben beide das gleiche Ziel. Gib dir einen Ruck, ich will auch keine Gegenleistung. Sieh es einfach als nette Geste.«

Ich leckte mir über meine sonnengetrockneten Lippen. »Weil du dich mit netten Gesten ja so gut auskennst. Schon klar. Sicher, dass du keine Gegenleistung willst?«

Seine Mundwinkel zuckten belustigt. »Na gut, wenn du es unbedingt ausgleichen willst, dann sei etwas netter zu mir. Wenigstens heute Abend.«

Ein Geräusch, das wie ein abgewürgtes Niesen klang, schoss aus meiner Kehle. »Pff, ich nehme das Taxi.«

Dann schnappte ich mir meinen Rucksack und steuerte den Eingang der Pension an, ohne Moritz noch eines Blickes zu würdigen.

»Wie du willst!«, rief er mir hinterher. »Falls du es dir anders überlegst, meine Telefonnummer ist immer noch die gleiche!«

Kapitel 7

»Danke fürs Mitnehmen«, piepste ich mit unangenehm hoher Stimme und vermied es tunlichst, meinen Blick von der Straße zu lösen, um Moritz anzusehen.

»Kein Ding, Sprotte. Wie gesagt, getrennt zu fahren, wäre einfach unnötig gewesen.«

Ich war doch in seinem schwarzen BMW X5 gelandet. Es fühlte sich seltsam an. Erst recht vor dem Hintergrund, dass es Zeiten gegeben hatte, in denen ich mit ihm bis ans Ende der Welt gefahren wäre und noch viel weiter. Jetzt reichten die zehn Minuten bis nach Binz, um mich völlig aus dem Konzept zu bringen.

»Kannst du bitte aufhören, mich so zu nennen?« Ich räusperte mich und lenkte den Blick auf meine Knie, die unter dem mauvefarbenen Tüllrock hervorblitzten. Dazu trug ich ein weißes luftiges Shirt. Vorhin vorm Spiegel hatte ich mich noch pudelwohl darin gefühlt, jetzt hatte ich eher den Eindruck, der Rock war zu kurz und das Shirt zu knapp.

»Ähm, ja, wenn du das möchtest. Wird mir schwerfallen, aber ich versuche es, okay?« Obwohl ich ihn nicht direkt ansah, spürte ich seinen Blick auf mir und mir wurde heiß. Ich schluckte trocken.

»Danke.«

Wir waren inzwischen in Binz angekommen. Moritz bog gerade zu Sophies Elternhaus ab, wo das Familienessen stattfinden würde.

»Wie geht es denn deinem Knöchel?«, wollte er noch wissen, bevor er den Motor abstellte.

»Das ist wirklich nicht der Rede wert. Alles bestens«, log ich, denn die Hautabschürfungen juckten wie verrückt.

Anstatt noch etwas darauf zu erwidern, stieg Moritz aus, ging um den Wagen herum und öffnete die Beifahrertür, damit ich ebenfalls aussteigen konnte. Fehlte nur noch, dass er mir die Hand reichte. Mein Herz machte einen gewaltigen, ungesunden Stolperer, als er tatsächlich seine freie Hand anhob. Allerdings fuhr er sich damit nur durch die Haare, sodass ich erleichtert aufatmete.

Aus dem Kofferraum fischte er anschließend einen Blumenstrauß und ich schnappte mir mein Mitbringsel – eine Flasche erlesenen Sekt von einer Sektkelterei nahe Dresden.

»Wollen wir?« Mit einer simplen Handbewegung deutete Moritz an, mir den Vortritt zu lassen.

Also setzte ich mich in Bewegung, dicht gefolgt von ihm. Das hielt ich keine zwei Sekunden aus, verringerte mein Tempo und war schließlich neben ihm. Erst jetzt gestattete ich mir, ihn anzusehen, und schluckte schon wieder, weil die oberen Knöpfe seines hellen Leinenhemdes den Blick auf seine Brust freigaben. Die Ärmel hatte er aufgekrempelt. Die beige Shorts und Segelschuhe in einer ähnlichen Farbe rundeten sein Outfit perfekt ab. Die Haare waren wie immer in den letzten Tagen vom Wind und Salz verstrubbelt und stumpf, was ihm etwas Verwegenes verlieh.

Allerdings wollte ich ihn unter keinen Umständen verwegen finden.

Ich war so damit beschäftigt, ihn zu betrachten, dass ich viel zu spät bemerkte, dass wir längst am Eingang zu Sophies Elternhaus waren. Moritz klingelte gerade und als hätte Sophie hinter der Tür gelauert, wurde sie geöffnet und der Tumult begann.

Noch bevor sie ein Wort sagte, flog ihr Blick zwischen Moritz und mir hin und her, begleitet von einem erst stutzigen Grinsen, das dann immer breiter wurde.

»Ihr seid die Letzten«, sagte sie schließlich zur Begrüßung, drückte Moritz einen flüchtigen Kuss auf die Wange und zog mich anschließend in eine Umarmung. »Du bist mit ihm gekommen? Wahnsinn, dass ich das noch erleben darf«, flüsterte sie mir ins Ohr.

»Besser mit ihm als durch ihn, oder?« Das war eine über und über dumme Bemerkung, aber in der Hitze des Gefechts fiel mir nichts besseres ein.

Sophie brach in schallendes Gelächter aus. »Wie ich deinen Humor vermisst habe, Süße. Und was nicht ist, kann ja noch werden. Next Level und so.« Verschmitzt zwinkerte sie mir zu und lotste mich uns Haus, wo Moritz schon dabei war, die anderen Gäste zu begrüßen.

Ich hörte, wie Elke – Sophies Mutter – ihn einen alten Charmeur schimpfte, als er ihr die Blumen überreichte. Ein Lächeln stahl sich auf meine Lippen, als ich sah, wie vertraut er mit allen war.

Bis er sich umdrehte und mich über seine Schulter hinweg ansah. Für den Bruchteil einer Sekunde trafen sich unsere Blicke und die Welt schien stillzustehen. Für den Moment verstummte das Gewusel um uns herum, als wäre es eingefroren. In diesem Augenblick gab es nur ihn und mich und mein kaputtes Herz.

»Luna, mein Kind, da bist du ja endlich.« Ehe ich mich versah, zog mich Elke in ihre Arme. »Wie geht es dir? Du musst uns alles erzählen. Dünn siehst du aus. Isst du auch genug?« Mit ihren Händen an meinen Oberarmen schob sie mich etwas von sich weg und musterte mich, während ich nickte. Schon früher, als wir noch zur Schule gingen, war sie wie eine zweite Mama für mich.

»Na klar, mehr als genug.« Demonstrativ nahm ich meine Bauchfalte zwischen die Finger.

»Jann, schau wer da ist«, rief sie auch schon und war wieder weg. Dafür kam Sophies Vater auf mich zu und begrüßte mich mit einem Handschlag.

»Luna«, brummte er, »schön, dass du da bist.«

»Ich freue mich auch sehr, vielen Dank für die Einladung.«

Jann schüttelte den Kopf und verdrehte die Augen. »Das war alles Sophies Idee. Eigentlich sehen wir uns alle am Samstag zur Hochzeit. Das hätte gereicht. Aber Madame wollte unbedingt noch einen kuscheligen Abend.« Auch wenn in seinen Worten etwas Sarkasmus mitschwang, seine Gesichtszüge waren so weich und freundlich, dass man ihm es nicht übelnehmen konnte. »Jetzt komm endlich rein, ich muss wieder zum Grill.«

Auf dem Weg ins Wohnzimmer lief ich Sophies Tante und Onkel in die Arme, die mich genauso herzlich begrüßten. Vivien, Sophies Cousine, die etwas jünger war als wir, beäugte mich stattdessen eher skeptisch.

Im Garten saß Opa Helmut und ich atmete tief durch, ehe ich hinausging. Neben ihm war seine Frau, Oma Gerlinde. Und am Grill bei Jann war auch Laura, Sophies Schwester, die gleich auf mich zugerannt kam und mir ein verschwörerisches Lächeln zuwarf.

»Luni, da bist du ja. Hab gehört, du bist mit Mr. Heartbreaker hergekommen? Läuft da was? Ich fand es ja nicht richtig, dass Sophie dir nichts gesagt hat, aber du kennst sie … Einfach unbelehrbar.«

»Hol mal Luft, Laura«, erwiderte ich lachend und umarmte sie. »Wo ist eigentlich Finn?« Suchend sah ich mich um, konnte den Bräutigam in spe aber nirgendwo entdecken.

»Der hängt noch im Hotel fest und kommt nach.« Sophie hatte sich angeschlichen und drückte mir ein Glas Sekt in die Hand, das sie gleich darauf an ihres stieß. »Prost, auf uns und auf unsere Freundschaft.«

»Auf uns. Und auf euch und euren großen Tag.«

Wir plauderten eine Weile und ich ertappte mich immer wieder dabei, dass ich den Garten nach Moritz absuchte. Wir hatten kein Wort miteinander gewechselt, seit wir hier angekommen waren.

»Essen ist fertig, kommt alle zum Tisch«, rief Jann in einem Bundeswehrton, dass ich das Gefühl hatte, sofort salutieren zu müssen.

Die lange Tafel auf der Wiese war wunderschön dekoriert mit Sommerblumen und Lichterketten, buntem Geschirr und … Tischkärtchen. Na super. Es dauerte nicht lange, bis ich meinen Namen gefunden hatte. Als ich sah, wer neben mir saß, rutschten meine Mundwinkel nach unten. Moritz. Musste ja so kommen.

Nach und nach kamen alle an ihre Plätze, auch er. Wie selbstverständlich setzte er sich neben mich. Alle sprachen durcheinander und es war kaum jemand zu verstehen. Wie in diesen Till Schweiger Filmen mit all den hübsch ausgestatteten Boho-Gartenpartys.

Doch ihn verstand ich ganz genau, als er sich seitlich zu mir beugte und ein »Hi, Luna« raunte, das mir Gänsehaut am ganzen Körper bescherte. Sophie nahm uns gegenüber Platz und als sie sah, wie eng Moritz an mir klebte, applaudierte sie überschwänglich. Wie auf Kommando wurde es still am Tisch, alle hefteten ihre Blicke auf uns, was mehr als unangenehm war. Opa Helmut ließ die Gabel auf den Teller fallen.

»Hey Leute, entschuldigt die Verspätung. Aber diese neue Buchungssoftware macht mich noch wahnsinnig.« Es war Finn, der mich mit seiner Ankunft aus dieser grotesken Situation rettete und seiner Angebeteten gerade einen sehr leidenschaftlichen Kuss gab. Dann eilt er um die große Tafel, zog mich vom Stuhl und schloss mich in seine Arme. »Mensch Luna, das ist ja fast wie früher.«

Ja klar, er musste natürlich auch darauf anspielen.

»Hi Finn«, erwiderte ich lediglich, während Finn schon dabei war, Moritz freundschaftlich auf die Schulter zu klopfen. Mit einem typisch männlichen »Na« war zwischen den beiden wohl alles gesagt.

Zeitgleich griffen Moritz und ich nur wenig später nach der Salatschüssel, wobei sich unsere Finger berührten. Es fühlte sich an, als würde ein Blitz direkt in mich einschlagen und ich zuckte schnell zurück.

Moritz nahm die Schüssel, stellte sie zwischen uns ab. »Du zuerst.«

Wie gentlemanlike. Unter anderen Umständen hätte ich das sogar charmant gefunden. Um uns herum hatten alle den peinlichen Moment von vorhin vergessen und waren wieder in Gespräche vertieft oder ins Essen.

»Wohin geht eigentlich eure Hochzeitsreise?« Marina, Elkes Schwester und damit Sophies Tante, lenkte die Aufmerksamkeit auf das Brautpaar, das sich bei dieser Frage innig ansah und strahlte.

»Bali«, antworteten beide synchron und ein Raunen ging durch den Garten.

»Wow.« Vivien klatschte begeistert in die Hände. »Da will ich auch unbedingt mal hin.«

Jörg, Marinas Mann, warf skeptisch ein: »Ganz schön weit weg, oder?«

»Ist das nicht Sinn und Zweck einer Hochzeitsreise? Dass man es sich richtig gut gehen lässt und ein Ziel auswählt, das man nicht alle Tage bereisen würde?« Ich versuchte, ihm etwas den Wind aus den Segeln zu nehmen. Warum bildeten sich Menschen ein, es wäre okay, über die Entscheidungen anderer Menschen zu urteilen? Und wenn Sophie und Finn nach Australien fliegen würden oder ihre Flitterwochen in Peenemünde auf Usedom verbrachten, es ging schlichtweg niemanden etwas an.

»Jaja, das stimmt natürlich. Was macht man auf Bali?«, wollte er noch wissen.

Finn zog eine Grimasse. »Das werden wir euch ganz bestimmt nicht auf die Nase binden, oder Schatz?« Er küsste Sophie auf die Nasenspitze, die ihn verliebt ansah und innig seufzte.

Dann meldete sich Opa Helmut zu Wort. »Also, wir sind ja früher nicht so weit gereist. Nach der Hochzeit sind meine Gerli und ich mit dem Motorrad nach Rostock gefahren und haben Schiffe geguckt. Drei Tage lang, dann ging das normale Leben weiter.«

»Ach Papa, du mit deinen Wir-Geschichten von früher«, warf Marina ein.

»Ja, früher war alles anders. Nicht so ... verrückt wie heute.« Opa Helmut legte sein Besteck auf den Tisch und fuchtelte mit den Armen in der Luft herum. »Bali. Wo liegt das überhaupt? In Amerika?«

Sophie rollte mit den Augen. »Im Indischen Ozean, Opa.«

»Warum fahrt ihr denn nicht in die Lüneburger Heide? Oder in den Harz? Dort ist es auch schön.« Jetzt kam er richtig in Fahrt. Auf seiner Oberlippe sammelten sich Schweißperlen und sein Gesicht lief rot an.

»Also, wenn ich mal heirate, will ich meine Flitterwochen auf jeden Fall in Deutschland verbringen. Es gibt so wunderschöne Ecken hier«, flötete Vivien, die zwei Plätze neben Moritz saß und ihn dabei anschmachtete.

Laura prustete über den Tisch. »Hä? Gerade hast du noch gesagt, du willst unbedingt nach Bali. Kleines Fähnchen im Wind, hm?«

O Mann, die Dynamik zwischen den Cousinen war auch speziell.

»Kann dir doch egal sein«, warf Vivien zurück, ohne ihren Blick von Moritz abzuwenden.

Was zur Hölle?

»Moritz, wo willst du denn mal deine Flitterwochen verbringen?« Der Aufschlag ihrer viel zu langen, künstlichen Wimpern sollte wohl theatralisch rüberkommen, war in dem Moment aber einfach ein bisschen zu dick aufgetragen.

Moritz räusperte sich und nahm seine Serviette, um sich den Mund zu säubern, bevor er antwortete. »Darüber habe ich ehrlich gesagt noch nicht nachgedacht.

Und vermutlich müsste ich dafür erst mal heiraten, oder?«

Als wäre das Viviens Stichwort beugte sie sich so sehr nach vorn, dass ihre Brüste halb auf dem Tisch lagen. Was auch immer sie damit bezweckte, es ließ mich den Kopf schütteln. Machte sie Moritz allen Ernstes an?

»Du bist also Single?« Jetzt leckte sie sich auch noch über die knallrot geschminkten Lippen.

»Wann heiratet ihr denn nun endlich?« Es war Oma Gerlinde, die das aussprach und dabei zielgerichtet zu Moritz und mir sah. Sie hatte den ganzen Abend noch nichts gesagt. Von Sophie wusste ich, dass ihr Gedächtnis nicht mehr das beste war, sie aber hier und da noch ein paar lichte Momente hatte. Dennoch bohrten sich ihre Worte wie ein Dolch in mein Herz. Der Salat, den ich mir gerade in den Mund geschoben hatte, blieb mir buchstäblich im Hals stecken. »Ihr müsst doch mal Kinder kriegen«, legte sie noch nach, was die Sache leider nicht verbesserte.

Meine Haut begann unangenehm zu kribbeln, weil jeder hier am Tisch mich anstarrte. In meinem Magen rumorte es und mir wurde übel. Das war dann wohl der absolute Tiefpunkt des Abends. Ach was, meines ganzen Lebens.

»Mensch Oma, die sind schon seit über zehn Jahren nicht mehr zusammen«, rief Vivien und schenkte mir ein süßsaures Grinsen. Blöde Kuh.

»Wer?« Oma Gerlinde war wieder in ihre eigene Welt versunken. Einerseits freute ich mich, dass sie sich offenbar an mich, also an uns – Moritz und mich – erinnerte. Andererseits hatte sie, ohne es zu wollen, meinen wundesten Punkt getroffen. Und egal, von welcher

Seite ich es betrachtete, der peinliche Moment hallte in mir nach.

Ich überlegte, welche Möglichkeiten mir jetzt blieben. Ich konnte so tun, als wäre nichts. Wie Moritz, der beherrschte das perfekt. Oder ich ging einfach.

Das Herz schlug mir bis zum Hals. Schließlich war das Sophies Abend, den ich ihr nicht versauen wollte.

»Nun lasst doch Luna und Moritz mal in Ruhe«, meldete sich Elke zu Wort, wofür ich ein stummes Danke zuwarf.

»Papperlapapp.« Opa Helmut hatte anscheinend beschlossen, dass wir noch nicht in Ruhe gelassen wurden. »Sieht man doch, dass die nicht auseinander sind. Also, früher, als ich meine Gerli mal eine Woche nicht gesehen hatte, weil ich von der Arbeit aus ...«

Mein Hirn schaltete auf Autopilot und Opa Helmuts Monolog über die guten alten Zeiten zog über meinen Kopf hinweg. Meine Wangen fühlten sich heiß an und der Kloß im Hals wurde unerträglich. Über den Tisch hinweg sah ich, wie Sophies Lippen ein »Sorry« formten, obwohl sie nichts für die Situation konnte.

Ich schluckte die aufkommenden Tränen hinunter und erhob mich. »Entschuldigt mich bitte für einen Moment.« Wie in Trance wendete ich mich zum Gehen ab. »Bin gleich wieder da.«

Das war eine Lüge und Sophie würde sie mir hoffentlich verzeihen. Hastig rannte ich ins Haus, in der Küche hielt ich für einen Moment inne, weil ich Sophies Rufen hörte.

»Luna, warte doch mal.«

»Was hat sie denn?«, hörte ich im Hintergrund jemanden rufen und vermutete, dass das von ihrer Tante kam.

»Luna, warte. Bitte.« Sophie schnaufte hinter mir, als wäre sie gerade einen Marathon gelaufen. Ich drehte mich um und sie nahm mich für einen Moment in die Arme. »Es tut mir leid, dass das aus dem Ruder gelaufen ist. Aber Opa Helmut, na ja, er ist einfach alt und ein bisschen grumpy. Und Oma Gerli, na du weißt ja … Sei ihnen nicht böse.«

Ich wand mich aus ihrer Umarmung und schaffte Abstand zwischen uns, um mir die Tränen von den Wangen zu wischen, die sich unaufhaltsam auf den Weg gemacht hatten. »Ich bin ihnen nicht böse. Eher bin ich sauer auf mich. Ich dachte, ich bin über Moritz hinweg. Aber das ist offensichtlich nicht der Fall. Ganz und gar nicht.«

»O Mann, Luna. Das Gute ist, der Tanzkurs ist erst am Mittwoch, da kannst du ihm zwei Tage aus dem Weg gehen und dir überlegen, wie du am besten damit umgehst.«

Es war ein netter Versuch, mich zu beschwichtigen, wirklich. Aber er war lächerlich.

»Sophie, wir sind im gleichen Hotel. Es ist quasi unmöglich, ihm aus dem Weg zu gehen, es sei denn, ich verschanze mich vierundzwanzig Stunden am Stück in meinem Zimmer.« Schulterzuckend resignierte ich. »Bist du mir böse, wenn ich jetzt nach Hause gehe?«

»Traurig, ja«, gab sie zu, was ich ihr nicht einmal verübeln konnte. »Aber ich verstehe es und bin dir nicht böse. Ich sag den anderen, dass es dir nicht gut geht.

Das ist ja nicht einmal gelogen. Wie kommst du ins Hotel? Soll ich dir ein Taxi rufen?«

Kopfschüttelnd verneinte ich. »Ich gehe am Strand entlang. Das hatte ich ohnehin vor.«

»Okay. Aber pass auf dich auf und melde dich unbedingt, sobald du angekommen bist. Ach, und Luna«, sie hob ihre Hand, in der ich eine Weinflasche erkannte, »nimm die hier mit. Bisschen Wegzehrung kann nie schaden. Aber nicht alles auf einmal austrinken, ja?«

Sie drückte mir noch einen Kuss auf die Wange, bevor sie zurück in den Garten ging.

»Das wird wieder!«, rief sie fast schon beschwingt und ich wünschte mir, ich hatte nur einen kleinen Funken ihres unerschütterlichen Optimismus.

Niedergeschlagen machte ich mich auf den Weg zum Strand. Es dämmerte bereits, aber noch war es hell genug, um alles gut zu erkennen. Einmal mehr verfluchte ich die Tatsache, dass ich mit Moritz hergekommen war. Jetzt musste ich die ganze Strecke nach Dünenwiek zu Fuß zurücklegen.

Ich ließ den Tränen freien Lauf und schluchzte, was das Zeug hielt. Warum war das alles so aus dem Ruder gelaufen?

Es überrollte mich regelrecht, dass mich die Geschehnisse noch immer so verletzten, obwohl es zehn Jahre her war. Es überrollte mich, dass Moritz so gut aussah. Dass sein begnadetes Lächeln mir noch immer unter die Haut ging und dass ich in seiner Gegenwart kaum einen klaren Gedanken fassen konnte.

Es überrollte mich, weil ich das Gefühl hatte, nicht mehr zu wissen, wer ich war.

Kapitel 8

Irgendwo zwischen Binz und Dünenwiek war ich nach einer guten Stunde gestrandet. Barfuß durch den sonnengewärmten Sand zu laufen, war zwar wunderschön – gut, der Grund dafür war das eher weniger –, aber es war auch ungewohnt und anstrengend. Außer Puste ließ ich mich daher etwas geschützt in einer Düne in den Sand plumpsen. Nur noch wenig Menschen tummelten sich im Strand, einige davon waren im Wasser, andere schlenderten durch die sanften Wellen.

Meine Tränen waren getrocknet, weil ich beschlossen hatte, dass kein Mann der Welt es wert war, ihm hinterherzutrauern. Schließlich hatte ich in den letzten Jahren kaum einen Gedanken an Moritz verschwendet und ein gutes Leben gehabt.

Das stimmt nicht, flüsterte das Teufelchen auf meiner linken Schulter. *Du hast unentwegt an ihn gedacht.*

Kopfschüttelnd versuchte ich, die kleine Kreatur zu vertreiben, und führte die Weinflasche an meine Lippen. Der Weißwein war inzwischen warm geworden, aber das war mir egal. Ich nahm einen großen Schluck, doch das Teufelchen blieb.

Ich habe recht, meldete es sich erneut zu Wort.

Ich hatte zu viel getrunken, oder?

Hast du nicht, Blödmann. Ah, auf der rechten Schulter saß anscheinend das Engelchen und versuchte, mich zu verteidigen. Sehr rühmlich. Danke. *Er hat ihr übel mitgespielt, natürlich vergisst man das nicht so einfach. Aber er ist kein Thema mehr für uns. Gar nicht.*

Ich schnaubte und amüsierte mich königlich über meine irrationalen Begleiter. Anscheinend verlor ich wohl den Verstand. Anders war ihre Anwesenheit nicht zu erklären.

Kein Thema mehr, dass ich nicht lache. Checkst du bitte mal ihren Herzschlag, sobald sie ihm begegnet? Dann wirst du sehen, wie sehr er kein Thema mehr für sie ist.

Gab das Ding denn nie Ruhe?

»Pscht«, zischte ich vielleicht etwas zu laut. Ein Pärchen drehte sich zu mir um.

Pf, das ist gar kein Beweis. Wenn man sich erschrickt, beschleunigt sich die Herzfrequenz ebenso.

»Ist hier noch Platz?« Eine tiefe Männerstimme riss mich aus meinen Gedanken und als ich sah, wer dafür verantwortlich war, machte mein Herz einen gewaltigen Satz.

Herzschlag, zischte das Teufelchen feixend.

Erschrocken, erwiderte das Engelchen daraufhin.

Ich hatte von beiden genug. Als würde ich mir Krümel von den Schultern wischen, fuhr ich mit meinen Händen darüber hinweg und hoffte, ich wäre beide Krawallbürsten damit los.

»Ist ja nicht mein Strand«, antwortete ich schulterzuckend.

Das war ihm offenbar Erlaubnis genug, denn Moritz ließ sich neben mir nieder. Mit etwas Sicherheitsabstand, den ich dankbar bemerkte. Mein Blick war stur auf das Wasser gerichtet und ich versuchte, den Wellen zu lauschen, anstatt mich von seiner Anwesenheit beirren zu lassen. Wenn das mal funktionieren würde, denn man Herz raste nach wie vor im Galopp.

»Alles okay?«, wollte er besorgt wissen und als wäre seine bloße Anwesenheit nicht ausreichend, spürte ich seinen eindringlichen Blick auf mir.

»Japp. Könnte kaum besser sein.« Dass in meiner Stimme eine gewisse Portion Sarkasmus mitschwang, konnte ich nicht verhindern.

Moritz stützte seine Unterarme auf den Knien ab und verschränkte seine Finger miteinander. So wie wir einst unsere Finger miteinander verschränkt hatten. Für einen kurzen Moment verlor ich mich in der Erinnerung, wie es sich anfühlte, wenn sich seine Finger mit meinen verwoben hatten.

»Es tut mir leid, Luna«, murmelte er.

Ich nickte. »Was genau tut dir leid? Dass Opa Helmut denkt, wir wären immer noch ein Paar?«

Oder dass du so verdammt attraktiv bist? Oder dass ich am liebsten den ganzen Tag an dich denken würde? Oder dass mir dein Lächeln weiche Knie beschert? Oder vielleicht, dass ich dich gern küssen würde?

Verdammt, das musste aufhören!

»Die gesamte Situation. Mir war nicht klar, wie sehr dir das noch zusetzt. Ich dachte, es ist lange genug her und wäre okay ...«

In meinem Bauch formte sich ein Wutball, der ein beängstigendes Ausmaß annehmen würde, wenn er noch mehr solchen Bullshit von sich gab.

»Ach ja?«, fauchte ich ihn an, drehte mich zu ihm, damit er all den Schmerz in meinem Gesicht auch gut sehen konnte. »Du hast allen Ernstes angenommen, du kannst einfach wieder in mein Leben spazieren und so tun, als wäre nichts gewesen, weil es ja schon so lange her ist, dass du mich von jetzt auf gleich hast sitzen lassen? Hast du wirklich geglaubt, das Blatt Papier, das du vor zehn Jahren zerknüllt und weggeworfen hast, würde jetzt wie neu aussehen?« Die letzten Worte konnte ich nur noch flüstern, weil meine Stimme brach. Ich erinnerte mich einfach viel zu gut an dieses Gefühl von damals, als ich dieses Blatt Papier war.

Für den Bruchteil einer Sekunde verwoben sich unsere Blicke. Moritz kniff die Augen zusammen. »Ja, irgendwie hatte ich das geglaubt. Aber ich weiß inzwischen selbst, dass das ziemlich töricht war.«

Seine ungewohnte Wortwahl ließ mich schmunzeln, was den Wutball schrumpfen ließ. »Töricht? Aus welchem Jahrhundert kommst du?«

Ein Lächeln zupfte an seinen Mundwinkeln, bevor er wieder ernst wurde. »Es tut mir leid, dass ich dir das angetan habe, Luna. Und das meine ich ernst. Ich hätte nicht einfach gehen dürfen, sondern mit dir reden müssen. Du hattest das nicht verdient. Das weiß ich jetzt. Aber damals … Ich konnte nicht …«

Er geriet ins Stocken. »Vergiss es einfach«, erwiderte ich, doch er hob abwehrend die Hand.

»Lass mich bitte ausreden. Seit zehn Jahren stelle ich mir vor, wie es ist, dich wiederzusehen und was ich dir alles sagen würde. Aber als du da neulich vor mir standest, war mein Hirn wie leer gepustet und wechselte in den Überlebensmodus.«

»So kann man das auch ausdrücken.« Ich holte tief Luft, streckte die Beine aus und vergrub meine Zehen im warmen Sand. Am Horizont sank die Sonne immer tiefer und war fast so weit, ins Meer einzutauchen. Eine

orangerote Farbenpracht glitzerte in der Wasseroberfläche.

Der perfekte romantische Moment.

Und wir saßen hier und machten uns Vorhaltungen.

»Warum, Moritz? Ich will keine großen Worte. Ich
will nur wissen, warum.«

Er tat es mir gleich, streckte die Beine aus, legte sich
auf die Seite und stütze sich auf den Ellenbogen. Mit
den Fingern der freien Hand zog er kleine Spuren im
Sand.

»Ich bin ein Scheidungskind, das weißt du. Meine Eltern hatten nie ein besonders gutes Verhältnis zueinander, auch das ist bekannt. Und als du mir damals diesen
Vorschlag unterbreitet hast, gemeinsam nach Dresden
zu gehen, dort zusammen eine Wohnung zu beziehen
und zu studieren, fühlte sich das für mich ... eng an. Ein-
geengt, wenn du verstehst. Weil ich damals glaubte, das
wäre der Anfang vom Ende. Unsere Beziehung war so
perfekt, dass ich mir sicher war, dass wir sie gegen die
Wand fahren würden. Genau wie meine Eltern. Und
dafür war ich nicht bereit.«

Fragend verzog ich das Gesicht. »Deswegen hast du
uns aufgegeben? Das ist kein Grund, wortlos abzu-
hauen. Wir hätten darüber reden können, ich hätte es
sogar verstanden und wir hätten vielleicht eine andere
Lösung gefunden.«

Schuldbewusst senkte er den Blick. »Die Lösung wäre
eine Fernbeziehung gewesen. Und ich glaube, wir wissen beide, dass eine Distanz dazu führt, dass man nie
weiß, ob der andere einen vermisst oder vergisst. Ich
wollte beides nicht. Also erschien es mir als das einzig

Richtige, zu gehen.« Er holte tief Luft. »Es tut mir aufrichtig leid, dass ich dich so verletzt habe.«

»Verletzt? Du hast mich nicht verletzt.« Ein verbitterter Laut kroch aus meiner Kehle. »Du hast mein Herz in Stücke zerfetzt, einfach so. Ich habe dich angerufen, dir Nachrichten geschickt. Aber du hast mich geghostet, als würden wir uns nicht kennen. Warum, Moritz?«

»Darauf habe ich keine Antwort. Ich schätze, es war einfach Angst. Angst vor der Konfrontation.«

Das war wenigstens ehrlich. Prustend stieß ich die Luft aus und stand auf. Ich brauchte räumlichen Abstand. Ich riss die Arme in die Luft und atmete tief ein, weil ich das Gefühl nicht loswurde, dass meine Lunge zu wenig Sauerstoff bekam. Ich lief ein paar Schritte und drehte mich dann wieder zu ihm um, stemmte die Hände in die Hüften.

»Mit deinem Scheißabgang hast du alles kaputt gemacht. Mich hast du kaputtgemacht«, schimpfte ich und hörte, wie meine Stimme zitterte. »Wusstest du, dass all meine Beziehungen nach dir nie länger andauerten? Dass ich immer die Reißleine gezogen habe, sobald es ernster wurde? Weil ich nicht glauben kann, dass es jemand ernst mit mir meint. Weil ich verdammt noch mal Angst davor habe, wieder sitzengelassen zu werden. Zuerst wollte ich sogar auf dich warten. Aber dann ist mir aufgefallen, dass man nicht auf etwas warten kann, das nie kommt. Denn dann ist es nicht mehr Warten, sondern Stehenbleiben. Und ich habe es satt, auf der Stelle zu stehen. Ich will mein Leben wieder. Ich möchte, dass mein Herz wieder frei ist.«

Das Atmen fiel mir schwer, weil ich mich in Rage geredet hatte. Es war, als schnürte mir jemand die Brust ab, und ich schnappte mehrmals nach Luft. Vielleicht auch, weil ich hoffte, so die aufkommenden Tränen unterdrücken zu können. Ich wollte nicht weinen. Nicht vor ihm. Nicht wegen ihm. Nicht mehr.

Auch wenn ich Moritz nicht direkt ansah, bemerkte ich aus dem Augenwinkel, dass er mich betreten musterte. Er kaute auf seiner Unterlippe, blieb jedoch stumm.

Wütend warf ich die Hände in die Luft. »Ach, das hat doch alles keinen Sinn«, grollte ich und stapfte durch den Sand. Ich wollte nur noch zurück zur Pension. Meine Füße trugen mich zum Wasser und ich tauchte meine Zehen ins erfrischende Nass, das sofort sanft meine Knöchel umspülte und mich beruhigte.

Die Ostsee hatte schon immer eine beruhigende Wirkung auf mich gehabt. Als ich klein war, war meine Mama oft mit mir zum Strand gegangen, wenn ich traurig war oder wütend. Die Ostsee heilte auf magische Weise. Sie liebte. Sie redete sich nicht um Kopf und Kragen.

»Hey, Luna, jetzt warte doch mal.« Plötzlich hörte ich Moritz hinter mir und fuhr zu ihm herum.

»Was?«, zischte ich ihn barsch an.

»Es tut mir leid, okay? Ich kann es nicht ungeschehen machen, selbst wenn ich es wollte. Aber es tut mir von Herzen leid, das musst du mir glauben.«

Im Licht der untergehenden Sonne, die inzwischen schon zu gut zwei Drittel hinterm Horizont versunken war, erlaubte ich mir, ihn anzusehen und für den Bruchteil einer Sekunde verwoben sich unsere Blicke. Was war das in seinen Augen? Schmerz? Reue?

Mein ganzer Organismus spielte verrückt. Seit ich ihm begegnet war, war ich nicht mehr ich selbst. Und gerade hatte ich es furchtbar satt, nicht ich selbst zu sein. Mich permanent dagegen zu wehren, dass er hier war. Vielleicht hatte Sophie recht und ich sollte das endlich abhaken.

Nicht er war dafür verantwortlich, dass ich mein Leben wiederbekam, sondern ich selbst. Das wurde mir in diesem Moment einmal mehr bewusst. Mein Glück war nicht von jemandem abhängig, der es vorgezogen hatte, ohne ein Wort das Weite zu suchen, anstatt einen Kompromiss einzugehen.

Es gelang mir schließlich, meinen Blick von ihm zu lösen und zu seufzen. »Okay, vielleicht glaube ich dir. Auch wenn ich es absolut bescheuert finde.«

Erleichtert stieß er den Atem aus und presste die Handflächen vor der Brust aneinander. »Danke. Du ahnst nicht, wie viel mir das bedeutet.«

Ich zuckte lediglich mit den Schultern. »Immerhin reden wir, lieber spät als nie, hm?« Ein halbherziges Lächeln huschte über meine Lippen und ich setzte mich in Bewegung, weil ich nun endlich zurückgehen wollte.

»Falsche Richtung, Sprotte.«

»Wie?« Verwirrte drehte ich mich um.

»Zur Pension geht es da lang.« Moritz zeigte mit ausgestrecktem Arm in die entgegengesetzte Richtung.

»Oh, okay. Das wusste ich natürlich.« Ich machte auf der Stelle kehrt. »Die Weinflasche ... ich muss die Weinflasche noch einsammeln«, fiel mir ein.

»Ich hole sie schnell.« Noch bevor er ausgeredet hatte, sprintete er los.

Was sein Anblick von hinten mit meinen Sinnen machte, versuchte ich zu ignorieren. Wie durcheinander konnte man bitte sein? In einem Moment hasste ich ihn abgrundtief und würde ihn am liebsten ohne Rückfahrkarte auf den Mond schießen. Und im nächsten hechelte ich ihm hinterher, weil er am Strand entlangrannte, als wäre er einer der legendären Baywatch-Schauspieler. Ich schrieb es dem Alkohol zu, dass in meinem Kopf und in meinem Herzen das pure Chaos herrschte.

Während ich nun also meinen Groll auf Moritz hinunterschluckte, gestattete ich mir noch einen Blick auf den blutroten Horizont. Die Sonne hatte es fast in ihr Schlafquartier geschafft und tauchte den Himmel in magisch-düstere Farben.

Im Nullkommanichts war Mister-es-tut-mir-leid wieder da. Dass er nach seiner Sprinteinlage kaum abgehetzt war, ließ vermuten, dass er gut trainiert war. Okay, das ließ sein muskulöser Körper ebenso vermuten.

Wortlos liefen wir ein paar Schritte. Dieses Mal in die richtige Richtung.

Es dauerte ein paar Minuten und etliche Wellen, bis Moritz das Schweigen brach. »Meinst du, wir können uns bis zur Hochzeit wie Erwachsene benehmen und halbwegs normal miteinander umgehen?«

Ich wollte schon wieder nach Luft schnappen und ihm etwas an den Kopf werfen, weil seine Worte implizierten, dass ich mich wie trotziges Kind benommen hatte. Aber ich kriegte gerade noch so die Kurve und nickte stattdessen. »Ja, es wäre vermutlich das Vernünftigste. Für Sophie und Finn.«

Moritz blieb stehen und ich tat es ihm gleich. Als er die Hand hob, in der er die Weinflasche trug, streifte er meinen Unterarm. Es fühlte sich ein wie ein Stromschlag, der durch meine Adern zitterte, und mir blieb für einen Augenblick die Luft weg.

»Also, Frieden?« Mit hochgezogener Braue sah er mich an. Als könnte ich bei diesem umwerfenden Lächeln Nein sagen.

»Japp, Frieden«, willigte ich schließlich ein und hatte keine Ahnung, wie das überhaupt funktionieren sollte.

Er reichte mir die Weinflasche und ich nahm einen großen Schluck. Das tat gut. Dann setzt er die Flasche an seine Lippen und nahm ebenfalls einen Schluck, ohne jedoch seinen Blick von mir abzuwenden.

Wie in Zeitlupe nahm ich wahr, dass er seine freie Hand hob und seine Finger in die Richtung meines Gesichts bewegte. Im nächsten Moment traf die warme Haut seines Daumens auf das Herz meiner Oberlippe, um einen Tropfen wegzuwischen.

Ich träumte.

Das musste ein Traum sein, oder?

»Entschuldige, das war too much. Aber ich ...«

Darauf hatte ich nichts zu entgegnen.

Gar nichts.

Er stand mir gegenüber, sah mich an. Seine Lippen, diese wunderschön geschwungenen Lippen, einen Spalt geöffnet, sodass die schneeweißen ebenmäßigen Zähne etwas durchschimmerten.

Mein Herz raste. Oder hatte es ganz ausgesetzt? Ich wusste es nicht. Weil ich in diesem Moment nichts fühlte. Und doch alles irgendwie.

Durch meinen Kopf flackerte ein Film von zwei Teenagern, bis über beide Ohren ineinander verliebt und bereit, den Rest des Lebens miteinander zu verbringen. Küsse am Strand. Zärtliche Berührungen im Schutz der Dünen. Gemurmelte Liebesbekundungen im alten Kinderzimmer.

»Ich ... ich muss jetzt zur Pension zurück.« Irgendwie schaffte ich es, mich aus meiner Schockstarre zu lösen, schob mir meine vom Wind zerzausten Haare hinter die Ohren.

»Was dagegen, wenn ich dich begleite?«

Ich antwortete mit einem Schulterzucken. Mir blieb wohl kaum eine Wahl.

Schweigend liefen wir ein paar Schritte. Dieses emotionale Auf und Ab bekam mir ganz und gar nicht. Ich war innerlich so in Aufruhr, das konnte nicht gesund sein. Und je mehr ich beschloss, die Vergangenheit ruhen zu lassen und Moritz eine Chance zu geben, umso frustrierter wurde ich.

»Woher wusstest du eigentlich, wo ich bin?«, wollte ich wissen, weil mir diese Frage schon die ganze Zeit unter den Nägeln brannte. Wobei ich die Antwort darauf bereits ahnte.

»Sophie hat mir gesagt, dass ich dich am Strand finde.«

»Hätte ich mir ja denken können. Die alte Plappertante«, lamentierte ich vor mich hin.

»Ich wäre auch ohne ihren Hinweis hergekommen. Du bist schon früher immer zum Strand gegangen, wenn es dir nicht gut ging.«

Noch nie war ich dankbarer für die schützende Dämmerung, die dafür sorgte, dass mir Moritz nicht ansah, wie durcheinander ich wirklich war.

Nachdem wir den nächsten Kilometer zurückgelegt hatten, ohne ein Wort miteinander zu wechseln, spürte ich dieses Kribbeln auf meiner Haut, das ich nicht deuten konnte. Es war vorhin schon da gewesen, als er mir den Tropfen Wein von der Lippe gewischt hatte.

»Kann ich dich was fragen?« Es gab da etwas, das ich schon die ganze Zeit wissen wollte.

»Ja klar, alles, was du willst.«

Bewusst schlenderte ich weiter, aus Angst, Moritz könnte mir wieder zu nahe kommen, sollten wir stehen bleiben.

»Hast du jemals an mich gedacht? Oder daran, was gewesen wäre, wenn du nicht abgehauen wärst?«

Leider blieb Moritz in dem Moment stehen. Ich wollte weiterlaufen, spürte jedoch seine Finger an meinem Oberarm, mit denen er mich aufhielt.

Da standen wir. Wieder genauso wie vorhin. Das Kribbeln auf meiner Haut verstärkte sich unter seinem eindringlichen Blick.

Er löste seine Finger von meinem Arm und ich rieb mir mit der Hand über die Stelle, die sich plötzlich ganz kalt anfühlte. Dann nestelte er an seiner Hosentasche und zog seine Geldbörse raus.

Ehe ich mich versah, hielt er sie mir geöffnet vors Gesicht. Mein Hirn reagierte verzögert, sodass es ein paar Sekunden brauchte, bis mir klar wurde, was er mir zeigen wollte.

Mir stockte der Atem, als ich das alte Foto sah. Es war ganz schön in Mitleidenschaft gezogen, hatte Knicke und Risse an den Seiten und war vergilbt. In dem Moment, als ich es realisierte, erinnerte ich mich an den Moment, in dem es entstanden war. Sophies achtzehnter Geburtstag. Eine von vielen Partys am Strand. Mit Lagerfeuer, Picknick und allem Drum und Dran. Das Foto zeigte Moritz und mich. Wir saßen auf einer Decke, ich hatte meinen Kopf an seinen Hals gekuschelt und er hatte liebevoll seine Wange an meine Haare geschmiegt. Wie verliebt wir aussahen.

»Jeden Tag, Luna«, raunte er heiser. »Jeden verdammten Tag habe ich an dich gedacht und daran, was ich dir und uns angetan habe. Jedes Mal, wenn ich irgendwo etwas bezahlen muss, sehe ich dich. Uns. Und weiß, wie scheiße mein Verhalten war.«

Seine Worte sorgten dafür, dass meine Knie weich wurden. Ich versuchte, den dicken Kloß in meinem Hals hinunterzuschlucken, aber es gelang mir nicht.

Ein belegtes »Oh« rutschte aus meiner viel zu engen Kehle.

War das vielleicht jetzt der Moment, in dem ich ihm verzeihen sollte, dass er damals so ein Arschloch gewesen war, weil ich nun wusste, dass er es bereute?

»Du hättest dich melden und auf einen meiner Kontaktversuche reagieren können«, warf ich schließlich ein und setzte meine Füße wieder voreinander, nicht zuletzt, um dieser Situation zu entfliehen.

Moritz lief neben mir her. »Ja, das wäre sogar ein Muss gewesen. Aber weißt du, ich hätte gar nicht gewusst, was ich dir sagen sollte. Alles war so konfus und ich war völlig durch den Wind.«

»Wie wäre es mit der Wahrheit gewesen? Wie jetzt auch? Vielleicht hätte ich es sogar verstanden? Deine Gedanken nachvollziehen können?«

Von Weitem sah ich Swantjes Pension, zumindest einen Teil der beleuchteten Terrasse, und atmete fast erleichtert auf, dass sich dieses schwere Gespräch dem Ende neigte und ich endlich ins Bett gehen konnte.

»Japp, damit hast du absolut recht. Ich kann es leider nicht rückgängig machen, ich kann dich nur darum bitten, dass du mir verzeihst. Menschen machen Fehler, jeden Tag. Ich bin einer davon.«

»Was? Einer dieser Fehler oder einer dieser Menschen, die Fehler machen?« Um das aufkommende Lachen zu unterdrücken, biss ich mir auf die Unterlippe. Diesen Kommentar konnte ich mir einfach nicht verkneifen.

Moritz revanchierte sich, indem er mich mit dem Ellenbogen vorsichtig in die Seite knuffte. »Hey, nicht frech werden, ja? Du weißt genau, wie ich das gemeint habe.«

Wir verließen die Wasserkante und liefen über den Strand zum Treppenaufgang der Pension, als Moritz auf einmal innehielt.

»Setzen wir uns noch einen Moment?« Noch während er sprach, ließ er sich auf der obersten Stufe des Aufgangs zur Terrasse nieder.

Kurz überlegte ich, ob es eine gute Idee war, aber ich war an einem Punkt, an dem ich nichts mehr zu verlieren hatte. »Ja, warum nicht.«

Es war inzwischen stockdunkel und der Himmel über uns zeigte sich sternenklar. Hier am Strand, wo sämtliche Lichtquellen fehlten und die Nacht wirklich düster war, leuchteten die Sterne dreimal so hell wie über einer Großstadt.

Ich setzte mich neben Moritz, auf ein paar Zentimeter Sicherheitsabstand bedacht, umschloss die Knie mit meinen Armen und stützte mein Kinn darauf ab.

Für ein paar Wimpernschläge saßen wir nur nebeneinander. Bis ich seinen Arm auf meiner Schulter spürte. Die Wärme seiner Haut durchströmte mich wie pure Energie.

»Darf ich?«, fragte er leise und an meiner Schulter fühlte ich den sanften Ruck, mit dem er meinen gut gewählten Sicherheitsabstand verringern wollte.

Stumm nickte ich und im nächsten Augenblick war ich so nahe bei ihm, dass mir die Luft wegblieb. Vorsichtig, als wäre ich aus Meißener Porzellan, kippte ich meinen Kopf zur Seite, der gleich darauf an seiner Halsbeuge landete. Alles fühlte sich genauso an wie damals, als das Foto entstanden war, das er mit sich herumtrug. Ich spürte, wie endlich Ruhe in mir einkehrte, sich alles irgendwie sortierte. Ich konnte hier mit ihm sitzen, ohne ihn zu hassen oder ihm nicht jugendfreie Flüche an den Hals zu wünschen.

»Du könntest mit deiner Smartwatch zahlen, dann müsstest du nicht jedes Mal das Foto ansehen«, schlug ich mit einem unterdrückten Lachen vor.

»Gute Idee. Aber vielleicht will ich das Foto ja immer wieder sehen.« Mit den Fingerspitzen fuhr er sanft kleine Kreise auf meiner Schulter und ließ mich erschaudern.

»Bisschen masochistisch ist das schon, oder?«

»Möglich, anscheinend brauche ich das, damit ich jeden Tag weiß, dass ich den wunderbarsten Menschen auf dem ganzen Planeten verloren habe.«

Ach du meine Güte.

Er meinte mich damit.

Sämtliche Barrikaden, die ich meinem Inneren über die Jahre aufgebaut hatte, bröselten in sich zusammen. Auch der letzte Widerstand löste sich in Luft auf und verpuffte wie ein falsch ausgesprochener Zauber.

»Ich bin hier, vielleicht hast du mich ja gar nicht verloren«, murmelte ich und möglicherweise presste ich mich etwas näher an ihn, weil es mir auf seltsame Weise guttat, ihn zu spüren. Ihn zu riechen. Seine Wärme aufzunehmen.

»Luna, ich ... ich habe nie aufgehört, dich zu lieben. Und wenn ich nur einen einzigen Wunsch frei hätte, dann würde ich mir wünschen, dass ich die Zeit zurückdrehen könnte. Damit ich nicht so ein Arschloch wäre, das dich hat sitzen lassen und damit wir einfach da weitermachen können, wo wir aufgehört haben.«

Meine Kehle wurde staubtrocken. Ich schluckte.

Als würde uns das Universum ein Zeichen schicken, jagte eine Sternschnuppe über das Firmament über uns. Wir zuckten beide zusammen.

Ich wand mich aus seiner festen Umarmung. Nicht, weil es mir unangenehm geworden war, sondern viel mehr, weil ich etwas probieren wollte. Nein, eigentlich wollte ich etwas wissen.

Also richtete ich mich auf und drehte meinen Kopf so, dass ich Moritz ansehen konnte. Gerade als er anhob, weiterzusprechen, legte ich meinen Zeigefinger auf seine Lippen. »Sch, mach es nicht schon wieder kaputt.«

Die Welt um uns herum schien stillzustehen. Das Rauschen der Wellen, das Kreischen der Möwen, selbst der Wind – alles verstummte für einen Moment. Mein Verstand sagte mir, dass ich lieber aufpassen sollte. Dass die Narben zu tief waren. Aber mein verräterisches Herz begann, wie wild zu schlagen.

Unsere Blicke verhakten sich ineinander, und ich blendete alles um uns herum aus. Ich schluckte, als ich sah, wie sein Blick auf meine Lippen fiel. Die Luft flirrte und knisterte fast hörbar. Das Prickeln auf meiner Haut wurde unerträglich. Wie von allein schlossen sich meine Augen und meine Schutzwälle stürzten innerlich mit großem Gepolter ein.

Mit einem Seufzen, das aus tiefster Seele kam, drückte ich meinen Mund auf seinen. Als hätte er nur darauf gewartet, fanden Moritz' Hände ihren Weg in mein Haar, während ich meine Arme um seinen Nacken schlang. Ich zog ihn näher an mich, als wollte ich die letzten zehn Jahre auf einmal nachholen. Sanft glitt seine Zunge über meine Unterlippe und bescherte mir damit ein heftiges Bauchkribbeln. Der Kuss schmeckte nach salziger Seeluft und Abenteuer, vor allem aber so vertraut nach Moritz.

Nachdem wir uns atemlos voneinander gelöst hatten, legte Moritz seine Stirn an meine. Seine dunkelbraunen Augen glänzten wie flüssige Zartbitterschokolade. Seine Finger zitterten leicht, als er mir eine verirrte Haarsträhne hinters Ohr strich. Mein Herz raste wie wild in meiner Brust, und ein süßer Schwindel legte meine Sinne lahm.

Ich hatte nur wissen wollen, ob es sich immer noch so gut anfühlte, ihn zu küssen.

Aber es war so viel besser.

Kapitel 9

An Schlaf war in dieser Nacht nicht zu denken gewesen. Was genau war da gestern Abend bitte passiert? Hatte ich das alles nur geträumt? War dieser Kuss echt gewesen? Und der Feuersturm, den er in mir ausgelöst hatte?

Schlaftrunken inklusive eines kratertiefen Abdrucks vom Kopfkissen in meinem Gesicht schlurfte ich am Morgen in das kleine Bad und hoffte, eine lauwarme Dusche würde mich wieder zur Vernunft bringen. Mit der Zahnbürste im Mund zog ich umständlich mein Schlafshirt aus, das gleich darauf in hohem Bogen vom Bad aus aufs Bett flog.

Während ich die Miniduschkabine betrat, kam ich zu der Erkenntnis, dass das von gestern Abend eine einmalige Sache war und sich unter keinen Umständen wiederholen durfte.

Es war den Emotionen geschuldet, die bei Moritz und mir hochgekocht waren. Und es durfte nie wieder passieren.

Mit einer kühlen Dusche würde ich all die furchtbar verworrenen Gefühle gleich einfach abbrausen. Doch als ich den Wasserhahn aufdrehte, passierte ... nichts. Ein paar klägliche Tropfen quälten sich aus dem Duschkopf und fielen wie in Zeitlupe auf den gefliesten Boden unter meinen nackten Füßen.

»Nee, oder?«, murrte ich vor mich hin und stieß genervt die Luft aus.

Seufzend band ich mir die Haare am Oberkopf zusammen und zog mir das Schlafshirt wieder an, um mich am besten erneut im Bett zu verkriechen. Vorher rief ich an der Rezeption an, um Swantje Bescheid zu sagen, dass die Dusche kaputt war.

»O Mist, das ist blöd. Tut mir leid, Luna. Ich repariere das, allerdings schaffe ich das erst heute Nachmittag.«

»Ähm ... Und wie soll ich ... Ich meine, duschen ... Wo?«, stammelte ich, wenngleich ich voller Hochachtung für die Inhaberin der Pension war, weil sie ihr Ein-Frau-Unternehmen scheinbar mühelos wuppte.

»Nun ja, es ist mir sehr unangenehm, glaub mir. Vielleicht könntest du ... Moritz fragen? Es wäre ja nur dieses eine Mal.« Ihr Vorschlag bescherte mir eine zentimeterdicke Gänsehaut. Nicht vor Freude, sondern vor lauter Entsetzen.

Auch wenn wir uns gestern gut unterhalten und uns sogar geküsst hatten, Moritz wäre der Allerletzte, bei dem ich duschen wollte.

Ich schluckte meinen Frust hinunter. »Ach, weißt du was, ich springe nachher einfach in die Ostsee, ich wollte ohnehin baden gehen.«

»Okay, das ist auch eine Lösung. Heute Nachmittag kümmere ich mich um deine Dusche, versprochen.«

Ich verabschiedete mich und ließ mich hoffnungslos aufs Bett sinken. Da saß ich nun. Mit ungewaschenen Haaren, knurrendem Magen und meinem Schlafshirt, auf dem Garfield die Pfoten in die Katerhüften stemmte und ein mürrisches Nö miaute. Wie passend, das wurde dann wohl das Motto des Tages.

Nö. Ich würde nicht runter zum Frühstücken gehen, um bei der erstbesten Gelegenheit Mister-wir-sind-doch-jetzt-Freunde in die Arme zu laufen.

Nö. Garantiert würde ich ihn nicht fragen, ob ich bei ihm duschen konnte.

Nö. Ich würde nicht einen Gedanken mehr an ihn verschwenden.

Trotz des ... des ... also, dessen, was da gestern Abend auf der Strandtreppe passiert war.

Ein leises Schnauben kam aus meiner Nase, als ich den Atem ausstieß. Mit beiden Händen wuschelte ich mir durch meine Fettfrisur.

Ich musste einen kühlen Kopf bewahren. Um meiner selbst willen.

Verdammt, dabei hatte es sich viel zu gut angefühlt, ihn zu küssen. Verboten gut. Seine weichen Lippen zu spüren, war ... ich fand nicht die richtigen Worte dafür, wie es gewesen war. Doch auch wenn nun alles zwischen uns geklärt schien, dass wir uns geküsst hatten, machte alles nur noch komplizierter.

Verzweifelt ließ ich mich rücklings aufs Bett fallen und angelte nach meinem Telefon, das bereits mehrfach den Eingang neuer Nachrichten signalisiert hatte. Auf dem Display sah ich eine Nachricht von Sophie, die ich öffnete und las.

Süße, kommst du heute Abend vorbei? Wir wollen die Tischkarten basteln und da kann ich jede Hilfe gebrauchen. Dann lernst du auch gleich Imke und Finja kennen. Bitte, bitte sag Ja.

Ach und, bist du eigentlich gut zurückgekommen? Ich hatte Moritz gesagt, dass du am Strand langlaufen wolltest. Hat er dich gefunden?

O ja, das hatte er. Das und noch viel mehr. Schnell tippte ich meine Antwort.

Hey, ja klar bin ich heute Abend dabei. Wann soll ich da sein? Was soll ich mitbringen? Und ja, ich bin gut in der Pension gelandet.

Auf den Rest ging ich nicht weiter ein. Damit musste ich selbst erst mal klarkommen.

Gekonnt umschifft, ich will trotzdem alles wissen. Also komm nicht so spät, damit du mir noch alles haarklein berichten kannst. Um vier?

Ich sah auf meine Smartwatch. Es war kurz nach zehn Uhr und ich hatte keine Ahnung, was ich bis dahin tun sollte.

Vielleicht doch baden gehen und ein bisschen die Sonne genießen?

Mitten in meinen Gedankengängen wurde ich durch ein vorsichtiges Klopfen an der Tür unterbrochen. Auch wenn es noch lange nicht Nachmittag war, hoffte ich auf Swantje, sprang auf und riss die Zimmertür auf.

»Das ging ja schn...« Der Rest blieb mir buchstäblich im Hals stecken. Die Person vor meiner Zimmertür war wesentlich größer als Swantje. Und muskulöser. Und überhaupt männlicher. Die Beine steckten in Shorts mit Avocados. Avocados? Echt jetzt? Die Füße in dunkelgrünen Flip-Flops.

Zaghaft wagte ich einen Blick in den oberen Bereich des Körpers, der in einem weißen Shirt mit buntem Aufdruck steckte. Vor ihrem durchtrainierten Bauch hielt die Person ein Tablett. Mit Frühstück? Der Duft von frisch gebrühtem Kaffee mischte sich mit dem Geruch, den die Person ausströmte und der mir sofort das Hirn vernebelte.

Oberhalb des Halses sah ich aus den Augenwinkeln ein immer breiter werdendes Grinsen, das unverschämt hübsch war.

Mein Herz schlug sofort Alarm und machte dann einen achtfachen Backflip. Erde an Hirn, wo waren die Synapsen, wenn man sie brauchte? Anscheinend hatten sich alle bis auf Weiteres entkoppelt und so dauerte es ein paar Sekunden, bis ich das Offensichtliche realisierte.

Es war ganz und gar nicht Swantje, die sich wie ein riesiger Findling vor mir aufbaute.

Es war niemand geringerer als Moritz.

O shit.

Und ich sah aus wie ein Mitglied der Familie Flodder.

Wie schlimm konnte dieser Tag eigentlich noch werden?

Instinktiv wollte ich die Tür wieder schließen, doch Moritz kam mir zuvor und stoppte sie mit seinem Fuß, bevor sie ins Schloss fiel.

»Dir auch einen schönen guten Morgen, Luna«, brummte er, das Grinsen aber noch auf den Lippen, die auf mich schon wieder so verlockend wirkten, dass ich am liebsten all meine Prinzipien über Bord werfen wollte. Aber nichts da. Das würde nicht passieren.

»Guten Morgen«, presste ich durch meine zusammengedrückten Zähne hervor und versuchte, mit den Händen meinen Unterleib zu verdecken, weil das verdammte Shirt nur bis zu meiner Hüfte reichte. Ich sollte es unbedingt aussortieren, beschloss ich innerlich. »Was ... Was machst du hier?«

Mit dem Fuß stieß Moritz die Tür einfach wieder auf. »Darf ich reinkommen? Wird langsam schwer.« Sein Blick glitt zwischen Tablett und dem Inneren meines Zimmers hin und her, bevor sich seine Augen in meinen verloren und mir für einen Moment etwas schwindelig wurde.

»Ja, meinetwegen. Bekomme ich jetzt eine Antwort auf meine Frage?«

Völlig unbeeindruckt von meiner Inquisition stellte er das Tablett auf dem runden Tisch am Fenster ab, ohne dabei den Blickkontakt zu mir abzubrechen. Schuft. Das machte er doch mit Absicht.

»Hallo? Bekomme ich eine Antwort?«

»Ja. Na klar, ich dachte nur, das sei vielleicht ersichtlich.« Erst jetzt löste er den Blick von mir und sah schulterzuckend wieder zum Tablett. »Also falls nicht, du warst nicht beim Frühstück unten und ich dachte, ich sehe mal nach dir. Ob alles in Ordnung ist und so.«

Verlegen kratzte er sich an der Schläfe, was irgendwie süß aussah.

»Hättest du nicht tun müssen. Mir geht's gut«, log ich. Ehrlich gesagt, wusste ich selbst nicht genau, wie es mir ging. Gesundheitlich hervorragend. Kardiologisch? War ich ganz schön durch den Wind.

Anscheinend ignorierte er meine Worte, denn er zog einen der beiden alten Holzstühle zurück und setzte sich.

»Sorry, dass ich dich überrascht habe. Es hatte den Anschein, als hättest du jemand anderen erwartet?«

Seine Augenbrauen rutschten zusammen und sahen aus wie ein Theo-Weigel-Gedächtnisbalken.

»Japp«, gab ich zu. »Ich dachte, es ist Swantje, die eher als geplant meine Dusche repariert.«

»Kaputt?«

Ich nickte. »Hm.«

Oh, wow. Wir waren bei Einwortsätzen wie Zweijährige.

Innerlich erschienen schon wieder Engelchen und Teufelchen auf der imaginären Bühne. Das Engelchen soufflierte mir, dass ich mich zu ihm an den Tisch setzen und seine lieb gemeinte Geste schätzen sollte. Es war außerdem der Meinung, dass er sicher über gestern Abend mit mir reden wollte. Das Teufelchen hingegen schrie: *Schmeiß ihn raus, du siehst furchtbar aus!* Auch wenn ich nicht verstand, was das eine mit dem anderen zu tun hatte. Die zwei machten mich wirklich fertig.

Energisch schüttelte ich die beiden Mistkröten ab, sie waren einfach nicht hilfreich, und beschloss, mich der Situation zu stellen. Was hatte ich schon zu verlieren? Ein bisschen Würde vielleicht, pfff, wer brauchte die schon?

Mir meines äußeren Erscheinungsbildes bewusst, streckte ich den Rücken durch, als wollte ich in den Kampf ziehen. »Swantje weiß schon Bescheid und repariert es heute Nachmittag.«

Moritz nickte, legte dann jedoch überlegend Daumen und Zeigefinger an sein Kinn. »Ich könnte das übernehmen.«

Erstaunt schnellten meine Augenbrauen in die Höhe. »Du?«, hinterfragte ich sein Angebot skeptisch.

»Ja klar, ich kann so was.« Schulterzuckend saß er mir gegenüber wie die Unschuld vom Lande.

Ich brauchte Kaffee. Dringend. Also griff ich nach dem Milchkännchen, dass er sogar auf dem Tablett drapiert hatte.

»Hafer. Ist hoffentlich korrekt?«

Er wusste es noch.

Meine Güte.

Mein Herz machte abermals einen Satz. Wenn das so weiterging, galoppierte es gleich den Strand entlang.

Ich nickte und goss einen Schluck Hafermilch in den Kaffee, der dadurch rehbraun wurde. So wie ich es mochte. Eine Zeit lang hatte ich versucht, den Kaffee ohne Milch zu trinken. Aber ganz ehrlich, wer diese bittere, rabenschwarze Brühe, ohne mit der Wimper zu zucken, in sich hineinkippte, hatte keine Seele. Ich hatte eine, also war ich zu Hafermilch zurückgekehrt.

»Siehst gar nicht so aus«, murmelte ich, die Kaffeetasse in den Händen.

»Wie Hafermilch?« Ein Schmunzeln zupfte an seinen Mundwinkeln.

Genervt verdrehte ich die Augen. »Wie jemand, der einen Duschkopf reparieren kann.«

Bedächtig beugte sich Moritz nach vorn und stützte sich mit den Ellenbogen auf dem kleinen Tisch ab, um sein Kinn auf die Fäuste zu legen. »Wie sehe ich denn für dich aus, hm?«

Mir lagen tausend Worte auf der Zunge.

Wie jemand, der mir vor zehn Jahren mir nichts, dir nichts das Herz gebrochen hat und jetzt wieder aufgetaucht ist und tat, als wäre nichts gewesen. Wie jemand, der mich gestern geküsst und damit alles noch komplizierter gemacht hat, als es ohnehin schon war. Wie jemand, der immer noch verdammt attraktiv war und der mir unter die Haut ging. Wie jemand, der nach wie vor die Fähigkeit besaß, mich im Herzen zu berühren wie kein anderer. Wie jemand, der jetzt besser gehen sollte, damit mir nicht noch mehr Dummheiten in den Sinn kamen.

»Jedenfalls nicht wie jemand mit handwerklichem Geschick«, sagte ich stattdessen.

Mir fiel ein, dass ich ja am Nachmittag sowieso bei Sophie sein würde. Also konnte es mir eigentlich egal sein, wer meine Dusche reparierte. Hauptsache sie war wieder funktionsfähig.

Moment, Moritz allein in meinem Zimmer? Das ging eindeutig zu weit. No way. Nein. Das kam nicht in Frage.

Also doch Swantje.

»Vertrau mir.« Schon wieder lag da dieses betörende Lächeln auf Moritz' Lippen. Falls er damit irgendeinen Plan verfolgte ... er funktionierte ... Meine Knie wurden puddingweich, weswegen ich froh war, zu sitzen. Hätte ich gestanden, wären sie einfach weggeknickt wie dünne Ästchen im Sommerwind.

Ich soll dir *vertrauen?*

Ich soll *dir* vertrauen?

»Danke für dein Angebot, das ist lieb gemeint. Aber Swantje kann das machen, ich bin heute Nachmittag eh unterwegs. Und duschen kann ich nachher im Meer.« Ich nickte Richtung Fenster, durch das man einen fantastischen Blick auf den Strand und die Ostsee hatte.

Moritz hatte sich inzwischen wieder zurückgelehnt. »Du kannst auch bei mir duschen, wenn du willst. Ist kein Problem, wirklich.«

Für einen Wimpernschlag vergaß ich, zu atmen. Was hatte er da gerade gesagt?

Eine Duschszene pro Urlaub reicht mir eigentlich.

»Ich ... ähm ... bei dir? Duschen?«

»Ja. Meine Dusche ist voll funktionsfähig und Haare waschen in der Ostsee ist ja eher suboptimal, wenn mich nicht alles täuscht.« Mit einem Schmunzeln nickte er in Richtung meines Vogelnestes, das ich auf dem Kopf trug und aus dem die Hälfte wieder raushing.

Sogleich mischten sich natürlich die lustigen zwei Gesellen aus Himmel und Hölle wieder ein.

Super Idee, er bleibt am besten da, frohlockte das Engelchen.

Ostsee! Allein!, brüllte das Teufelchen in dem Versuch, seinen Gegner zu übertönen.

Hört auf, mir auf den Keks zu gehen, rief ich gedanklich. Nach außen war ich die Ruhe in Person. Na gut, das stimmte nicht ganz, aber ich war froh darüber, dass Moritz mir den Ruhepuls nicht ansah, der ins Unermessliche schoss.

Vor allem schoss die Art, wie mich Moritz ansah, in meine Körpermitte. Wärme machte sich an Stellen breit, an denen sie sich nicht ausbreiten sollte. Nicht seinetwegen. Nicht in seinem Beisein.

»Ich weiß nicht, ob das so eine gute Idee ist«, äußerte ich zaghaft meine Bedenken.

»Keine Sorge, ich wollte eine Runde joggen gehen, du hättest das Zimmer also für dich allein.«

Joggen. Na klar. Noch mehr Muskeln für den ohnehin schon stählernen Körper. Sollte er ruhig machen.

Allerdings änderte das die Umstände erheblich. Und meine Meinung über sein Angebot ebenso.

»Okay, wenn das so ist, dann würde ich gern darauf zurückkommen.«

Seine Augenbrauen rutschten zusammen, wobei diese Falten auf seiner Stirn erschienen, die ich schon von früher kannte. »Du würdest gern darauf zurückkommen? Sind wir jetzt Geschäftspartner, oder was?«

Zugegeben, so wie er das wiedergab, klang es wirklich merkwürdig.

Ehrlich gesagt hatte ich keine Ahnung, was wir waren.

»Klugscheißer«, warf ich kühl zurück. »Geh joggen und gib mir den Zimmerschlüssel.«

»Das klingt schon eher nach dir. Gib mir fünf Minuten.« Mit einem Zwinkern erhob er sich und steuerte die Zimmertür an.

»Moritz?« Wie leicht es mir auf einmal fiel, seinen Namen auszusprechen.

Er blieb stehen, drehte sich zu mir um und fuhr sich mit einer Hand durch die Haare. »Ja, Luna?«

»Danke fürs Frühstück.«

Er schenkte mir noch ein Zwinkern und verschwand.

Exakt fünf Minuten später klopfte es abermals an meiner Tür. Als ich sie öffnete, stand niemand davor, aber ein Schlüssel hing am Knauf.

Ich spürte das breite Lächeln, das über meine Lippen huschte, und suchte meine Sachen zusammen, die ich brauchte.

Kapitel 10

Während wir den halben Nachmittag damit beschäftigt gewesen waren, kleine salbeifarbene Organzasäckchen mit Schokomandeln zu füllen, hatte Sophie genügend Zeit gehabt, mich auszuquetschen. Erst war es mir unangenehm gewesen, meine ganze Geschichte vor ihren Freundinnen Imke und Finja auszuplaudern, aber die beiden waren so sympathisch, dass es mir im Lauf des Gesprächs immer leichter fiel. Sie staunten nicht schlecht, als ich an der Stelle ankam, wo Moritz mir das Duschangebot unterbreitet hatte.

In einer kurzen Pause, in der Sophie und ich in der Küche ihrer Wohnung ein paar Häppchen auf Tellern anrichteten, nahm die Inquisition jedoch eine andere Form an.

»Hattet ihr schon heißen Versöhnungssex?« Diese Frage platzte aus ihr heraus, als hätte sie die ganze Zeit nur darauf gelauert, sie zu stellen.

»Wie bitte? Natürlich nicht. Werden wir auch nicht haben.«

»Wieso nicht? Wenn ihr euch versöhnt?«

»Wir haben miteinander gesprochen, ja. Und eventuell hat er ... also hat Moritz ... Wir haben ...«

»O Mann, Luna, mach es nicht so spannend. Ich platze vor Neugier«, rief meine Freundin und klatschte in die Hände wie ein Kleinkind, das sich aufs versprochene Eis freute. »Habt ihr doch Sex gehabt?«

Wild winkte ich mit den Armen ab. »Hör doch mal auf damit. Er hat mich geküsst. Also ... eigentlich ich ihn, verdammt. Das ist viel schlimmer«, lamentierte ich, während Sophie gespielt theatralisch die Hände vorm Mund zusammenschlug.

»Seit wann ist küssen schlimmer als Sex?«

»Seit ... seit ... Ach, ich weiß doch auch nicht. Seit es sich gut anfühlt. Und richtig. Und seit es schön und so vertraut ist.« Erst jetzt wurde mir bewusst, wie sehr sich diese kurze, aber intensive Berührung unserer Lippen nach Zuhause angefühlt hatte. Nach etwas, das noch immer in meinem Herzen darauf wartete, wiedererweckt zu werden wie Dornröschen.

Ohne etwas darauf zu erwidern, zog mich Sophie in eine dieser Umarmungen, die es nur unter besten Freundinnen gab. Eine, bei der man dem anderen liebevoll über die Schulterblätter streichelte, so, als wollte man ihm zu verstehen geben, dass alles gut werden würde.

»Vielleicht ist das ein Anfang«, flüsterte sie kaum hörbar.

»Wovon? Vom Ende?«

Ein Anfang? Als ob.

»Wenn es sich gut und richtig anfühlt, dann ist es die Sache vielleicht wert.«

»Wollten wir nicht Tischkarten basteln?«, versuchte ich, von mir abzulenken. Schließlich stand Sophie im Mittelpunkt, nicht ich.

Es funktionierte.

Noch mal eine Stunde später hatten wir kleine weiße Kärtchen aus festem Kraftpapier, die bereits mit goldenen Blumenranken bedruckt waren, mit den Namen aller Gäste beschriftet. In Gold natürlich. Mehrere

Häufchen türmten sich in der Mitte des runden Esstisches und wir konnten endlich zum gemütlichen Teil des Tages übergehen.

Gemeinsam räumten wir den Tisch ab und bereiteten ein paar weitere Snacks und Getränke für die Spielerunde vor, während wir uns über Imkes Datingstorys amüsierten. Sie war Single und verzweifelt auf der Suche nach der großen Liebe, wenn ich das richtig verstanden hatte.

Finja war schon dabei, das Activity-Spiel aufzubauen und die Karten zu mischen, als die Wohnungstür geöffnet wurde. Finn war nach Hause gekommen, drückte seiner Verlobten einen Kuss auf die Stirn und begrüßte uns mit einem sportlichen »Hey, Mädels«.

Im Schlepptau hatte er zwei seiner Kumpels, die ich (noch) nicht kannte, und, wie sollte es auch anders sein, Moritz. Während sich die Kumpels, die mir mit Enno und Tim vorgestellt wurden, auf eine ähnliche Begrüßung wie Finn beschränkten, gab Moritz jeder von uns die Hand. Meine hielt er einen Augenblick länger fest und sah mir dabei so eindringlich in die Augen, dass mir ganz schwummrig wurde. Gänsehaut überzog meinen Körper, obwohl es warm draußen war. Und da war auch wieder dieses Gefühl in meiner Mitte, dieses süße Ziehen, das ich heute Morgen schon gespürt hatte und das meine Synapsen komplett ausknockte.

Mit genau diesem Blick hatte er mich angesehen, als er vom Joggen zurückgekommen war und ich gerade sein Zimmer hatte verlassen wollen. Es war, als würden wir einander bis auf den Grund unserer Seelen sehen können. Wie früher. Das war es, was uns immer verbunden hatte. Unsere Seelenverwandtschaft. Ein Blick in die Augen des anderen hatte immer gereicht, um zu wissen, was los war.

Und genau das machte mir Angst.

Ich hatte Angst, dass er mir ansehen konnte, wie verunsichert ich war. Wie durcheinander. Dass ich unter Umständen vielleicht immer noch Gefühle für ihn hatte, die ich mir selbst nicht eingestehen wollte.

»Wer will einen Bellini?«, rief Sophie übersprudelnd und hielt zwei Sektgläser mit orangefarbener Flüssigkeit in die Höhe.

»Ich«, antwortete ich und nahm ihr sofort beide Gläser ab. *Sekt mit Pfirsichsaft, da kann ja nichts passieren,* dachte ich und leerte das erste Glas in nahezu einem Zug. Die Kohlensäure sorgte sofort dafür, dass ich unelegant aufstoßen musste. »Sorry.« Ich hielt mir die Hand vor den Mund, als alle anderen mich anstarrten und dann losprusteten.

»Na, du hast ja Durst.« Finja prostete mir zu, genoss ihren Drink aber in eher kleinen Schlucken.

Durst?, dachte ich. *Vor allem muss ich hier die Fassung wahren.*

Schließlich trommelte Sophie alle zusammen, damit wir endlich mit dem Spiel beginnen konnte. Bei ihrer Anfrage heute früh war mir nicht klar gewesen, dass Finn und seine Freunde auch dabei sein würden.

Imke schrieb schnell die Namen der Männer auf Zettelchen, damit wir auslosen konnten, wer mit wem im Team spielte.

Sophie zog zuerst und spielte mit Enno, der sich sofort lachend zu ihr stellte.

Imke zog den Zettel mit Finns Namen. »Kannst du gut zeichnen?«, wollte der wissen und als Imke nickte, zeigte er siegessicher grinsend einen Daumen nach oben.

Dann war Finja an der Reihe und faltete den Zettel mit Tims Namen auseinander. Ihre Augen begannen zu leuchten. Das schien eine verheißungsvolle Kombination zu werden.

Der letzte Zettel musste gar nicht mehr gezogen oder auseinandergefaltet werden. Es waren nur noch zwei Personen hier im Raum, die kein Teammitglied hatten.

»Wunderbar. Und Luna und Moritz spielen zusammen, wie früher.« Sophie klatschte schon wieder in die Hände, bevor sie mir einen ernsten Blick zuwarf. »Aber wehe, ihr nutzt das zu eurem Vorteil. Von wegen, weißt du noch damals, als ich dies und das und jenes nicht erklären konnte. Das fällt aus, habt ihr verstanden?«

Mir fehlten gerade die Worte, also nickte ich nur und setzte mich auf einen der noch freien Plätze. Neben mir nahm Moritz Platz, klar. Wir waren ja ein Team. Wie früher.

Es lag nicht nur am Alkohol, dass sich die Gemüter im Laufe des Spiels erhitzten. Vielmehr spielte Finns grenzenloser Ehrgeiz eine größere Rolle. Genau wie damals nahm er alles viel zu ernst und war angepisst, wenn er und Imke auf dem Spielfeld überholt wurden.

Zwei Stunden später hatte Team »Wie früher« verloren. Haushoch, weil ich es nicht geschafft hatte, mich vor Moritz zum Hampelmann zu machen, um Begriffe pantomimisch zu erklären, die ich selbst nicht einmal kannte. Seine Bemerkung »Pech im Spiel, Glück in der Liebe« hatte auch nicht dazu beigetragen, mich besser zu fühlen.

Mir schwirrte der Kopf und ich wusste nicht, ob es am Sekt lag oder ob eher mein Teammitglied dafür verantwortlich war. Die Mischung war es wohl, die mir die Sinne vernebelte und mich handlungsunfähig machte. Sie lähmte zudem mein Sprachzentrum, sodass ich anfing, wirres Zeug zu reden, woraufhin Moritz die glorreiche Idee hatte, mich nach Hause zu bringen. Also in die Pension.

Wir verabschiedeten uns und gleich darauf saß ich neben ihm in seinem SUV. Mein Herz stockte, als sich seine Hand zum Schalthebel bewegte, weil das verdammt nahe an meinem Oberschenkel war. Nur wenige Zentimeter trennten seine Finger von meiner Haut und ich kam nicht umhin, mir vorzustellen, er würde mich sanft berühren.

Zu viel Alkohol.

Die kurze Fahrt verlief schweigend. An der Pension angekommen begleitete Moritz mich genauso wortlos zum Zimmer. Er lief dicht hinter mir, als hätte er Angst, ich könnte umkippen.

Im Flur, in dem sich unsere Zimmer befanden, blieben wir stehen. Wie eine Vierzehnjährige, die ihrem Crush gegenüberstand und völlig verlegen war, drehte ich meinen Oberkörper hin und her und streckte die Arme von mir. Absolut dämlich.

»Ich bin ganz schön müde«, hörte ich mich sagen, was noch viel dämlicher war. Zwar entsprach es der Wahrheit, aber ich hatte das Gefühl, diese Information war gerade absolut irrelevant.

Moritz vergrub die Hände in den Taschen seiner Shorts. Das weiße Leinenhemd stand ihm richtig gut und betonte seine sonnengebräunte Haut. Dass er die oberen Knöpfe geöffnet hatte, hatte mich schon den ganzen Abend abgelenkt.

»Swantje und ich haben deine Dusche repariert. Badeausflüge sind also nicht mehr nötig.« Seine Stimme war so samtig tief, dass ich Gänsehaut bekam. Schon wieder. Es war einfach so nervig, wie mein Körper auf ihn reagierte.

Ich schnappte nach Luft, weil es mir als die einzige Möglichkeit erschien, mich über Wasser zu halten. Sinnbildlich. »Du warst in meinem Zimmer?«

Er nickte, als wäre es selbstverständlich. »Du warst auch in meinem. Sogar alleine. Da dachte ich, es wäre nur fair ... Außerdem war Swantje ja dabei, ich habe ihr nur etwas geholfen, weil sie wenig Zeit hatte.«

Wie ritterlich von ihm.

Das mit der Fairness war jedoch so eine Sache. Taylor Swift war der Meinung: »All's fair in love and poetry.« Aber ich war mir da nicht so sicher. Erstens waren wir hier in keinem Gedicht. Und Fairness in der Liebe? Dass ich nicht lachte.

Dennoch versuchte ich, meine Emotionen zu zügeln, damit sie mich nicht überrollten.

»Danke«, nuschelte ich und kramte in meiner Tasche, weil der verdammte Zimmerschlüssel schon wieder in den Tiefen darin verschwunden war.

Moritz räusperte sich währenddessen. »Luna, wir ...« Er stockte für einen Moment, sodass ich zu ihm aufsah. »Wir müssen über gestern Abend reden, oder?«

Ich schluckte und begann, auf meiner Unterlippe herumzukauen. »Müssen wir nicht«, entgegnete ich und versuchte, nach außen so cool wie möglich zu bleiben, während es in mir wie in einem Hexenkessel brodelte.

Im nächsten Moment spürte ich seine Hände, die er auf meine Schultern legte. Mit seinem Kopf kam er näher an mein Gesicht, so nah, dass sein Atem meine Nasenspitze kitzelte. »Wir haben uns geküsst, Luna«, knurrte er mit so rauer Stimme, dass ein heißkalter Schauder meine Wirbelsäule hinabrieselte.

»Ich weiß, ich war dabei.« Ich hatte sogar den Anfang gemacht, was absolut bescheuert war, weil es mich emotional in einen Ausnahmezustand katapultiert hatte.

»Findest du nicht, dass wir darüber reden sollten?«

Meine Atmung beschleunigte sich und ich spürte einen Kloß im Hals. Alles in mir fühlte sich so widersprüchlich an. Ein Teil von mir bettelte darum, dass ich meine Arme um seinen Hals legen möge, ihn an mich heranziehen und küssen wollte, als gäbe es kein Morgen. Doch der andere Teil wollte ihn wegstoßen, ihn anschreien und wissen lassen, was für ein Arsch er gewesen war.

»Es war nur ein Kuss«, flüsterte ich schließlich. Ich traute meiner Stimme nicht mehr über den Weg. Mit dem nächsten Griff in meine Tasche fand ich endlich den Schlüssel, löste mich von seinem eindringlichen Blick und steckte ihn in das Türschloss.

Hinter mir hörte ich Moritz geräuschvoll einatmen. »Okay. Dann bis morgen.«

Schnell schlüpfte ich durch die inzwischen geöffnete Tür, verschloss sie noch schneller hinter mir und warf mich aufs Bett.

Gefühle waren etwas für Mutige.

Mich hatte gerade jeglicher Mut verlassen.

Aber ich hatte schon einmal erlebt, wie ich fast zerbrochen war, und damals hatte ich beschlossen, nie wieder jemandem diese Art von Macht zu verleihen, die mir jederzeit meinen inneren Frieden nehmen konnte.

Und doch schrie alles in mir danach, Moritz eine zweite Chance zu geben. Weil er gut war. Er hatte damals diesen einen saudummen Fehler gemacht. Aber seit wir uns hier begegnet waren, war er gut zu mir gewesen. Jeden Tag. Ob das allerdings für eine zweite Chance reichte?

Und während ich auf meinem Bett lag, stumm die Decke anstarrte, rieselte eine felsenschwere Erkenntnis in mein abgestumpftes Hirn.

Am Ende war ich es, die eine zweite Chance verdiente. Ich war es, die lernen musste, wieder aufzustehen, sich fallen zu lassen und zu vertrauen.

Schlagartig begriff ich, dass ich trotz all der Männer, die in den letzten zehn Jahren in meinem Leben einund ausgegangen waren, bloß einen Mann haben wollte. Mir wurde bewusst, dass ich in all der Zeit nur auf einen Augenblick wie diesen gewartet hatte.

Es war mir immer leichtgefallen, mich zu verlieben. Sex war noch einfacher. Aber nie hatte ich jemanden getroffen, der in meinem Herzen eine Konfetti-Explosion auslösen konnte, als wäre er der Hauptgewinn in der Losbude meines Lebens.

Das hatte nur einer geschafft.

Und der urlaubte direkt im Zimmer gegenüber.

Ein Ruck ging durch meinen Körper. Ich stand auf, wischte mir mit beiden Händen übers Gesicht und nahm all meinen übrig gebliebenen Mut zusammen.

Wenige Minuten später stand ich mit klopfendem Herzen vor Moritz' Tür.

Kapitel 11

Ich wartete sein »Komm rein« nicht ab, sondern stürmte das Zimmer, so wie Moritz die Tür geöffnet hatte. Das war übrigens so schnell, dass ich für einen Moment glaubte, er hätte hinter der Tür auf mich gewartet.

Wie selbstverständlich ließ ich mich auf die vordere Kante seines Bettes fallen und stieß aus aufgeblasenen Wangen die Luft aus. Moritz lehnte sich an die Wand gegenüber, die Hände wieder in den Hosentaschen vergraben. Mit fragendem Blick sah er mich an und sagte kein Wort.

Ich holte noch ein weiteres Mal tief Luft, dann sagte ich leise: »Wir müssen doch reden.«

Er nickte, nahm eine Hand aus der Hosentasche, bevor er sich mit den Fingern durch die Haare fuhr. Gott, er musste aufhören, das zu machen. Weil ich mich jedes Mal dabei ertappte, mich in seinem Anblick zu verlieren. Aber deswegen war ich nicht hier.

»Ich weiß.« Zwei Worte, die keineswegs besserwisserisch klangen. Im Gegenteil, seine Stimme war so sanft und ein Lächeln umspielte seine Lippen.

»Ich verzeihe dir«, platzte es aus mir heraus und ich fühlte die Hitze, die in meine Wangen stieg. »Ich nehme deine Entschuldigung an. Was nicht heißt, dass ich vergessen werde, was du getan hast. Aber ich verzeihe dir.«

Ein erleichtertes Schnauben war zu hören, bevor sich Moritz von der Wand abstieß und mit langsamen Schritten das Bett ansteuerte. Zumindest dachte ich das und rückte automatisch etwas zur Seite, damit genügend Sicherheitsabstand zwischen uns wäre. Diese Geste war mir total unangenehm, als er sich auf dem alten Holzsessel niederließ, der mit blau-weiß gestreiftem Stoff bezogen war und damit hervorragend in das maritime Ambiente passte.

Es kostete mich alle Mühe, meine Gedanken zu fokussieren. Auf mich. Auf ihn. Auf das hier.

Moritz beugte sich nach vorn, die Unterarme auf die Knie abgestützt und die Hände ineinandergelegt, abwartend, was ich ihm zu sagen hatte.

Gerade noch völlig klar, fühlte ich mich plötzlich wieder unsicher. Wusste nicht mehr, wo ich eigentlich anfangen sollte.

»Ich möchte mich nicht mehr wehren«, sagte ich schließlich und meine Stimme hörte sich dabei an wie das Krächzen eines Raben. »Ich will es einfach nicht mehr.«

»Wogegen hast du dich bis jetzt gewehrt?«

»Gegen meine Gefühle. Gegen alles hier drin irgendwie.« Mit den Armen fuchtelte ich wild um meinen Körper herum und legte meine Hände dann schließlich auf die Brust, dort, wo mein Herz schlug.

»Was genau meinst du damit?« Moritz war die Ruhe in Person.

Und dann verließen die wohl ehrlichsten Worte, die ich je von mir gegeben hatte, meinen Mund. Einfach so.

»Ich will nicht mehr das angefahrene und verängstigte Rehkitz sein, das sich im Wald verkriecht und bei jedem Lichtkegel in Panik ausbricht. Ich möchte nicht mehr davonlaufen, sobald es jemand ernst mit mir meint, weil ich glaube, dass es den Bach runtergehen könnte. Ich möchte mir meiner selbst wieder bewusst sein, wieder wissen, dass ich liebenswert bin. Vertrauen. Gott, ich will endlich wieder vertrauen können. Und mich fallen lassen können, in dem Glauben, dass alles gut wird.«

Auf meinen glühenden Wangen spürte ich die Feuchtigkeit meiner Tränen, während ich aussprach, was sich all die Jahre in mir aufgestaut hatte.

»Ich möchte mein Herz wieder öffnen können, lieben können. Bedingungslos. Ohne Angst.«

Meine Emotionen überrollten mich, weil mir in diesem Augenblick noch bewusster wurde, welche Bürde ich in den letzten Jahren mit mir herumgeschleppt und was mir gefehlt hatte. Am meisten ich mir selbst.

Aus meinen verwässerten Augenwinkeln sah ich, dass Moritz schwer schluckte. Dabei ging es mir gar nicht darum, ihm die Schuld dafür zu geben, dass ich so verkorkst geworden war. Sicher hatte er dabei als Katalysator fungiert, aber verantwortlich für all das, was danach mit und vor allem in mir passiert war, war ich selbst.

Moritz stand auf und war mit wenigen Schritten bei mir. Er reichte mir die Hände, die ich haltsuchend ergriff. Dann zog er mich hoch. Ich spürte das Gewicht seiner Arme auf meinen Schultern. Er hielt mich, ließ mich weinen und nach Luft schnappen.

»Ich kenne niemanden, der liebenswerter ist als du. Niemanden, hörst du, Sprotte?« Mit einer Hand fuhr er beruhigend über meinen Rücken.

Schniefend nickte ich in seiner festen Umarmung. »Hör auf, mich so zu nennen«, murmelte ich an seinem Hals.

»Warum?«

»Weil es mich an früher erinnert und ich nicht mehr ständig an früher denken möchte. Ich lebe im Hier und Jetzt, weißt du.«

Mit einem letzten Schniefen brachte ich wieder etwas Abstand zwischen uns. Mein Herz raste, als ich dabei meine Hände auf seine Brust legte, um ihn ein Stück von mir wegzuschieben.

»Okay, das verstehe ich, Luna.« Die Art, wie er meinen Namen aussprach, erinnerte mich an Schokoladeneis mit großen Stücken, zartschmelzend und süß.

Mir war heiß, mit der flachen Hand versuchte ich, mir Luft zuzufächeln. »Was ist mit dir?«, wollte ich wissen, um von mir abzulenken. Gerade hatte ich einen Seelenstriptease hingelegt, da war es nur fair, wenn er das auch tat.

»Was soll mit mir sein?« Schulterzuckend stand er mir gegenüber. »Mir geht es irgendwie wie dir. Ich würde gern mit der Vergangenheit abschließen und im Hier und Jetzt leben. Wie du.«

»Tust du das nicht längst in deinem Jetset-Leben?«

Er lachte und legte den Kopf schief. »Jetset-Leben? Ich glaube, deine Vorstellung von einem Verwaltungsjob wie meinem ist dezent weit weg von der Realität. In der sitze ich nämlich meistens am Schreibtisch oder bin in Meetings oder bei Abteilungsleitern, Schrägstrich Oberärzten. Ziemlich trocken also.«

»Und was hat dich nach München gezogen?«, bohrte ich weiter.

»In erster Linie der Job. Und in zweiter die Liebe. Zumindest glaubte ich das.«

»Und dann?«

Wieder dieses Schulterzucken begleitet von einem verhaltenen Schmunzeln. »Es gibt kein *und dann*. Hat nicht gepasst.«

»Warum nicht?«

»Hey, sag mal, wird das jetzt ein Verhör, oder was? Stellen wir einen Fitzek-Krimi nach, ich bin der Täter, du die süße Polizistin?« Er wackelte mit den Augenbrauen und entlockte mir damit ein Lächeln.

Hatte er mich eben süß genannt?

»Das beantwortet meine Frage nicht, Herr König.« Ich ging auf das Spiel ein und formulierte meine Worte todernst. Zumindest versuchte ich das.

»Du willst wissen, warum diese Beziehung nicht gehalten hat? Nun ja, unbewusst habe ich wohl die ganze Zeit über nach etwas anderem gesucht. Oder jemand anderem.«

»Ach ja, und wonach hast du gesucht?«

Abermals trat er näher an mich heran. Der Geruch seines Parfums stieg mir in die Nase. Es war mir inzwischen so vertraut.

»Ich glaube, du weißt, was ich dir damit sagen will.« Seine Stimme war ein paar Oktaven tiefer gerutscht und erinnerte an das Knurren eines Raubtiers, das kurz davor war, seine Beute zu schnappen.

Mein Herz spielte verrückt. Es holperte und stolperte, galoppierte, blieb wieder stehen. Auf einem EKG sähe das sicher ziemlich ungesund oder gar lebensbedrohlich aus. Mein Mund wurde trocken und ich schluckte mehrmals.

»Nein, weiß ich nicht«, krächzte ich und war mir verdammt sicher, dass in meinen Pupillen große Fragezeichen aufleuchteten wie Leuchtreklameschilder am Times Square.

»Okay. Dann sage ich es dir. Unbewusst habe ich immer nach«, er machte eine kunstvolle Pause, die er nutzte, um sich noch näher zu mir zu beugen, dass sich fast unsere Nasenspitzen berührten, »einer Sprotte gesucht. Und die ist so einmalig, dass ich sie nie wiedergefunden habe. Außer jetzt. Jetzt steht sie vor mir und für mich fühlt sich auf einmal alles richtig an. Als müsste es so sein. Als hätten wir all die Zeit gebraucht, um zu den Menschen zu werden, die wir sind, und um genau jetzt hier zu stehen.«

Seine Augen weiteten sich, während er sprach, und das, was er zwischen die Worte packte, ging mir mitten ins Herz.

Für den Bruchteil einer Sekunde berührten sich unsere Nasenspitzen.

»Ich möchte gern etwas probieren, falls du nichts dagegen hast«, raunte er und das dunkle Timbre seiner Stimme stellte merkwürdige Dinge mit meinem Inneren an.

»Probieren? Ich bin kein Testwagen, oder so.«

»Vorgestern wolltest du etwas probieren, heute bin ich dran. Ganz einfache Kiste.«

Seufzend gab ich nach. »Okay. Was ist es denn?«

»Das wirst du gleich sehen. Wobei, nein, du wirst es fühlen. Schließ die Augen, Luna.«

Meine Lider flatterten, doch ich schloss die Augen, spürte das Rasen meines Herzens viel intensiver und hörte das Rauschen des Meeres, das durch das geöffnete Fenster jetzt noch viel lauter in meine Ohren drang. Ein heißkaltes Prickeln schoss durch meinen Körper. Gänsehaut gesellte sich dazu, genauso wie dieses verheißungsvolle Ziehen zwischen meinen Oberschenkeln. Mein Herz drehte ordentlich durch und war kaum noch im Stande, normal und regelmäßig zu schlagen.

Im nächsten Moment spürte ich Moritz' Finger an meiner Wange. Die Wärme seiner Haut flutete mich sofort mit reichlich Endorphinen und sorgte dafür, dass ein leises Seufzen meine Kehle verließ. Mit den Daumen strich er sanft über mein Gesicht, schob seine Finger weiter in meine Haare und hielt meinen Kopf fest. Ich spürte seine Atemzüge, die meine Haut streichelten, bevor er seine Lippen auf meine drückte. Diese sanfte, anfangs vorsichtige Berührung zog mir regelrecht die Beine weg. Meine Knie wurden weich wie Pudding und ich war froh, dass er mich festhielt.

Mit der Zunge fuhr er über meine Lippen und was vorsichtig begann, wurde fordernder und leidenschaftlicher. Zaghaft öffnete ich den Mund und im nächsten Augenblick verwoben sich unsere Zungen zu einem wilden, leidenschaftlichen Tanz. Instinktiv schlang ich meine Arme um seinen Hals, zog ihn noch näher an mich heran, damit er nicht aufhörte, mir dieses unbeschreibliche Gefühl zu schenken.

Seine Hände lösten sich von meinen Wangen und tasteten über meine Schultern, meinen Rücken hinab. Bis er den Saum meines Tops fand, unter den er seine Finger schob. Die Berührung auf meiner blanken Haut elektrisierte mich und ich zuckte zusammen.

Sein muskulöser Körper presste sich fest an mich und an meiner Körpermitte spürte ich, wie sehr ihm das hier gefiel. Ich vergrub eine Hand in seinen Haaren, die andere krallte ich mutig in seinen Rücken.

Mit sanftem, aber bestimmten Druck schob mich Moritz ein paar Schritte nach hinten, bis ich die Bettkante in den Kniekehlen spürte. Einen Wimpernschlag später ließ er sich mit mir in die Laken fallen.

Wenn wir in den nächsten Sekunden nicht aufhörten, würden wir ...

Doch wir hörten nicht auf. Stattdessen küsste Moritz all meine Zweifel über Bord. In diesem Moment wollte ich nichts mehr, als dass es immer so bleiben würde zwischen uns.

***

Das Vogelgezwitscher am frühen Morgen weckte mich. Irritiert setzte ich mich auf und registrierte die warmen Farben der aufgehenden Sonne. Der Blick aus dem Fenster zeigte, anders als in meinem Zimmer, einige der benachbarten Häuser. Das Meer war nur seitlich erkennbar. Ich drehte meinen Kopf so, dass ich auf die andere Seite des Bettes sehen konnte. Da lag Moritz auf dem Bauch, hatte die Arme unter dem Kopf verschränkt und sein Gesicht drauf geknietscht. Er atmete gleichmäßig und schlief tief und fest.

Ein Schmunzeln huschte über meine Lippen, als ich ihn beobachtete. Und mein Herz lief über vor ... Ich traute mich nicht, dieses Gefühl in Worte zu fassen, aus Angst, es zu zerstören. Wir hatten es also doch getan und mein Körper summte noch immer leise vor sich hin bei der Erinnerung an die vergangene Nacht.

Mit den flachen Händen rieb ich mir übers Gesicht, überlegte, ob es klug war, hierzubleiben. Ich schob meine Vernunft beiseite und ließ mich mit einem leisen Seufzen wieder ins Kissen sinken. Als hätte er meinen Anflug von Zweifel gespürt, drehte sich Moritz zu mir und legte einen Arm über meinen Oberkörper, als wollte er mich daran hindern, zu flüchten.

Über meine Gedanken, wie sinnvoll eine Abwehr meiner offensichtlich noch vorhandenen Gefühle für Moritz wäre, war ich wohl wieder eingeschlafen. Ein furchtbar gellendes Geräusch ließ mich derart aufschrecken, dass ich glaubte, das Herz würde direkt aus meiner Brust springen.

»Was zur Hölle ...«, fluchte ich und rieb mir schlaftrunken die Augen, während Moritz neben mir plötzlich ganz hektisch wurde.

»Scheiße.« Ohne sich umzudrehen, schwang er seine Beine aus dem Bett und eilte ins Bad. Wenig später hörte ich das typische Zahnputzgeräusch. »Entschuldige, ich habe ganz vergessen, dass ich einen wichtigen Termin habe«, murmelte er fast schon abwesend, als er aus dem Bad zurück war und seine Klamotten zusammensuchte, um sich anzuziehen. Als er den Schrank öffnete und nach einem weißen Hemd griff, wurde ich stutzig.

»Geschäftlich?«, fragte ich daher nach.

»Japp. Sorry, mir wäre ein entspannter Morgen auch lieber gewesen.« Er zog das Hemd an und knöpfte es so schnell zu, dass ich mich fragte, wie lange er dafür wohl geübt hatte. Dann hielt er kurz inne, kam auf meine

Seite des Bettes und setzte sich. Mit seiner Hand fuhr er in meinen Nacken und lehnte seine Stirn gegen meine, während ich seinen Duft nach Abenteuer einatmete. »Erst recht mit dir«, brummte er und das dunkle Timbre seiner Stimme bescherte mir eine Gänsehaut.

Ich hätte noch ewig in diesem Moment verharren können, aber Herr König hatte es eilig. Also sprang er wieder auf und im nächsten Augenblick in seine beigefarbenen Shorts, die mir inzwischen bekannt war.

Skeptisch hob ich die Augenbrauen. »Merkwürdiges Outfit für einen Geschäftstermin«, stellte ich fest, woraufhin er schief lächelte.

»Mh, genau genommen ist es ein Teamscall, weißt du. In«, sein Blick glitt zur Uhr an seinem linken Handgelenk, »fünf Minuten?«

»Oh. Oooh.« Ich verstand und nickte, bevor ich und leichte Panik spürte, die meine Wirbelsäule hinaufkroch, während Moritz schon sein Notebook einschaltete. »Bin schon so gut wie weg.«

Das war leichter gesagt als getan, denn meine Klamotten lagen überall im Zimmer verteilt. Ich biss mir auf die Unterlippe, um mich nicht in den Gedanken daran zu verlieren, wie wir uns letzte Nacht gegenseitig ausgezogen hatten. Jetzt lag ich hier nackt in seinem Bett und wenn ich mich nicht gleich vom Acker machte, würde ich Teil eines illustren Schauspiels werden, was ich ganz und gar nicht vorhatte.

»Es tut mir wirklich leid, Luna. Aber es ist wichtig. Wir sehen uns nachher, okay?«

Mühsam versuchte ich, mir die Bettdecke um den Oberkörper zu schlingen. Moritz indes öffnete sein E-

Mail-Postfach und war bereits kurz davor, auf den Link für das Onlinemeeting zu klicken.

Schnell raffte ich alles zusammen, was ich finden konnte – BH, Top, Hose. Nur meinen Slip fand ich in der Eile nicht. Mist.

Umständlich schlüpfte ich trotzdem in die Jeanshorts, warf mir das Top über und gerade, als ich den Wählton für das Meeting hörte, verließ ich sein Zimmer.

Meine kleine Seifenblase, in der mein Universum seit letzter Nacht in den schillerndsten Farben strahlte, platzte mit einem lauten Knall. Von einer Sekunde zur anderen sah ich mich der Realität gegenüber. Sollte es möglich sein, noch verwirrter zu sein, dann war ich es.

Im Flur atmete ich tief durch. Mein Herz raste immer noch und ich spürte die Hitze in meinen Wangen. Ich gab mir den Moment, um mich zu beruhigen und huschte dann in mein Zimmer, um mich frisch zu machen. Vielleicht schaffte ich es nach unten, bevor Swantje das Frühstücksbuffet wegräumte.

Den restlichen Vormittag verbrachte ich Kaffee und Wasser schlürfend am Strand. Ich hatte mich mit einem Liebesroman bewaffnet, mir am Kiosk noch ein Eis geholt und lümmelte jetzt in einem der Strandkörbe, die man für viel Geld mieten konnte. Swantje hatte für ihre Pension jedoch fünf Stück dauerhaft gemietet und mir den Worten »Siehst aus, als könntest du bisschen Entspannung vertragen« einfach den Schlüssel in die Hand gedrückt.

Das mit dem Lesen klappte nur semigut. Meine Gedanken schweiften ständig zu Moritz. Zu dem, was er mir letzte Nacht gesagt hatte. Zu seinen Lippen, die jedes seiner Worte untermalt hatten. Zu seinen Händen, die dem Gesagten noch mehr Ausdruck verliehen hatten. Es hatte sich verdammt gut angefühlt, ihm so nahe zu sein. Eins mit ihm zu sein und der Vergangenheit keine Beachtung zu schenken. Doch ganz so einfach funktionierte das eben nicht. Leise Zweifel beschlichen mich, ob wir ohne weiteres an das, was wir hatten, würden anknüpfen können.

In dem Buch, das ich eigentlich lesen wollte, war das ganz einfach. Es war eine dieser Geschichten, in denen der Millionär nur mit den Augenbrauen wackeln brauchte und die Hauptakteure fielen übereinander her. Aber im echten Leben?

Ich war wohl in der Strandkorbidylle weggedämmert, denn viel zu spät bekam ich mit, dass sich jemand neben mich setzte und mir die Sonne nahm. Blinzelnd öffnete ich die Augen und erblickte ein Lächeln. Ein zugegebenermaßen sehr charmantes Lächeln, das direkt dafür sorgte, dass meine Haut zu kribbeln begann.

Mit der flachen Hand über meinen Augen schirmte ich die Sonnenstrahlen ab. »Hey«, bekam ich lediglich heraus.

»Du hast dich hoffentlich mit Sonnenschutz eingecremt?«, wollte Moritz fürsorglich wissen und sah sich suchend um. »Ich kann dich gern noch mal ...«

Seufzend schüttelte ich den Kopf. Wollte ich wissen, was er mich gern noch mal konnte?

»Musst du nicht«, wiegelte ich sein Angebot ab und schnappte mir ein Tuch, das ich vorsichtshalber eingepackt hatte und mit dem ich nun meinen Bauch und meine Oberschenkel abdeckte. »Wie lief dein Gespräch?«

»Gut. Glaube ich.« Er wendete den Blick von mir ab und richtete ihn auf die Wellen, die in einiger Entfernung an den Strand rollten. Ein paar Wimpernschläge lang sagte keiner von uns ein Wort.

Diese Unterhaltung, wenn man es überhaupt so nennen konnte, war merkwürdig. Einsilbig.

»Sollen wir heute zusammen zur Tanzschule fahren?«, brach Moritz schließlich das Schweigen.

»Ja klar, warum nicht.« Meine Vernunft hielt es für keine besonders gute Idee, so zu tun, als wären wir Freunde. Wobei Freunde nicht miteinander schliefen. Doch das hatten wir letzte Nacht. Und jede Faser meines Körpers verzehrte sich noch immer danach.

Als ob diese Situation nicht schon unangenehm genug wäre, entdeckte Moritz das Buch, in dem ich vorhin hatte lesen wollen. Er nahm es in die Hand, betrachtete es von allen Seiten und schnalzte mit der Zunge, bevor er anfing, einige Schlagwörter aus dem Klappentext laut vorzulesen.

»Fake Dating, spicy Romance, heißer Millionär, prickelnde Fantasien ... Mhm.« Geräuschvoll sog er die Luft ein, während ich die Augen verdrehte.

»Gib das her.« Mit einer Hand wollte ich mein Buch zurückerobern, doch Moritz streckte den Arm aus und hielt es so weit nach oben, dass ich mich ordentlich strecken musste und trotzdem nicht rankam. »Komm schon. Du sorgst noch dafür, dass mein Lesezeichen rausfällt und dann weiß ich nicht mehr, wo ich war«, lamentierte ich, gab mich letztlich aber geschlagen,

weil er keine Anstalten machte, mir mein Buch zurück-
zugeben.

Stattdessen suchte er das Lesezeichen und schlug das
Buch genau an dieser Stelle auf. Er rückte sich zurecht,
hielt das Buch wie den Heiligen Gral und las erneut
laut.

»Mit einem sinnlichen Lächeln ging er vor ihr in die
Knie, raffte ihren Rock zusammen und ...«

O Gott, leise schnaufend stieß ich die Luft aus. Hatte
ich denn sämtliche peinliche Situationen für mich ge-
pachtet?

»Wirklich interessant, was du liest. Bildungsliteratur
nehme ich an?« Sein Blick glitt zwischen dem Buch und
mir hin und her.

Nervös rutschte ich im Strandkorb hin und her. »Du
musst dich nicht über meinen Lesegeschmack lustig
machen. Ich liebe Romance-Geschichten, da ist nichts
dabei.«

Moritz nickte. »Absolut korrekt. Und ich mache mich
keineswegs lustig. Ich frage mich nur, ob wir diese
Szene vielleicht mal nachstellen sollen? Heute Abend
nach dem Tanzkurs? Ich könnte vor dir auf die Knie gehen ...« Er legte eine kunstvolle Pause ein, in der er sich
näher zu mir beugte und mit den Augenbrauen wackelte. Sein Grinsen war unverschämt und frech. »Was
meinst du?«

Allein die Vorstellung sorgte dafür, dass mein Puls in
andere Sphären schoss. Es kostete mich einiges an Be-
herrschung, um mich aus diesem Moment zu winden.
»Ich meine, dass du dir deiner selbst ganz schön sicher
bist. Und jetzt gib das Buch her.«

Sein Grinsen wurde breiter. »Ich habe eine Idee. Heute Abend, bevor ich vor dir in die Knie gehe, liest du mir den Rest der Szene vor.«

Genervt stieß ich die Luft aus und schüttelte den Kopf. »Vergiss das ganz schnell.« Mit einem Ruck entriss ich ihm mein Buch und stopfte es schnell in meinen Rucksack. Das Tuch packte ich ebenso ein.

»O nein, ich schätze, das kann ich leider nicht vergessen. Der Gedanke wohnt jetzt mietfrei hier drin«, mit dem Zeigefinger tippte er an seine Schläfe, »bis wir ihn umgesetzt haben.«

Das Klingeln meines Handys rettete mich aus dieser fatalen Situation. Zwar war ich wenig begeistert darüber, wer der Anrufer war, aber in diesem Moment war er meine Rettung. »Benedikt, wie schön, dass du anrufst«, tirilierte ich und warf Moritz einen dieser Wimpern-Klimper-Blicke zu. Der saß nämlich auf einmal stock und steif da, hatte die Augen zusammengekniffen. Ich sah ihm an, dass er mir genau zuhörte.

»Ja, du, hör mal, Luna. Ich habe nachgedacht. Und ich finde …«

»Jaja, natürlich«, unterbrach ich Benedikt voller Überschwang und setzte dabei mein süßestes Lächeln auf, das allerdings nur Moritz sehen konnte.

»Ähm, du hast also nichts dagegen, wenn ich doch für ein paar Tage zu dir komme? Also, ich meine, nicht zur Hochzeit, da bin ich ja nicht eingeladen, aber ich würde gern Zeit mit dir verbringen. Was sagst du?«

Oh.

Nach den Worten *ein paar Tage zu dir kommen* hatte mein Hirn damit zu tun, seine Worte zu deuten.

»Moment, ähm, was … Warum?«, stammelte ich, anstatt ihm sofort zu sagen, dass das lieber nicht machen sollte.

»Aber du hast doch gerade gesagt, dass …« Es war unüberhörbar, wie geknickt Benedikt war.

Ich stand auf. Auch wenn mein spontaner Plan ein anderer gewesen war, Moritz musste nicht Zeuge dieser Unterhaltung sein. Es ging ihn schlichtweg nichts an. Also lief ich ein paar Schritte Richtung Wasserkante, zog mit den Zehen dabei eine Spur in den warmen Sand.

»Hör mal, ich möchte gern einfach meine Ruhe haben. Und die Hochzeit meiner besten Freundin feiern. Das verstehst du sicher, oder?«

»Ja schon, aber …«

»Es gibt kein Aber, wir treffen uns, wenn ich wieder da bin. Das hatten wir doch schon besprochen.«

Benedikt schnappte nach Luft. »Es gibt ein Aber, Luna, ich habe bereits ein Bahnticket gebucht.«

Na wunderbar. Es fehlte mir gerade noch, dass er auch hier aufkreuzte.

»Mach von mir aus gerne Urlaub an der Ostsee, aber bitte nicht in Dünenwiek. Es ist sowieso schon alles so kompliziert«, stieß ich genervt aus und stampfte mit einem Fuß in den Sand wie ein trotziges Kleinkind.

Verdammt. Das hätte ich nicht sagen sollen. Es war mir rausgerutscht, weil ich völlig die Kontrolle verloren hatte.

»Was ist kompliziert?«, fragte Benedikt gedehnt.

»Ach egal, Warnemünde ist übrigens superschön. Kann ich nur empfehlen.«

»Okay, wenn du das sagst. Mein Ticket geht allerdings bis Stralsund. Also ... vielleicht sehen wir uns ja.«

Mit der freien Hand wischte ich über mein Gesicht und gab auf. Ich verabschiedete mich von Benedikt, wünschte ihm einen schönen Urlaub und hoffte inständig, dass er einen großen Bogen um die Insel Rügen machte.

Bevor ich ihn sah, spürte ich Moritz direkt hinter mir. »Dein Freund?«, fragte er, nachdem ich mich umgedreht hatte und gegen die Sonne blinzelte.

»Ex. Also eigentlich«, brummte ich.

»Ein Eigentlich-Ex? Okay. Soll ich nächstes Mal rangehen?«

Kopfschüttelnd verneinte ich. »Bloß nicht, bist du verrückt?«

»Nach dir? Möglicherweise ja.« Sein Grinsen reichte buchstäblich von Ohr zu Ohr und entblößte seine schneeweißen, gleichmäßigen Zahnpasta-Werbezähne. »Und nur damit du es weißt, ich hatte deinen Plan, mich eifersüchtig zu machen, schon durchschaut, bevor du aufgestanden bist.« Zwinkernd legte er einen Arm um meine Schultern und drückte mich an sich.

Mir war gerade alles andere als nach lachen zumute. Mein Leben war irgendwie aus den Fugen geraten und im Umbruch. Alles war chaotisch. In diesem Moment vermisste ich es sehr, nichts Nervenaufreibendes zu erleben. Stattdessen war ich drauf und dran, die Hochzeit meiner besten Freundin – die absolut im Mittelpunkt stehen sollte – aus dem Fokus zu verlieren, weil mein Liebesleben außer Kontrolle geraten war.

Kapitel 12

»Ich kann nicht tanzen«, motzte ich. Moritz hielt sich die Ohren zu, weil er es nicht gelten ließ.

»Jeder kann tanzen.«

»Ich nicht. Als die Gene für geschmeidige Bewegungen verteilt wurden, war ich nicht da.«

Er setzte dieses breite Grinsen auf, das ich so sehr an ihm liebte. Manchmal fragte ich mich, wie oft man sich eigentlich in ein und denselben Jungen verlieben konnte. Dabei war die Antwort darauf denkbar einfach: jeden Tag aufs Neue.

Der bevorstehende Tanzstundenabschlussball überforderte mich und mein nicht vorhandenes Tanztalent. Aber Moritz ließ einfach nicht locker. Er hatte sich in den Kopf gesetzt, dass wir als Einheit übers Parkett wedelten. Also übte er jeden Tag mit mir. Am Strand. Voller Geduld und Enthusiasmus. In den Nächten träumte ich davon, dass ich perfekt tanzen konnte und Moritz mich für die Hebefigur ins Wasser lockte. Wie in Dirty Dancing.

Leider gelang es mir im echten Leben nicht einmal, mir die Schrittkombinationen für einen simplen Discofox zu merken.

»Du musst das nicht machen, Moritz. Wir können auch einfach so auf dem Ball sein, essen und quatschen und so.« Mehr als einmal versuchte, ihn von der wahnwitzigen Idee abzubringen mit mir tanzen zu wollen. Aber er ließ nicht mit sich reden.

»Komm her, Sprotte.« Mit gestrecktem Zeigefinger lockte er mich zu sich und ich fühlte mich, wie in einem dieser Hollywood-Liebesfilme. Überhaupt kam es mir manchmal vor wie ein Traum, weil alles so perfekt war. Moritz war perfekt. Wir waren perfekt. Unser Leben war perfekt – zumindest, wenn man von dem blöden Getanze absah.

Ein wenig schämte ich mich dafür, dass ich so untalentiert war. Umso mehr liebte ich Moritz dafür, dass ihm das egal war und er alles daransetzte, mit mir zu diesem Ball zu gehen und zu tanzen.

Ich holte ein paar Mal tief Luft und gab schließlich nach, folgte seiner Einladung und griff nach seiner Hand. Sofort umschlossen seine Finger meine und er zog mich mit so einem Ruck an sich, dass ich mit gesenktem Blick direkt gegen seine Brust prallte.

Für einen Moment blieb mir der Atem weg. Die Luft um uns herum schien elektrisch aufgeladen, ich glaubte, ein Knistern zu hören. Über Moritz' Schultern hinweg sah ich sanften Wogen der Ostsee, die in der Abendsonne an den Strand plätscherten.

Mit seinem Zeigefinger hob er mein Kinn an, sodass sich unsere Blicke trafen. Diese Wärme in seinen Augen haute mich einfach jedes Mal um. Es war, als würde er auf den Grund meiner Seele schauen können.

Er beugte seinen Kopf zu mir hinab und drückte seinen Mund auf meinen. Nicht zu fest, aber auch nicht zu sanft. Es war gerade richtig, um mich vergessen zu lassen, was wir hier eigentlich vorhatten.

»Wir werden zusammen tanzen. Du schaffst das«, murmelte er an meinen Lippen und ich glaubte ihm. »Alles, was du tun musst, ist, dich auf meine Füße zu stellen und dich den Bewegungen hinzugeben. Okay?«

Ich schlang meine Arme um seinen Hals, während er am Handy einen passenden Song raussuchte. Ein paar Sekunden später erklang »Kiss me« von Sixpence non the Richer aus seiner Hosentasche, einer meiner Lieblingssongs.

Moritz tastete sich an meinem Arm hinauf, griff nach meiner Hand und verschränkte seine Finger mit meinen, bevor er unsere Arme seitlich ausstreckte. Seine freie Hand legte er auf meinen unteren Rücken, was mich wohlig erschauern ließ.

»Nun stell dich schon auf meine Füße, Sprotte. Ist ja nicht so, dass wir morgen früh zeitig raus müssen. Erste Stunde Chemie, bei Miss-Gnadenlos-Ebermann.«

Ein Lachen verkneifend kaute ich auf meiner Unterlippe herum, bis ich seiner Bitte schließlich nachkam und mich ganz vorsichtig auf seine Fußrücken stellte. Nur mit den Zehenspitzen, damit er nicht mein ganzes Gewicht tragen musste.

Ich spürte den leichten Ruck, mit dem er mich etwas anhob und dann ... schwebte ich federleicht über den sommerwarmen Sand.

Ich wiegte mich im Takt der Musik.

Ich tanzte.

Mit der Liebe meines Lebens.

✦✦✦

Die Tanzstunde fand, wie sollte es auch anders sein, in einem der zahlreichen Konferenzräume in Finns Hotel statt. Also im Hotel seiner Eltern. Damit er kurze Wege hatte und gleich im Anschluss wieder an die Arbeit gehen konnte.

Manchmal fragte ich mich, ob er und Sophie überhaupt so etwas wie ein Freizeitleben hatten. Und was Sophie davon hielt, dass er nahezu permanent arbeitete. Aber es stand mir nicht zu, darüber zu urteilen, also beließ ich es dabei, mir meinen Teil zu denken.

Schon als wir aus dem Aufzug stiegen, sah ich Sophie, die wartend vor dem Raum von einem Fuß auf den anderen trat.

»Wenigstens ihr seid pünktlich.« Ihr war anzuhören, dass sie sauer war, weil sich Finn vermutlich mal wieder verspätete.

Ich schenkte ihr ein schiefes Lächeln und drückte sie zur Begrüßung. Innerlich hoffte ich, sie würde mir nicht anmerken, dass es in mir drunter und drüber ging, was Moritz betraf. Wir waren zusammen hergefahren, hatten während der Fahrt allerdings nicht wirklich miteinander gesprochen. Im Aufzug hatte ich seine Finger an meinen gespürt, fast so, als wollte er nach meiner Hand greifen. Gerade noch rechtzeitig, bevor sich die Türen öffneten, hatte ich meine Hand in der Tasche meines Jeansrockes vergraben.

»Hey, ist der Raum noch abgeschlossen?«, fragte Moritz und seine Hand glitt zur Türklinke.

Sophie schüttelte den Kopf. »Nee, der Tanzlehrer ist ja schon drin und bereitet gerade alles vor. Geht ruhig rein, ich warte noch auf Finn.«

Skeptisch zog ich die Augenbrauen hoch. »Hä? Du kannst doch auch drin auf ihn warten. Mit uns.« Zugegeben, das war mehr ein Versuch, mich selbst zu beruhigen. Ich traute mir einfach nicht über den Weg, wenn ich mit Moritz alleine war.

»Nein, nein. Geht rein. Ich bin gleich da.«

»Süße, ist alles in Ordnung?« Während Moritz den Konferenzraum stürmte, als gäbe es kostenloses Eis für alle, widmete ich mich meiner besten Freundin, die heute anscheinend gar nicht gut gelaunt war.

»Ja, klar. Es nervt nur, dass er nie pünktlich ist. Wahrscheinlich schafft er es nicht einmal am Samstag rechtzeitig zur Trauung.« Sie verzog das Gesicht und knetete ihre Finger. Ihr war anzusehen, wie aufgewühlt sie war. Aber noch bevor ich etwas sagen konnte, gab der Aufzug ein Ping-Geräusch von sich, die Aufzugtüren öffneten sich und Finn erschien auf der Bildfläche.

»Hey Babe, sorry, ich wurde aufgehalten.« Im Sturmschritt kam er auf uns zu und Sophies Miene erhellte sich.

»Wurde aber auch Zeit«, hörte ich sie im Hintergrund schimpfen, aber ihre Stimme war viel sanfter als noch gerade eben.

Indes betrat ich den Raum und sah Moritz von Weitem, der bereits mit dem Tanzlehrer fachsimpelte. Automatisch machte mein Herz einen Satz, obwohl ich das gar nicht wollte. Aber ich hatte keinen Einfluss darauf.

Mein Blick glitt zwischen Moritz und dem Tanzlehrer hin und her. Sophie hätte mir ruhig sagen können, wie attraktiv Letzterer war. Zu seiner khakifarbenen Leinenhose mit weiten Beinen trug er ein leger aufgeknöpftes weißes Leinenhemd, das einen starken Kontrast zu seiner gebräunten Haut bildete. Die Füße steckten in schwarzen Tanzschuhen, doch in der Ecke entdeckte ich Flip-Flops, die sicher ihm gehörten. Seine rabenschwarzen längeren Haare hatte er zu einem Bun gebunden, seine kantige Wangen- und Kinnpartie wurde von einem gepflegten Dreitagebart geziert.

»Da bist du ja. Ich habe Luis schon vorgeschwärmt, wie talentiert du bist.« Moritz riss mich aus meiner Musterung und ich warf ihm einen bösen Blick aus zusammengekniffenen Augen zu, während ich zu den beiden ging.

»Machst du Witze? Hi, ich bin Luna und wenn ich etwas nicht kann, dann ist das Tanzen«, stellte ich mich dem Tanzlehrer vor, dessen Grinsen von einem Ohr bis zum anderen reichte und schneeweise Zähne entblößte. Aus welchem Hochglanzmagazin war dieser Gott gleich noch mal entsprungen?

Mit beiden Händen umschloss er die Finger meiner Hand, die ich ihm zur Begrüßung entgegenstreckte. In seinen Augen, die wie schwarzer Kaffee schimmerten, blitzte etwas auf. »Hey, ich bin Luis. Du bist also die sagenumwobene Trauzeugin, hab schon viel von dir gehört.«

Hitze stieg in meine Wangen, als wäre es nicht schon heiß genug. Hatte er mir zugezwinkert?

Peinlich berührt zupfte ich an meinen Fingerspitzen, nachdem er meine Hand wieder freigegeben hatte, und biss mir auf die Unterlippe. Aus den Augenwinkeln bemerkte ich, wie sich Moritz mehr und mehr versteifte. Also machte ich einen Schritt auf Luis zu.

»Ich hoffe, nur Gutes«, erwiderte ich auf seine vorherige Bemerkung und konnte mir den doppelten Wimpernschlag einfach nicht verkneifen.

»Selbstverständlich. Außer, dass du nicht besonders gern tanzt, aber das ändern wir ganz schnell. Du wirst sehen, wenn du dich den Rhythmen der Musik ganz hingibst und dich ...« Er trat einen Schritt auf mich zu, sodass nicht mehr viel Abstand zwischen uns war, was Moritz mit einem lautstarken Räuspern zur Kenntnis nahm. »Also, wenn du dich richtig fallen und führen lässt, ist es super easy, federleicht übers Parkett zu gleiten. Ich zeige es dir gleich, okay?«

Seine überaus charmante Art sorgte dafür, dass mir der Unterkiefer runterklappte und mein Mund staubtrocken wurde.

Zwei Hotties sind einer zu viel, meckerte das imaginäre Engelchen in meinem Kopf.

Papperlapapp, die sind beide zu perfekt, als dass man einen von ihnen sausen lassen könnte. Na klar, auch das Teufelchen hatte etwas dazu zu sagen.

Ich schüttelte mich, um beide zur Ruhe zu bringen. Mehr allerdings mich selbst.

Moritz hatte es unbemerkt geschafft, sich neben mich zu stellen und besitzergreifend seinen Arm um meine Schultern zu legen. Was ich unter anderen Umständen furchtbar genossen hätte, war mir jetzt etwas too much.

»Sei unbesorgt, Luis. Ich habe Luna schon einmal das Tanzen beigebracht, das schaffen wir noch einmal.« Seine Stimme war kühler geworden, fast abweisend.

Er war eifersüchtig.

Wie süß.

Moritz König war eifersüchtig.

Ich merkte, wie ein Lächeln über meine Lippen huschte. »Aber wenn Luis es mir doch zeigen möchte, dann ist das sicher gut, um meine Hemmungen zu überwinden.« Unschuldig blinzelnd sah ich mit einem

Schmollmund zu Moritz, der nur den Kopf schüttelte, während Gott Luis mitspielte.

»Oh, Hemmungen werden das Letzte sein, was du hast, wenn wir beide über das Parkett geschwebt sind.« Belustigt wackelte er mit den Augenbrauen.

Moritz' Griff um meine Schultern wurde etwas fester, sodass ich meinen Blick vom Tanzgott abwendete und zu ihm aufsah. Seine schokoladenbraunen Augen funkelten zurück und er runzelte die Stirn.

»Ah, jetzt verstehe ich, ihr beiden seid ... Sorry, Mann«, mutmaßte Luis und klopfte entschuldigend auf Moritz' Oberarm.

»Oh, wir sind nicht ... zusammen, oder so. Also, wir waren es mal. Aber jetzt? Sind wir es nicht, oder?« Keine Ahnung, warum das so aus mir herausplatzte. Wir hatten Sex gehabt, also Moritz und ich. Superschönen Sex. Denkwürdigen Sex. Wiederholungswürdigen Sex. Allein der Gedanken daran, wie wir uns zwischen den Laken gewälzt hatten, schickte ein heftiges Kribbeln über meine Haut.

Whoa. Was genau tat ich hier eigentlich? Umständlich wand ich mich aus Moritz' Arm. Ich brauchte ein paar Sekunden, um durchzuatmen und kehrte ihm und Luis den Rücken zu. Meine Atmung ging flach und viel zu schnell. War ich eigentlich von allen guten Geistern verlassen? Warum flirtete ich offensichtlich mit dem Tanzgott, während Moritz danebenstand? Tief in mir war ich anscheinend so verunsichert, dass ich mir nicht anders zu helfen wusste, als beide Männer in den Ring zu schicken. Es war unreif und vor allem auch unnötig. Aber ich befürchtete, es war zu spät, denn ich hatte längst einen Kampf unter Rivalen heraufbe-schworen. Ich ballte die Hände zu Fäusten, um mich abzureagieren, und stieß ein theatralisches Seufzen aus, während mein Herzschlag gar nicht daran dachte, sich zu beruhigen.

»Luna? Alles okay?«, wollte Moritz wissen.

Ein Ruck ging durch meinen Körper. Ich straffte mei-nen Rücken, nahm noch einen tiefen Atemzug und setzte ein Lächeln auf, bevor ich mich wieder um-drehte.

»Ja, alles bestens.«

»So!« Sophie und Finn hatten es auch endlich ge-schafft und retteten mich aus dieser misslichen Lage. »Entschuldigt, wir mussten noch etwas besprechen.«

Sie umarmte erst Luis und als sie sich dann uns zu-wandte, konnte sie sich ein fettes Schmunzeln nicht verkneifen.

»Von wegen nicht zusammen. Du musst mir alles er-zählen. Alles, auch die schmutzigen Details«, flüsterte sie in mein Ohr, was mich dazu veranlasste, etwas Ab-stand zwischen Moritz und mir zu schaffen.

Mit zusammengepressten Daumen- und Zeigefinger-kuppen fuhr ich über meine Lippen und imitierte dabei das Schließen eines Reißverschlusses.

Luis klopfte euphorisch in die Hände. »Können wir starten? Sophie, vielleicht erklärst du noch mal, wie ge-nau du dir das vorgestellt hast.«

Die Augen meiner besten Freundin leuchteten, sie war ganz in ihrem Element. »Also, Finn und ich begin-nen mit einem klassischen Discofox bis zum Ende des ersten Refrains. Und dann komm Luna und Moritz mit auf die Tanzfläche und wir rocken gemeinsam.« Überschwänglich nickte sie in unsere Richtung, während mir immer mulmiger zumute wurde.

Tanzen war die eine Sache. Das vor vielen, zumeist fremden Menschen zu tun, war eine ganz andere Hausnummer, der ich mich nicht gewachsen sah.

»Hervorragend«, schaltete sich Luis dazwischen. »Das wird super. Ich habe mir für den Zwischenteil, also wenn Luna und Moritz dazukommen, ein paar moderne Schrittkombinationen überlegt. Und nach dem zweiten Refrain wechselt ihr dann bis zum Ende des Songs wieder in den Discofox. Was meint ihr?«

Sophie hüpfte vor lauter Freude auf und ab. »Das wird so toll. Oder, Schatz?« Finn nickte. Sein »Ja, bestimmt« klang allerdings weniger enthusiastisch.

»Gut, legen wir los. Schließlich haben wir nur begrenzt Zeit. Wir beginnen mit dem Discofox, zwei oder drei Runden und dann zeige ich euch die Schrittkombinationen für den Zwischenteil. Let's go!«

»Ich kann mir niemals all die Schritte merken«, maulte ich, bevor wir überhaupt angefangen hatten.

»Kein Problem, Luna. Ich kann das im Anschluss gerne mit dir noch einmal vertiefen.« Luis fixierte mich mit seinem Blick, während er zur Musikanlage ging und diese einschaltete.

»Vertiefen, schon klar. Wenn hier einer was bei dir vertieft, dann bin ich das.« Moritz baute sich vor mir auf und versperrte mir den Blick auf den Tanzgott. Er streckte mir seine Hand entgegen und verbeugte sich. »Darf ich bitten, my Lady?«

Ein pikiertes Lachen entwich meiner Kehle. »Lass das. Wir sind doch nicht bei Bridgerton.«

»Schade eigentlich, hab gehört, die haben so unfassbar viel Körperkontakt in dieser Serie.«

»Moritz«, zischte ich. »Hör auf damit, sofort.«

Noch immer starrte ich auf seine ausgestreckte Hand und spürte, wie sich mein Magen zusammenzog. Meine Gefühle waren eine Mischung aus Adrenalin, Dopamin und keine Ahnung, was da noch alles enthalten war. Aber es sorgte dafür, dass mir fast schon schwindlig wurde.

Die Musik von »Atemlos« dröhnte durch den Saal und ich wollte am liebsten im Boden versinken. Ich verzog das Gesicht, ein Schlager fehlte mir gerade noch. Dann doch lieber ein Sonett aus Bridgertonzeiten. Ausgerechnet Helenes größter Hit – natürlich hatte sich Sophie den für ihren Hochzeitstanz gewünscht.

»Komm schon, Sprotte«, sagte Moritz mit diesem schiefen Grinsen, das ich immer so sehr geliebt hatte und das mir nach wie vor unter die Haut ging. »Du kannst dich nicht ewig drücken.«

»Ich kann's halt einfach nicht.« Wenn es überhaupt möglich war, stieg noch mehr Hitze in meine Wangen, sodass ich mich fragte, wie rot ein Gesicht eigentlich anlaufen konnte. Hatte ich wirklich geglaubt, immun gegen seine Nähe zu sein? Fataler Fehler.

»Wir machen es wie früher.« Er schlang seine Arme um meine Taille und hob mich einfach hoch, dass ich den Bodenkontakt verlor. Seine Berührung schickte kleine Stromstöße durch meinen Körper. »Weißt du noch? Damals am Strand?«

Natürlich wusste ich das noch. Wie könnte ich diese Abende je vergessen? Der warme Sand unter unseren nackten Füßen, das Rauschen der Ostsee im Hintergrund, und Moritz, der mir geduldig die Grundschritte beibrachte.

»Das war vor über zehn Jahren«, bemerkte ich spitz. »Und ich war bestimmt betrunken.«

»Nur ein wenig«, korrigierte er mich und zog mich zur Tanzfläche. »In erster Linie warst du absolut entzückend, als du auf meinen Füßen getanzt hast.«

Bevor ich protestieren konnte, hatte er mich schon in Tanzposition gezogen. Seine rechte Hand lag warm auf meinem Rücken, genau an der Stelle, wo mein Top nach oben gerutscht war. Haut auf Haut. Ich erschauderte unwillkürlich und blendete alles um mich herum aus. Selbst der Tanzgott war vergessen. Für diesen Moment gab es nur uns. Moritz und mich. Und diesen vermaledeiten Schlager, der mich die nächsten Tage und Nächte auf Schritt und Tritt verfolgen würde.

»Entspann dich«, murmelte Moritz nah an meinem Ohr. »Du denkst zu viel nach.«

»Einer von uns muss ja denken«, gab ich zurück, aber meine Stimme zitterte verräterisch. Zögerlich versuchte ich, das nachzumachen, was Luis uns sagte. Aber es gelang mir mehr schlecht als recht und bestätigte mich darin, eine absolute Bewegungslegasthenikerin zu sein.

»Ähm, du könntest mir die Führung überlassen, das wäre schon ungemein hilfreich«, brummte Moritz an meinem Ohr und zog sanft, aber bestimmt an meiner Hand.

»Ich mach doch gar nichts.«

»Du versuchst, das Ruder zu übernehmen.«

»Hä? Wir tanzen, wir rudern nicht.«

»Ach komm schon, Luna, ich weiß, dass du das besser kannst. Stell dich einfach auf meine Füße, okay?«

Ich schüttelte den Kopf. Nein, das würde ich nicht wieder tun.

»Was spricht dagegen?«

»Ungefähr einhundert Gäste, die am Samstag nicht nur der Braut auf die Füße gucken.« Schulterzuckend folgte ich weiter den Anweisungen, stolperte aber mehr, als dass ich tanzte. Was wiederum Luis dazu veranlasste, uns Gesellschaft zu leisten. Wie selbstverständlich griff er nach meiner Hand. Der Hand, die gerade mit Moritz' Fingern verbandelt war.

»Darf ich?« Er sah meinen Tanzpartner gar nicht erst an, sondern nur mich, während er darauf wartete, dass Moritz mürrisch etwas vor sich hin murmelnd das Feld räumte. »Schließ die Augen, fühl die Musik.«

Ich spürte seine Hand an genau der gleichen Stelle, an der Moritz' Finger gerade noch gelegen hatten, und es fühlte sich seltsam an. Ob seltsam gut oder einfach nur seltsam, konnte ich nicht genau sagen.

»Aber ich hasse Schlager, das kann ich nicht fühlen, sorry«, jammerte ich.

»Augen zu und fühlen. Bitte.«

Okay. Einen Atemzug später schloss ich meine Augen und versuchte, mich in die Musik hineinzufühlen. War gar nicht so einfach, wenn man auf den Text hörte. Blinzelnd versuchte ich, herauszukriegen, was Luis vorhatte.

»Augen zu.«

Okay. Noch einen Atemzug, während er »Noch mal von vorne!« in den Raum rief und den Titel erneut startete. O Gott, in Dauerschleife war das schwer auszuhalten. Doch plötzlich begann er, sich zu bewegen. Vor, zurück, seitlich, mit mehr Schwung, mit weniger Schwung. Und als wüsste ich genau, was ich zu tun hätte, folgte ich seinen Schritten.

»Das ist ja der Wahnsinn«, flüsterte ich ehrfürchtig.

Und ... trat ihm prompt auf die Schuhe.

»Kein Problem, Betriebsrisiko.« Zwar sah ich ihn nicht, weil ich meine Augen brav geschlossen hielt, aber sein Lächeln war deutlich zu hören. Genauso wie Moritz' Hustenanfall im Hintergrund.

Was hatte der denn für ein Problem? Schließlich war er vorhin noch ganz erpicht darauf gewesen, dass ich unbedingt tanzen lernen sollte. Bitte schön, genau das tat ich.

Luis wedelte weiter mit mir übers Parkett und es fühlte sich so leicht an. Als würde ich den ganzen Tag nichts anderes machen.

»Du machst das hervorragend, Luna. Dein Gespür für den Rhythmus ist sagenhaft«, lobte er mich und Hitze stieg in meine Wangen.

Prompt verhaspelte ich mich erneut und stolperte gegen seine Brust.

»Hoppla, wenn du noch mal eine Einzelstunde brauchst, lass es mich wissen. Heute Abend habe ich Zeit. Du kannst die Augen übrigens gern wieder öffnen. Es sei denn, du willst bei der Hochzeit blind tanzen.«

Blinzelnd sah ich sein breites Grinsen und biss mir vor lauter Verlegenheit auf die Unterlippe. Über seine Schulter hinweg glitt mein Blick zu Moritz, der ein paar Schritte von uns entfernt grimmig die Augenbrauen zusammenzog und die Arme vor der Brust verschränkte. Kaum merklich schüttelte er den Kopf, als sich unsere Blicke trafen. Was sollte das denn? Dass wir miteinander geschlafen hatten, hieß ja nicht, dass er irgendwelche Besitzansprüche an mich stellen konnte. Auch wenn ich seine Reaktion irgendwie schmeichelhaft fand.

Ich zog eine übertriebene Grimasse in seine Richtung, was ihn dummerweise sofort dazu veranlasste, seine Position aufzugeben. Mit wenigen Schritten war er wieder bei Luis und mir.

»Ich glaube, Luna kann es jetzt«, stellte er mit drohendem Unterton fest, doch Luis ließ mich nicht los.

Mein Blick glitt zwischen den beiden Männern hin und her, wie bei einem Tennisspiel, in dem der Ball von einer Seite zur anderen flog.

»Ich übernehme ab hier wieder«, fuhr Moritz fort und drängte sich zwischen uns.

Luis gab mich frei und hob abwehrend die Hände, drehte sich aber noch einmal zu mir um, bevor er wieder der Tanzlehrer für uns alle war. »Wie gesagt, wir können das heute Abend gern vertiefen.«

Moritz hatte inzwischen wieder meine Hand ergriffen und mich mit dem freien Arm um meine Taille an sich gedrückt. Wenn mich nicht alles täuschte, sogar etwas fester als vorhin.

»Wir haben heute Abend schon etwas vor«, erwiderte er ein bisschen bissig und begann mit der Schrittfolge von vorn.

Luis nahm es mit Fassung und korrigierte lieber die Schritte des angehenden Brautpaares.

»Was genau haben wir denn vor?«, fragte ich Moritz angriffslustig.

Moritz machte eine Drehung, die mich fast aus der Bahn brachte, dann beugte er sich dicht an mein Ohr.

»Weiß ich noch nicht. Aber ganz gewiss wird dieser Tanzfatzke nichts bei dir vertiefen. Weder Tanzschritte noch sonst irgendwas.«

Oooookay.

»Sag mal, Moritz, kann es vielleicht sein, dass du ein ganz kleines bisschen eifersüchtig bist?«, fragte ich ironisch.

»Auf den? Pff ...«

»O Gott, echt jetzt? Komm wieder runter.« Das war unfair ihm gegenüber. Aber eine Mischung aus Unsicherheit und Verzweiflung kroch in mir empor und sorgte dafür, dass ich dumme Sachen machte, wie zum Beispiel mit dem Tanzlehrer zu flirten.

Der Rest der Tanzstunde verlief ... angespannt. Zumindest, was die Lage zwischen Moritz, Luis und mir betraf. Eine verbale Stichelei jagte die nächste. Froh darüber, als es endlich vorbei war, verabschiedete ich mich mit einem hektischen »Wir telefonieren« von Sophie und winkte Finn noch einmal zu. Den Tanzgott ließ ich absichtlich links liegen, weil ich auf weitere Konfrontationen keine Lust hatte.

Er anscheinend schon. »Luna, melde dich, wenn du das Gefühl hast, dass du die Schritte noch einmal wiederholen möchtest. Sophie kann dir meine Nummer schicken!«, rief er so laut, dass es vermutlich das halbe Hotel gehört hatte.

Mit dem Rücken zu ihm hob ich lediglich den Arm und winkte, dann eilte ich zum Fahrstuhl.

Natürlich hätte ich davon ausgehen können, dass der werte Herr Jetzt-übernehme-ich-wieder es nicht auf sich beruhen lassen würde. Dennoch war ich überrascht, als er plötzlich neben mir stand.

»Was war das da vorhin?«, fragte ich ihn und bemühte mich, gleichgültig zu klingen.

»Nichts.«

Wer zur Hölle hatte eigentlich die Sache mit den Gefühlen erfunden? Es war eine Scheißidee gewesen, Menschen mit Gefühlen auszustatten. In mir fühlte es sich an, als würden sich ein Dreißig-Grad-Sommertag und eiskalter Hagelschauer nonstop abwechseln. Zwischendurch fegte noch ein Tornado darüber hinweg und wirbelte alles gehörig durcheinander. Ja, mit den Gefühlen war das so eine Sache. Und ich war nicht gut darin, all die Emotionen, die in mir brodelten, zu sortieren.

Ich verschränkte die Arme vor der Brust, während ich auf die Anzeige des Aufzuges sah. Noch eine Etage, dann würde er mich erlösen.

»Das war nicht nichts.«

Die Türen öffneten sich mit einem leisen *Ping* und während wir gleichzeitig die Kabine betreten wollten, streifte mein Körper den von Moritz, was die ganze Situation nicht einfacher machte.

»Dieser Fatzke hat so übertrieben. Wie er dich angebaggert hat, war einfach widerlich, sorry.«

Die Türen schlossen sich.

Und wir waren allein.

Meine Wangen glühten. Die letzte Tanzszene mit Moritz hallte in meinem Körper nach, jede Berührung, jeder Blick, der sanfte Druck, mit dem er mich beim Tanzen geführt hatte. Moritz drückte auf den Knopf für das Erdgeschoss und stellte sich neben mich. Viel zu nah. Der kleine Raum schien plötzlich noch enger zu werden.

»Luna, was da vorhin passiert ist ...«, murmelte er, und allein wie er meinen Namen aussprach, ließ mich erschaudern.

»Du bist eifersüchtig. Das ist passiert.« Ich starrte stur auf die Stockwerkanzeige. Sechs. Fünf. Warum fuhr dieser verdammte Aufzug so langsam?

»Bin ich nicht.«

Ich schüttelte den Kopf, wagte jedoch nicht, ihn zur Seite zu drehen. Denn würde ich direkt in Moritz' Augen sehen, würde er im Nullkommanichts mein Gefühlschaos enttarnen. Und das wäre nicht gut. Gar nicht gut.

»Bist du doch.« Meine Stimme klang heiser.

Vier.

Wie zufällig streiften seine Finger über meinen Handrücken. Die simple Berührung jagte Funken durch meinen ganzen Körper, dass ich mich fühlte wie eine Wunderkerze am Silvesterabend.

Drei.

»Luna«, wiederholte er, diesmal drängender.

Zögerlich drehte ich mich nun doch zu ihm, unfähig, seiner Anziehungskraft länger zu widerstehen. Mir war bewusst, wenn ich jetzt in seine dunklen Augen sah, war ich verloren. Und als mich sein intensiver Blick gefangen nahm, war das Knistern um uns herum mit den Händen greifbar.

Zwei.

Mit einer schnellen Bewegung schob er eine Hand in meinen Nacken und zog mich an sich. Mein Herz raste im Galopp, als seine Lippen meine fanden und er mich verlangend, regelrecht hungrig küsste. Ich keuchte überrascht auf, aber mein Körper reagierte sofort mit diesem bittersüßen Ziehen zwischen meinen Schenkeln. Meine Hände krallte ich in sein Shirt, während er seine Finger in meine Haare grub, um mir damit noch mal auf einem ganz anderen Level den Atem zu rauben.

Bis der Aufzug mit einem Ruck stehen blieb und sich die Türen öffneten.

Erdgeschoss.

Jäh sprangen wir auseinander.

Vor uns stand Sophie, die Hände in die Hüften gestemmt und ein breites Grinsen im Gesicht. »*Atemlos durch die Nacht*«, trällerte sie leise, als sie uns sah und ergänzte noch: »Ich nehme die Treppe, fahrt ruhig noch in die Tiefgarage.« Sie schien nicht einmal überrascht zu sein, was mich jedoch überraschte. Wie zur Hölle war sie so schnell ins Erdgeschoss gekommen?

Mein Mund öffnete sich, aber ich kam nicht mehr dazu, etwas zu erwidern. Die Fahrstuhltüren schlossen sich mit einem leisen Ping wieder. Moritz und ich starrten uns an, beide schwer atmend.

»Keine schlechte Idee«, knurrte er. Mit dem eindringlichen Blick aus seinen dunkelbraunen Augen fixierte er mich, dass ich unfähig war, mich zu bewegen. Oder etwas zu sagen. Stattdessen wurde mir heiß und kalt zugleich.

Mit einem leichten Ruck, der mich direkt in Moritz' Arme taumeln ließ, setzte sich der Fahrstuhl wieder in

Bewegung. Ich hatte keine Ahnung, was wir in der Tiefgarage wollten. Aber aus den Augenwinkeln sah ich, dass Moritz' Zeigefinger langsam den Nothalteknopf berührte.

Kapitel 13

Die Mittagssonne schien durch die großen Fenster von Sophies Wohnung und tauchte den Raum in ein sommerliches Licht. Der süße Duft von Vanille-Cupcakes, die Sophie vorhin in den Ofen geschoben hatte, vermischte sich mit dem frischen Geruch der Blumen, die überall in der Wohnung verteilt waren.

Es war das erste Mal, seit ich hier war, dass Sophie nicht angespannt war. Im Gegenteil, sie wirbelte fröhlich durch die Küche und trällerte »Lover« von Taylor Swift. Schon als wir noch Kinder waren, hatte sie von der großen Liebe geträumt, von einem berauschenden Hochzeitsfest und einer Familie. Als sie mit Finn zusammengekommen war, hatte sie ziemlich schnell beschlossen, dass er der Mann fürs Leben war. Meine beste Freundin war einfach schon immer eine hoffnungslose Romantikerin.

»Sag mal, Luni, kann ich dich was fragen?«, rief sie aus der Küche, während ich die Gardinen des Südfensters zuzog, weil die Sonne zwar schön war, aber eben auch blendete.

»Alles, was du willst.« Wenn mir diese vier Worte mal nicht zum Verhängnis wurden.

»Ähm, also ...« Sophie lehnte sich im Durchgang von Küche zu Wohnzimmer in den Türrahmen und leckte sich das Cupcake-Topping von den Fingern.

»Damit fasst du hoffentlich die Muffins nicht an«, meckerte ich.

»Erstens, das sind Cupcakes. Zweitens wasche ich mir natürlich noch mal die Hände. Und drittens: Lenk nicht ab.« Ihr glockenklares Lachen klang durch den großen Raum.

Ich setzte eine Unschuldsmiene auf und klimperte mit den Wimpern. »Was wolltest du mich fragen?«

»Also, du und Moritz ...«

Oh, daher wehte der Wind also. Ich hätte wissen müssen, dass Sophie es nicht auf sich beruhen lassen würde.

»Was genau war das gestern zwischen euch? Also, beim Tanzen, meine ich. Ihr habt so vertraut gewirkt – das war doch nicht euer normaler Umgang, oder?«

Ich stieß geräuschvoll die Luft aus. Normal. Was war schon normal? Nichts an all dem war normal.

Mit den Fingerspitzen zupfte ich ein paar welke Blütenblätter des Sommerstraußes, der auf dem Esstisch stand, ab und sammelte sie in der freien Hand, während ich mit den Schultern zuckte.

»Und Luis. Ich meine, o Gott, der steht so was von auf dich. Er ist heiß, oder?«

Ich sog die Innenseiten meiner Wangen zwischen die Backenzähne, bevor ich antwortete. »Joah, geht so.«

»Geht so? Luni, der hat dich so angebaggert, kein Wunder, dass Moritz so angepisst war.«

»Ach, war er das?« Ich hielt inne und legte die alten Blütenreste auf den Tisch. »O scheiße, die Muffins!«, rief sie erschrocken, als es anfing, verbrannt zu riechen.

»Das sind Cupcakes, Sophie.«

»Du lenkst schon wieder ab. Jetzt sag endlich, was läuft da zwischen euch?«

»Zwischen mir und dem Tanzgo- ... Also, Luis? Rein gar nichts. Ich habe vorerst kein Interesse am männlichen Geschlecht.«

Abrupt drehte sich meine Freundin um, das heiße Backblech in den Händen, das sie im nächsten Moment auf dem Küchenblock abstellte. Sie legte die Ofenhandschuhe neben das Backblech und bedachte mich dann mit einem sehr ernsten Blick. Es war diese Art von Ich-habe-dich-durchschaut-Blick, weswegen sich mein Herzschlag beschleunigte.

»Was du nicht sagst. Das sah aber gestern Abend im Aufzug gaaanz anders aus.«

Ich schnappte nach Luft. Erwischt. »Da war nichts.«

»Mhm, schon klar. Was habt ihr eigentlich in der Tiefgarage getrieben?«

Ähm ...

»Nichts«, log ich.

Sie umrundete den Küchenblock und kam zu mir. »Ach, Süße, wir wissen doch beide, dass das nicht stimmt und dass du hin- und hergerissen bist. War's wenigstens schön?«

Meine Augen wurden groß. Ich fühlte mich noch mehr ertappt und richtete meinen Blick verlegen auf den Boden. Meine Fußnägel musste ich unbedingt noch neu lackieren vor der Hochzeit. »Wir haben rumgeknutscht im Fahrstuhl.«

Sophie nickte.

»Na gut, vielleicht war es bisschen wild.« Abwehrend hob ich die Hände. Ich hielt das einfach nicht mehr aus. »Okay, okay, es war sehr wild. Und eventuell war es ein kleines bisschen mehr als Rumgeknutsche. Aber das spielt keine Rolle, weil wir eh schon ...«

173

»Oooooh, ich wusste es«, unterbrach sie mich gedehnt. »Ihr hattet Sex. Versuch gar nicht erst, es abzustreiten, man sieht es dir ohnehin an.«

Was? Wie denn?

Ich runzelte die Stirn.

»Fahrstuhl? Gestern Abend? Na, klingelt da was bei dir?«

»Nö. Wir hatten keinen Sex im Fahrstuhl«, erwiderte ich so neutral, wie es mir möglich war. Innerlich war in Aufruhr, mein Magen rebellierte und meine Hände waren schwitzig.

»Aha. Dann woanders. Gib es doch einfach zu.«

Auf den Fersen drehte ich mich einmal um meine eigene Achse, warf die Hände in die Luft. »Ja, gut, okay. Wenn es dich beruhigt. Wir hatten Sex. Wir haben rumgeknutscht. Er raubt mir den letzten Nerv. Ich bin völlig durcheinander. Reicht das an Informationen oder brauchst du Details?« Direkt vor ihr blieb ich stehen, stemmte die Hände in die Hüften und funkelte meine beste Freundin angriffslustig an, bevor ich kraftlos die Arme sinken ließ.

»Nur so viel, wie du mir verraten willst«, sagte sie, lachte und zog mich dann in eine Umarmung, in der ich merklich in mich zusammenfiel.

»Ich bin ein hoffnungsloser Fall, oder?«, jammerte ich und umklammerte ihre Taille. »Ich bin drauf und dran, deine Hochzeit zu ruinieren, weil er mich total um den Verstand bringt.«

Mit den Händen an meinen Schultern schob sie mich wieder ein Stück zurück. »Habt ihr auch geredet, oder nur gevögelt?«

»Sophie!«, schimpfte ich. »Natürlich haben wir auch geredet. Er hat versucht, mir alles zu erklären, aber es ist ... es ist ... Alles ist so furchtbar kompliziert, weißt du. Zu allem Übel hat sich Benedikt gemeldet, der ist auf dem Weg hier her. Also hoffentlich nicht, ich habe ihm Warnemünde schmackhaft gemacht, aber ich traue ihm zu, dass er ... Herrgott, ich weiß nicht mehr weiter ... Kann ich jetzt bitte einen deiner Cupcakes essen? Oder die Schüssel mit dem Topping auslecken? Bitte, ich brauche irgendwas, was mich auf andere Gedanken bringt und Zucker ist quasi dafür prädestiniert.« Nach meinem Redeschwall musste ich tief Luft holen, weil ich das Gefühl hatte, der Sauerstoff wurde knapp.

»Warum sagst du seinen Namen immer so komisch? So gedehnt?« Das war das Einzige, was sie interessierte?

»Weil er eine Abkürzung wie Ben nicht mag. Außerdem, stöhn im Bett mal Benedikt. Es ist unmöglich, das erotisch klingen zu lassen. Geht einfach nicht. So, und jetzt hätte ich bitte gern wirklich einen Cupcake. Oder besser gleich zwei.«

Sophie blies die Wangen auf, bevor sie in schallendes Gelächter ausbrach. »Aber Moritz stöhnt sich besser, oder was?«

Ich verkniff mir das Lachen und stieß stattdessen genervt die Luft aus.

»Na los, lass uns Süßkram futtern.«

Unser Gespräch hatte dafür gesorgt, dass mir heiß geworden war. Jeder Gedanke an Moritz war einer zu viel. Jeder Gedanke an das, was in den letzten Tagen zwischen uns passiert war – und nicht passiert –, war ... einer zu viel.

Beherzt biss ich in einen Cupcake und wähnte mich sofort wie im siebten Kuchenhimmel. »O Gott, die sind ein Traum«, nuschelte ich mit vollem Mund, bevor ich gleich noch einmal abbiss und diesen unfassbar leckeren Teigtraum genoss. »Meinst du, mein Kleid passt am Samstag noch, wenn ich alles aufesse?«

Sophie zuckte mit den Schultern. »Du könntest es drauf ankommen lassen«, meinte sie lapidar. »Im Abstellraum findet sich bestimmt noch 'ne Papiertüte, falls es schiefgeht.«

Ich schnappte mir ein Geschirrtuch vom Tresen und warf es lachend nach ihr. »Boah, das war fies.«

»Ich weiß. Und ich schätze, alle auf einmal schaffst du sowieso nicht.« Wenn das eine Herausforderung war, würde ich sie annehmen.

Mit dem Zeigefinger an meinen Lippen überlegte ich einen Moment. »Ich könnte es ja drauf ankommen lassen.« Dann streckte ich ihr die Zunge raus und griff nach Cupcake Nummer zwei.

Danach brauchte ich einen doppelten Espresso. Sophie hatte recht, niemals hätte ich alle Teile aufessen können. Aber der Versuch war es wert gewesen.

»Hilfst du mir mit dem Kleid?«, fragte sie, als wir endlich auf dem Weg ins Schlafzimmer waren, wo sie den überdimensional großen Kleidersack aufbewahrte, einfach am Schrank hängend.

»Ja, natürlich. Aber sag mal, hat Finn nicht schon einen Blick drauf geworfen? Ich meine, das Kleid hängt hier so rum. Ist er nicht neugierig?«

Sophies Kopf schnellte in meine Richtung. »Nee, hat er garantiert nicht. Weil ich ihm gesagt habe, wenn er das macht, fällt die Hochzeit ins Wasser.« Ein breites Grinsen huschte über ihr Gesicht.

»Aber er kennt dich. Er weiß, du bluffst. Niemals würdest du deine Traumhochzeit absagen. Das würde sogar ich dir übelnehmen.«

»Du hast recht. Ich schätze, er respektiert einfach meinen Wunsch, dass wir uns vor der Trauung nicht in unseren Hochzeitsoutfits sehen.«

Ein Seufzen kam über meine Lippen. »Hach, das ist so romantisch.«

Sophie hatte ihr Top und den Rock ausgezogen und war gerade dabei, in das Brautkleid zu schlüpfen, das ich festhielt, damit sie hineinsteigen konnte. Wie eine Prinzessin.

Das Klingeln ihres Handys sorgte dafür, dass wir nicht weiterkamen. »Oh, das ist Finn. Da muss ich rangehen.« Und zack, so schnell, wie sie in das Kleid hineingestiegen war, schlüpfte sie wieder hinaus, schnappte sich das Telefon und stellte auf Lautsprecher.

»Hey Schatz, was gibt's denn?«

»Hi, ich wollte nur deine Stimme hören.«

Ich verdrehte die Augen, formte mit meinen Fingern ein Herz, das ich mir erst vors rechte und dann vors linke Auge hielt, um die Herzchen in ihren Augen zu symbolisieren.

»Bist du noch im Hotel?«

»Ja klar, wo sonst?« Er lachte auf. »Aber Moritz kommt gleich vorbei, wir wollen zusammen mittagessen.«

Als sein Name fiel, stockte mir einen Moment der Atem. Man hätte meinen können, dass ich mich in den letzten Tagen an seine Anwesenheit gewöhnt hatte. Aber nach allem, was inzwischen geschehen war, war das Gegenteil der Fall.

»Was machst du gerade?«

»Luna ist da, wir probieren noch mal Kleider an. Also ich wollte gerade meins anprobieren, aber du hast mich davon abgehalten.«

Am anderen Ende der Leitung war ein dunkles Brummen zu hören. »Das heißt, du bist nackt?«

Ich schnappte nach Luft und machte eine halsabschneiderische Geste in Sophies Richtung und signalisierte ihr, dass ich ins Wohnzimmer gehen würde. Unter keinen Umständen wollte ich Zeugin einer solchen Unterhaltung werden. Never ever.

»Finn! Luna hört mit«, schimpfte sie mit ihrem angehenden Göttergatten.

»Na und, sie kann ruhig wissen, wie scharf ich auf dich bin.«

O Gott, bitte nicht.

Bitte.

Nicht.

Kopfschüttelnd wollte ich gerade die Schwelle zwischen Schlaf- und Wohnzimmer passieren, da tauchte Moritz' Stimme im Hintergrund auf. »Finn, du wirst es nicht glauben, aber es hat geklappt! Oh, du telefonierst, sorry.«

»Ja, mit Sophie. Luna ist auch da.« Es hörte sich an, als betonte er den zweiten Teil seiner Aussage besonders.

Ich verharrte im Türrahmen, als hätte mein Hirn mich meiner Bewegungsfähigkeit beraubt. Was genau hatte bei Moritz geklappt? Wollte ich das überhaupt wissen?

Gerade als ich mich wieder zu Sophie umdrehte, rutschte ihr ein euphorisches »Das ist ja toll« heraus und anstatt den Raum zu verlassen, blieb ich einfach so stehen.

»Schatz, ich leg jetzt auf, mir wird kalt«, stammelte Sophie, legte auf und warf das Telefon aufs Bett.

Mit gerunzelter Stirn sah ich sie an. »Dir wird kalt. Im Sommer. Okay.«

»Ja, ich bin echt empfindlich. Können wir jetzt bitte das Kleid anziehen?«

Meine Laune hatte sich dezent verschlechtert, weil ich mal wieder das Gefühl hatte, dass sie mir etwas verheimlichte. Ich hasste es, versuchte aber, es zu überspielen. Meiner besten Freundin zuliebe setzte ich also wieder ein Lächeln auf und machte mich erneut daran, den elfenbeinfarbenen Traum aus Seide, Tüll und Spitze an ihren Körper zu bringen.

»Du, sag mal, wenn etwas mit Moritz wäre, würdest du es mir sagen, oder?« Ich stellte diese Frage so lapidar, als wollte ich wissen, ob wir nachher noch an den Strand gingen. Währenddessen schloss ich vorsichtig die lange Knopfleiste am Rücken des Kleides.

Abrupt drehte sich Sophie um. »Natürlich, was denkst du denn? Dass ich dir nicht gesagt habe, dass er ebenfalls Trauzeuge ist, war ja schon scheiße genug. Damit habe ich dich verletzt und das mache ich doch kein zweites Mal, Süße.« Sie zog mich in eine feste Umarmung.

»Vorsichtig, nicht, dass mein Make-up an deinem Tülltraum landet«, gab ich zu bedenken und löste mich erleichtert aus ihren Armen. »Verrätst du mir dann, was er vorhin damit meinte, dass es geklappt hatte?«

Sophie baute sich vor dem großen Spiegel auf und strich den Stoff von ihren Hüften abwärts glatt. Dann winkte sie ab. »Ach, das war nur was Berufliches. Eine Beförderung, glaube ich.«

»Oh, okay. Cool.« Mein Bauchgefühl riet mir, es dabei zu belassen. »Du siehst so unglaublich schön aus. Dieses Kleid ist wie für dich gemacht.« Im Spiegel sah ich eine Träne in ihrem Augenwinkel glitzern, die sie sich hektisch wegwischte.

»Ziehst du dein Kleid noch mal an, bitte?«

Der Kleidersack war nur halb so groß und lag ebenfalls schon parat. Ich zog meine Klamotten aus und schlüpfte in das salbeifarbene Kleid. Wie eine zweite Haut schmiegte sich der seidene Stoff an meinen Körper.

Nur gut, dass ich doch nicht alle Cupcakes gegessen hatte, ging mir durch den Kopf.

Sophie zog den Reißverschluss am Rücken zu und stieß ein bewunderndes Pfeifen aus.

»Du bist der Wahnsinn, Luni. Das Kleid steht dir so gut. Die Farbe, der weich fallende Schnitt. Der Stoff. Einfach der Hammer. Moritz wird umfallen, wenn er dich darin sieht.«

Geräuschvoll sog ich die Luft ein und straffte meinen Rücken, sodass mein Busen in dem tiefen Ausschnitt besser zur Geltung kam. »Eigentlich ist es mir egal, was Moritz denkt.« Ich versuchte, so gleichgültig wie möglich zu klingen, doch Sophie traute dem nicht. Natürlich nicht.

»Bist du dir da ganz sicher?«

Nebeneinander standen wir vorm Spiegel und betrachteten uns.

Sophie, die dunkelhaarige Schönheit, die vermutlich auch in dreißig Jahren keinen Tag älter aussehen würde als heute. Und ich, die Blondine mit dem ausgefransten Bob, der man das emotionale Auf und Ab der letzten Tage deutlich ansah.

»Ich weiß es ehrlich gesagt nicht.« Ich konnte nur flüstern, weil ich meiner Stimme nicht traute. Überhaupt traute ich mir nicht mehr über den Weg, wenn es um Moritz ging. Rücklings sank ich aufs Bett und legte die Hände in den Schoß.

»Ach Süße, was sagt denn dein Herz?«

»Pff, als ob ich mich auf das dumme Ding verlassen könnte. Es dreht durch, wann immer ich ihn sehe.«

Sophie legte den Kopf schief. »Ich schätze, damit hast du deine Antwort.«

»Keine Ahnung, ob das die richtige Antwort ist«, seufzte ich.

Sophie setzte sich zu mir und legte eine Hand auf meine. »Wenn es eines in der Liebe nicht gibt, dann ist das dieses Richtig-oder-Falsch-Ding. Liebe ist oder Liebe ist nicht. Da geht es doch nur darum, was man fühlt. Was fühlst du denn, wenn du mit Moritz zusammen bist?«

Ich schluckte. Ein dicker Kloß hatte sich in meinem Hals gebildet. Vielleicht hatte sie recht mit dem, was sie sagte. Vielleicht aber auch nicht. Vielleicht ging es in der Liebe nur darum, die richtigen Entscheidungen zu treffen. Wer wusste das schon.

»Angst.« Meine Brust schnürte sich so fest zusammen, dass ich kaum noch atmen konnte, weil ich zum ersten Mal aussprach, was ich wirklich fühlte. »In erster Linie fühle ich Angst.«

Sophie drückte meine Hand. »Wovor hast du denn solche Angst?«

Mit einem müden Lächeln drehte ich mich zu ihr. »Liegt das nicht auf der Hand? Was, wenn ich ihn in mein Leben lasse, und er tut es wieder? Einfach abhauen?«

»Ach komm schon, Süße, meinst du nicht, dass er aus seinen Fehlern gelernt hat? So, wie er dich ansieht, wie er sich in der Tanzstunde benommen hat … Ich verwette dieses Kleid darauf, dass er noch genauso viel für dich empfindet wie du für ihn.«

Ihr übertriebenes Zwinkern ließ mich wissen, dass sie längst gecheckt hatte, was ich noch nicht sah.

»Ich empfinde nichts mehr für ihn. Dafür hat er mich viel zu sehr verletzt.«

Sophie erhob sich, drehte sich zu mir, griff nach meinen Händen und zog mich ebenfalls hoch. »Hilfst du mir bitte aus dem Kleid?«

Ich nickte und begann, die Knopfleiste zu öffnen. »Ich kann das einfach nicht, Sophie. Wenn er mir wieder so wehtun würde, ich habe keine Ahnung, ob ich das überleben würde.«

Über die Schulter hinweg schenkte sie mir einen mitfühlenden Blick. »Ich verstehe, was du meinst. Wirklich. Aber letztendlich ist das ja genau der Grund, warum deine Beziehungen nie länger halten, bis es ernst wird, oder? Ich glaube, es ist an der Zeit, das Vergangene loszulassen. Du hast es verdient, glücklich zu sein, Luni. Aber solange du dich mit Händen und Füßen dagegen wehrst und diese alten Gefühle hegst und pflegst, als wären sie deine Lieblingspflanze, wirst du nicht glücklich. Das Glück kommt nur zu dir, wenn es lässt, verstehst du?«

Der letzte Satz hallte in mir nach.

Das Glück würde nur zu mir kommen, wenn ich es ließ.

Ich schluckte die aufkommenden Tränen hinunter.

Was auch immer Sophie damit meinte, gerade wollte ich nicht mehr darüber reden. Ich streifte ihr das Kleid über die Schultern, wonach es leise raschelnd zu Boden rutschte. »Du bist die schönste Braut, die ich je gesehen habe.«

»Awww, das ist so lieb von dir. Auch wenn ich weiß, dass ich die erste Braut bin, die du siehst.«

Wir kicherten beide, zogen wieder unsere Alltagsklamotten an und saßen noch eine Weile auf ihrem Bett, quatschten über alte Zeiten.

Es tat so gut, wieder hier zu sein.

Zwar fühlte ich mich wohl in Dresden, ich liebte die Stadt. Aber ich hatte nie wirklich Anschluss gefunden. Nicht so, wie ich ihn hier zu Hause hatte.

Bevor ich ging, ließ mich Sophie wissen, dass Luis so gnädig war, noch eine Tanzstunde für uns zu veranstalten. Als Generalprobe sozusagen. Oder einfach, weil ich mich beim ersten Mal so desaströs angestellt hatte.

Kapitel 14

Luis empfing uns in seinem Tanzstudio, das im Erdgeschoss eines großen Wohnhauses unweit der Seebrücke lag. Tanzen mit Seeblick sozusagen.

Während er Sophie und Finn überschwänglich begrüßte, beschränkte er sich bei mir und Moritz auf einen Handschlag und ein kühles »Na«.

Ohne Umschweife kam er direkt zur Sache. »Also, Sophie und Finn, euer Plan mit dem Flashmob war ganz nett, aber ich fürchte, wir sollten es beim Discofox belassen. Ist das okay für euch? Wir üben dann heute einfach noch mal den zeitlichen Ablauf, damit am großen Tag dann alles passt, ja?«

Mit meinen Lippen formte ich ein tonloses »Sorry« in Sophies Richtung, weil sie mich traurig ansah.

»Wir könnten zwischen den Refrains auch einfach Freestyle rumhopsen«, schlug ich dann vor und erntete einen süffisanten Blick vom Tanzgott.

»Na klar, das wird bestimmt ganz toll«, gab er bissig zurück.

Blödmann. »War ja nur 'ne Idee.«

Finn nickte. »Ich finde die Idee super. Hat doch auch was. Sieht völlig chaotisch aus, ist aber voll geplant. Mega.«

Auch Moritz stimmte zu. »Cool.«

Sophie haderte sichtlich, gab sich aber dann doch geschlagen. »Okay, könnte ganz witzig werden.«

Puh. Erleichtert atmete ich auf, denn das bedeutete, ich klebte beim Tanzen nicht die ganze Zeit an Moritz.

»Ja gut, dann jetzt noch mal den Discofox. Alle auf ihre Ausgangspositionen bitte!«, rief Luis im Befehlston, als wären wir bei der Bundeswehr, und schaltete dann die Musikanlage an.

Moritz stand ganz nah vor mir. Viel zu nahe, mal wieder. Als er nach meiner Hand griff und die andere auf meinem unteren Rücken platzierte, mich an sein Becken drückte, schnappte ich kurz nach Luft.

Ich erinnerte mich daran, was Sophie mir heute gesagt hatte. Ich musste loslassen, wenn ich wollte, dass mich das Glück fand. Auch wenn ich der Meinung war, dass es mich ganz sicher nicht hier fand, konnte ich das mit dem Loslassen wenigstens mal üben. Also schloss ich die Augen, atmete tief durch und überließ Moritz die Führung.

Im nächsten Moment schwebten wir übers Parkett wie Ballkönigin und Ballkönig. Jeder Schritt saß, als würde ich den ganzen Tag Discofox zu Helene Fischer zu tanzen.

»Super. Das machst du großartig, Luna«, brummte Moritz mit tiefer Stimme an meinem Ohr und bescherte mir damit eine Gänsehaut.

Sofort geriet ich aus dem Takt und trat ihm auf die Füße. Im Hintergrund hörte ich Luis stöhnen und sah aus den Augenwinkeln, wie er die Hände in die Luft schwang.

Ich brachte absichtlich etwas Abstand zwischen Moritz und mich. »Luis, kannst du mir die Drehung bitte noch mal zeigen?«, wandte ich mich an den Tanzgott, der sofort besänftigt lächelte. Ich würde mich einfach sicherer in der Schrittabfolge fühlen, wenn er sie mir erneut zeigte.

»Natürlich.« Er kam direkt auf uns zugeeilt, bereit, das Ruder zu übernehmen.

»Nicht nötig. Ich kann ihr das zeigen.« Moritz machte keine Anstalten, mich freizugeben, und ließ den Tanzgott eiskalt abblitzen, der mit einem finsteren Blick wieder abdampfte.

»Warum machst du das? Ich wollte nur die Drehung üben«, zischte ich, nachdem Moritz mich aus einer herausgeknotet hatte. Es war ja nicht so, dass ich die Hilfe des Tanzlehrers aus Spaß angefordert hatte.

»Weil es nicht nötig ist, dass er sich einmischt.«

Nächste Drehung. Dieses Mal landete ich mit dem Gesicht frontal an seinem Kinn. Aua.

»Er ist Tanzlehrer und wir sind hier … Na, weswegen gleich noch mal? Genau, zum Tanzen lernen.« Der Sarkasmus zwischen den Worten war hoffentlich nicht zu überhören.

»Du kannst es doch fast. An der Drehung können wir auch später noch feilen. Wobei du die schon gut draufhast.«

»Klar, und du hast morgen wahrscheinlich ein blaues Kinn.«

Sein Grinsen wurde breiter, sein Blick eindringlicher. Mit der Hand an meinem Rücken drückte er mich fester an sich. »Das ist es mir wert.«

Ich schüttelte den Kopf. »Du glaubst auch, dir gehört die Welt, oder? Wir sind drauf und dran, den Hochzeitstanz unserer besten Freunde zu ruinieren«, gab ich leise zu bedenken.

»Keine Sorge, wir werden das Kind schon schaukeln, okay? Vertrau mir.«

Ein bittersüßes Lächeln rutschte über meine Lippen. »Das habe ich schon mal getan. Ist schiefgegangen, du erinnerst dich?«

Ja, gib's ihm! Das imaginäre Teufelchen erschien auf meiner linken Schulter und baumelte mit den behaarten Beinchen. *Zeig ihm, wo der Frosch die Locken hat.*

So ein Quatsch. Du wolltest loslassen. Also tu das endlich. Er gibt sich so viel Mühe. Und er ist so hübsch. Und er tanzt so gut. Gott, wenn du euch sehen könntest. War ja klar, dass auch das Engelchen etwas dazu zu sagen hatte. Es sabberte sogar, als es über Moritz redete. Wahrscheinlich würden wir gleich auf der Schleim-Spur ausrutschen.

»Du reibst es mir permanent unter die Nase, sodass ich es nicht vergessen kann, selbst wenn ich es wollte.« Er ließ sich nicht aus der Ruhe bringen.

Durchatmen.

Noch mal durchatmen.

Noch mal?

Ja, noch mal.

Lächeln.

»Glückwunsch übrigens zur Beförderung.« Anerkennend nickte ich, um meine Worte zu untermauern und hoffte, der Themenwechsel würde funktionieren.

Tat er offenbar, denn Moritz stutzte für einen Moment. »Welche Beförd... Oh, die Beförderung. Danke.«

»Ich habe mitgehört, als du bei Finn reingeplatzt bist und gesagt hast, dass es geklappt hat. Sophie hat mir dann gesagt, es sei eine Beförderung. Das ist cool. Ich freue mich für dich.«

Ich sah, wie er seine Kiefer aufeinanderpresste. Dann zog er die Augenbrauen zusammen. Kaum merklich löste er den Druck seiner Hand, die auf meinem Rücken lag.

»Habe ich was Falsches gesagt?«

»Äh, nein. Danke. Das ist wirklich lieb von dir. Aber es ist ...«

Luis klatschte laut in die Hände. »Noch mal von vorne. Und ohne Gequatsche, wenn das möglich ist. Das ruiniert die ganze Stimmung.«

Ich räusperte mich lautstark, während mich ein merkwürdiges Gefühl beschlich.

Moritz fiel es plötzlich sehr leicht, seinen Mund zu halten. Stattdessen hatten sich seine Lippen zu einem schmalen Strich geformt und er vermied es, mich anzusehen. Statt der federleichten Bewegungen, mit denen er mich gerade noch hatte über die Tanzfläche schweben lassen, waren da jetzt akkurat ausgeführte, fast schon steife Schrittabfolgen, die mich ein ums andere Mal straucheln ließen.

Ich spürte seine tiefen Atemzüge auf meiner Haut.

»Genaugenommen ist es keine Beförderung, sondern ein Jobangebot«, sagte er schließlich beiläufig, als die nächste Drehung mich wieder an sein Kinn prallen ließ.

»Was?« Irritiert schüttelte ich den Kopf.

Moritz stoppte mitten in der Bewegung, doch mein Körper brauchte einen Moment, um das zu realisieren, wodurch ich über meine eigenen Füße stolperte. Er hielt mich am Arm und richtete mich wieder auf, bis sich unsere Blicke fanden.

»In London.«

Ich hatte mich bestimmt verhört, oder er hatte sich versprochen. Ich verharrte eine Sekunde, in der Hoffnung, er würde das korrigieren.

Doch er sagte nichts weiter.

»Was? Wie?«

Für einen Moment fühlte es sich an, als wenn sich all der Nebel lichtete, der in den letzten Tagen mein Hirn vergiftet hatte.

Er würde es wieder tun. Er würde wieder abhauen. Ich hatte es gewusst.

Das schwere Gefühl in meiner Brust wurde unerträglich. Die kurzen Atemzüge reichten nicht aus, um meine Lunge mit ausreichend Sauerstoff zu versorgen. Mir wurde schwindelig. Mit beiden Händen stieß ich Moritz von mir.

London.

In diesem Moment wurde mir klar, dass ich eben noch bereit gewesen wäre, ihm eine Chance einzuräumen. Uns eine Chance zu geben. Um ein Haar hätte darüber nachgedacht, ihn doch wieder in mein Leben zu lassen. Um ein Haar hätte ich geglaubt, dass ich noch immer Gefühle für ihn hatte.

Ich schluckte trocken und wandte mich von ihm ab.

»Ihr entschuldigt mich, ich muss kurz an die frische Luft.« Hektisch suchte ich meine Tasche und rannte zum Ausgang.

»Luna, was ist denn?«, rief Sophie, doch ich verstand sie kaum, so als hörte ich sie unter Wasser.

Eiligen Schrittes verließ ich das Studio und atmete draußen tief die frische, salzige Luft ein. Ich lief ein paar Schritte an der Promenade entlang, bis mein Kopf wieder klarer wurde.

Hatte er wirklich gesagt, er würde nach London gehen?

»Luna?« Sophie war mir nachgelaufen. »Was ist los?« Mit ihrer Hand an meiner Schulter stoppte sie mich.

Ich kaute auf meiner Unterlippe und kniff fest die Augen zusammen, um nicht loszuheulen. »Hast du gewusst, dass Moritz nach London gehen wird?«

Sophies Augen wurden tellergroß. »Was? Nein. Warum sollte er nach London gehen?« Für einen Augenblick wollte ich glauben, dass sie das spielte, doch der überraschte Ausdruck in ihren Augen war echt.

»Tja.« Schulterzuckend stieß ich die Luft aus.

»Selbst wenn. Immerhin weißt du es dieses Mal vorher. Und London ist nicht das Ende der Welt. Ihr könnte eine Fern-«

»Lass gut sein«, unterbrach ich sie, weil ich nicht von ihr getröstet werden wollte. »Das hilft mir leider wenig.«

Ich setzte mich wieder in Bewegung und bog auf den Strandabschnitt ab. Schlurfte mit den Füßen durch den Sand.

»Du könnest deinen Frust ins Meer schreien«, schlug Sophie vor.

»Echt jetzt?«

Sie nickte. »Weißt du noch, früher haben wir das immer gemacht, wenn eine von uns Ärger zu Hause gehabt hat. Wir haben uns rausgeschlichen, sind an den Strand gerannt und haben uns die Seele aus dem Leib geschrien.«

Natürlich erinnerte ich mich daran. Auch an das Kratzen im Hals, das ich oftmals danach gehabt hatte.

»Na los, gib dir einen Ruck. Lass alles raus.« Ermutigend nahm sie meine Hand und zog mich zur Wasserkante.

Wie früher stellten wir uns nebeneinander, holten tief Luft und gaben dann alles, was unsere Lungen und Stimmbänder zu bieten hatten. Der erste Versuch war noch sehr verhalten, aber ich spürte, wie gut es tat, die Wut einfach ans Meer zu übergeben. Das Meer war geduldig, es nahm alles, was man ihm gab. Freude, Leid, Tränen, Heiterkeit (tonnenweise Plastikmüll leider auch, aber das war wieder ein anderes Thema).

Der zweite Schrei war schon wesentlich lauter und intensiver. Ich packte all meine Wut hinein, meinen Frust und die Gefühle, die ich nicht haben sollte. Die ich nicht haben wollte.

Und ich schrie so laut, dass Sophie neben mir verstummte.

»Wow«, flüsterte sie ehrfürchtig. »Das war richtig gut. Jetzt wissen die in Schweden auch Bescheid.« Kichernd zog sie an meiner Hand und wir ließen uns beide rücklings in den Sand fallen. »Und, hat das gutgetan?«, wollte sie nach ein paar Minuten Stille wissen.

»O Gott, ja, und wie.«

Wieder ein paar Minuten Stille, bis ich es nicht mehr aushielt und mich hinsetzte.

»Weißt du, was beschissen ist? Also, so richtig, richtig beschissen?«, grollte ich, während ich mir den Sand vom Rücken klopfte.

»Nein, aber sag es mir.«

Mit beiden Händen umfasste ich meine angezogenen Knie und richtete den Blick auf die Wellen vor uns.

»Nach unserem Gespräch heute war ich fast bereit, mir einzugestehen, dass da noch etwas zwischen Moritz und mir ist. Oder wieder. Ich weiß es nicht. Aber ich war so kurz davor«, mit Daumen und Zeigefinger deutete ich eine minimale Distanz an, »mich wieder in ihn zu verlieben.«

Sophie hatte sich neben mir aufgerichtet und legte ihren Kopf an meine sandige Schulter. »Ach Luna, das bist du doch längst.«

»Umso schlimmer, oder?«

»Rede mit ihm. Bestimmt gibt es eine ganz einfache Lösung.«

Ich schnaubte verächtlich. »Wenn jemand sagt, dass er nach London geht, klingt das wohl kaum nach einem Missverständnis.«

Sophie erhob sich, während ich im Sand sitzenblieb.

»Hat er gesagt, dass er nach London geht?«

Kopfschüttelnd verneinte ich.

Nein, er hatte nicht direkt gesagt, dass er nach London gehen würde. Aber das war eigentlich auch egal. Vielmehr ging es darum, dass er mir schon wieder so etwas Wichtiges verheimlicht hatte. Ja gut, er war mir natürlich keine Rechenschaft schuldig. Aber ich war gerade dabei, meine Gefühle für ihn zu sortieren und diese Nachricht überrollte mich regelrecht. Es fühlte sich an, als würde ich all meine Emotionen auf Werkseinstellungen zurücksetzen und von vorn anfangen.

»Na siehst du, ein Grund mehr, mit ihm zu reden. Soll ich ihm sagen, wo er dich findet?«

»Ich wäre gern alleine. Moritz laufe ich doch eh in der Pension über den Weg. Das ist leider unvermeidbar.«

»Okay.« Sophie rubbelte über ihre Waden, um den Sand loszuwerden. »Sag Bescheid, wenn ich etwas für dich tun kann oder du etwas brauchst, ja?«

»Geh schon, sonst gibt Finn noch eine Vermisstenanzeige auf. Ich komm klar.« Sophie war schon fast wieder an der Promenade, als ich ihr zurief: »Ach und Sophie, ich lieb's trotzdem, deine Trauzeugin zu sein.«

Mit den Fingern formte ich ein Herz in ihre Richtung.

»Danke, das weiß ich sehr zu schätzen, Süße!«

Dann war ich allein mit mir und meinen Gedanken. Zumindest bis mein Telefon den Eingang diverser Nachrichten auf einmal verkündete. Ein Blick auf die Vorschau reichte mir, um es wieder in die Tasche zu stopfen.

Stella wollte wissen, wie es mit Moritz lief.

Meine Mutter erkundigte sich nach meinem Befinden.

Meine Chefin fragte an, ob wir telefonieren konnten.

Und Benedikt hatte mir ein Foto geschickt. Von sich und dem Leuchtturm in Warnemünde. Er war also doch dort gelandet. Wie schön.

Langsam wurde der Sand unter meinem Hintern kühl, sodass ich mich aufrappelte und beschloss, bis zur Spitze der Seebrücke zu spazieren. Die war knapp vierhundert Meter lang, das galt auf jeden Fall als ausgedehnter Spaziergang.

Am Ende setzte ich mich auf die Blanken, die von der Luft und dem salzigen Wasser schon in Mitleidenschaft gezogen waren. Ich ließ die Beine baumeln und hing meinen Gedanken nach.

Wie zur Hölle hatte es passieren können, dass ich einem derartigen Schlamassel gelandet war? Auf keinen

Fall war das der Plan gewesen. Aber gut, genaugenommen lief hier gar nichts Plan, das hatte ich schon mitbekommen.

Moritz.

Kaum tauchte er wieder, war er schon wieder so gut wie weg.

Es hatte wohl genauso kommen müssen, um mich wieder zur Vernunft zu bringen.

»Luna?«

Mein Herz setzte einen Schlag aus, als ich seine Stimme hörte, die mir inzwischen wieder so vertraut war wie damals. Überhaupt hatten sich die schönen Momente, die wir in den letzten Tagen geteilt hatten, angefühlt wie damals, als wir noch verknallte Teenies gewesen waren.

Und jetzt?

Saß ich erneut mitten in einem Haufen aus lauter Herzscherben.

Mit den flachen Händen rieb ich mir übers Gesicht.

»Darf ich mich zu dir setzen?« Ohne meine Antwort abzuwarten, nahm er neben mir Platz und ließ ebenfalls die Beine in der Luft baumeln.

Meinen Blick richtete ich absichtlich in die entgegengesetzte Richtung. »Lass mich raten, Sophie konnte mal wieder ihre Klappe nicht halten und hat dir gesagt, dass ich hier bin?« Das war vorschnell geurteilt, aber es würde mich nicht wundern, wenn sie ihre Finger im Spiel hätte.

»Nope. Sophie hat nur gesagt, wenn ich dir noch einmal das Herz breche, wird sie persönlich dafür sorgen, dass ich mir die Möhren von unten angucke. Sie hat mir nicht gesagt, wo du bist. Ich habe lediglich vermutet, dass du hier bist.«

Ich füllte meine Lunge mit dem dringend benötigten Sauerstoff, weil die Luft in seiner Gegenwart schon wieder viel zu dünn wurde. Dann beschloss ich, einfach reinen Tisch zu machen. Wann, wenn nicht jetzt, oder? Ich hatte es so satt, all die ungesagten Worte wie lästiges Gepäck mit mir herumzutragen.

»Moritz, was genau willst du von mir?« Langsam drehte ich meinen Kopf zurück und wagte einen vorsichtigen seitlichen Blick auf den Mann, der drauf und dran war, mich erneut über die Klippe zu stoßen. Doch dieses Mal würde ich ihm zuvorkommen und hätte ein Sicherheitsseil.

»Luna, ich … du hast da etwas falsch verstanden«, murmelte er und klopfte mit den Fingerspitzen auf die Blanken.

»Kannst du das bitte lassen? Das macht mich wahnsinnig«, fuhr ich ihn an, weil mich das Geräusch viel zu sehr ablenkte. Er hörte damit auf. »Was genau kann man an *ich gehe nach London* bitte falsch verstehen? Du tust es schon wieder, merkst du das nicht?«

Er erwiderte meinen Blick und ich sah die Traurigkeit in seinen Augen. »Ich habe nicht gesagt, dass ich nach London gehe, sondern dass mir dort ein Job angeboten wurde. Das ist ein Unterschied.«

Klugscheißer.

»Das ist dasselbe«, lamentierte ich weiter. »Hast du wirklich geglaubt, wir sehen uns hier wieder, haben eine schöne Zeit zusammen, vögeln ein bisschen und tun so, als wären wir wieder siebzehn und dann kannst du guten Gewissens weiterziehen?« Ich redete mich in

Rage, sodass mir ganz heiß wurde. Hektisch wischte ich mir den Schweiß von der Oberlippe.

»Nein, das habe ich nicht geglaubt. Ehrlich gesagt, habe ich mir in meinen kühnsten Träumen versucht vorzustellen, wie es wäre, dich wiederzusehen. Seit zehn Jahren ... Dass es in einer Vollkatastrophe endet, habe ich nicht gewollt.«

»Ach ja? Na dann, herzlichen Glückwunsch und willkommen bei *Sie wollten keine Vollkatastrophe und haben sie trotzdem heraufbeschworen*«, blaffte ich zurück.

»Hör auf, so zynisch zu sein«, bat er mich ruhig.

»Hör du auf, so zu tun, als wären wir noch Luna und Moritz von vor zehn Jahren. Dass das nicht funktioniert, merkst du hoffentlich selber, oder?«

Sein Schweigen deutete ich als Zustimmung.

»Ich habe mich übrigens noch nicht entschieden, was London betrifft«, brach er nach einer Weile das unerträgliche Schweigen.

»Aha.« Das konnte alles und nichts heißen. Letztendlich war es auch gar nicht relevant, ob er dieses Angebot annehmen würde oder nicht. Er hatte sich entschieden, all dem, was in den letzten Tagen zwischen uns passiert war, keine Bedeutung beizumessen. Ich hingegen schon, wie mir gerade ins Bewusstsein schoss. Mein Herz hatte dem sehr viel mehr Bedeutung beigemessen, als gut für mich war.

»Luna, können wir bitte wie Erwachsene darüber reden?«

Taten wir das nicht schon die ganze Zeit? Und war es nicht zwecklos, weil wir uns im Kreis drehten? Ich sprang auf, rutschte mit einem Fuß auf der Blanke weg und wäre fast im Wasser gelandet, hätte Moritz nicht blitzschnell reagiert und mich am Arm festgehalten.

»Danke«, brummte ich mürrisch und rieb mir über die Stelle, von der er gerade seine Finger gelöst hatte. Eine leichte Seebrise wehte um meine Nase, brachte die typisch salzige Luft mit, die ich so vermisst hatte. Sie besänftigte mich und augenblicklich normalisierte sich mein Herzschlag.

Ich wollte diesen Kampf nicht mehr kämpfen. Ich konnte ihn nicht mehr kämpfen. »Weißt du eigentlich, wie schwer es für mich war und wie lange es gedauert hat, mein kleines Universum aus Frieden und Glück wieder aufzubauen? Genaugenommen habe ich bis heute nicht geschafft, weil *wir* immer noch hier drin sind.« Mit den Fingern meiner rechten Hand tippte ich fest gegen meine Stirn. »Und jetzt kommst du um die Ecke, umgarnst mich, sagst mir nette Dinge, schläfst mit mir und glaubst, ich würde dich wieder in mein Leben lassen.«

Während ich aussprach, was mich bewegte, saß Moritz noch immer auf den Blanken des Stegs und sah mich an.

»Gern geschehen übrigens.«

»Hä?«

»Ich habe dich gerade vor dem Ertrinken gerettet«, sagte er mit einer Seelenruhe.

Aufgebracht wedelte ich mit den Armen in der Luft herum. »Ich kann schwimmen.«

»Ich weiß. Du warst Beste im Schwimmwettbewerb in der siebten Klasse.«

Wow. Das hatte sogar ich vergessen.

Ich stieß ein ungehaltenes Knurren aus. »Argh. Können wir jetzt bitte wieder zum Thema zurückkommen?«

Sein Blick glitt wieder auf die Wasseroberfläche, die sich seicht kräuselte. »Du meinst, dass ich dir nette Dinge gesagt habe, wir fantastischen Sex hatten und ich geglaubt habe, das würde alles zwischen uns regeln?«

Jetzt erhob er sich, trat an mich heran. So nahe, dass ich glaubte, er könnte das krasse Vibrieren meines Herzens spüren. Ich schluckte gegen die plötzliche Trockenheit in meinem Hals an. »Fantastisch habe ich nicht gesagt.«

Was zur Hölle stimmte mit mir nicht? Warum war ich in seiner Gegenwart das reinste Nervenbündel?

»Aber das war er, oder? Also für mich auf jeden Fall.« Er verringerte den Abstand zwischen uns noch mehr, sodass ich die Bartstoppeln auf seinem Kinn deutlich erkannte. Hatte er mir eben nicht zugehört?

Ich konnte ihm nicht in die Augen sehen. Es ging einfach nicht. Denn wenn ich das tat, würde er sehen, was in mir vorging. »Ein bisschen vielleicht«, murmelte ich kaum hörbar. Der Sex mit Moritz war keineswegs fantastisch gewesen. Er war viel mehr intergalaktisch. Eher von der Sorte, von der man nie genug bekam. Es hatte sich wie früher angefühlt, nur in der Erwachsenenversion. Ich hatte es genossen und das machte mir eine Heidenangst.

Moritz legte seinen Zeigefinger unter mein Kinn und hob es an, damit war ein Blick in seine Zartbitterschokoladen-Augen unvermeidbar.

»Ich gebe zu, vielleicht war es naiv, zu glauben, wir könnten so tun, als hätte es die letzten zehn Jahre nicht gegeben. Vielleicht war es meinerseits total bescheuert, meine Unsicherheit zu überspielen, anstatt sie zu zeigen. Ich kann verstehen, dass du sauer bist. Ja Mann, ich verstehe das wirklich. Aber ich habe mich entschuldigt. Was kann ich noch tun, um dich davon zu überzeugen, dass das hier kein verdammtes Spiel, sondern mein Ernst ist?«

Ich presste meine Lippen zusammen, damit er nicht sah, wie sehr mir seine Worte unter die Haut gingen. Verschränkte die Arme vor der Brust, um ihn abzuschirmen. Damit er gar nicht auf die Idee kam, sich mir noch weiter zu nähern. Dann antwortete ich mit nur einem Wort: »London.«

»Gott, Luna, London. Ja, ich habe ein Jobangebot von einem großen Unternehmen dort. Der Termin für das Gespräch stand schon länger fest. Lange bevor ich nach Dünenwiek gekommen bin.«

»Wann war denn das Gespräch, hm?«, bohrte ich argwöhnisch nach.

Moritz kratzt sich an der Schläfe und verzog verlegen das Gesicht. »Also, als du bei mir ... als wir ...«

Es dauerte ein paar Wimpernschläge, bis ich begriff. »Nein! Du meinst den Morgen danach? Du schläfst mit mir, obwohl du weißt, dass du am nächsten Morgen ein Bewerbungsgespräch für einen Job in einem anderen Land hast?«

Moritz holte ein paar Mal tief Luft. Ja, jetzt kam er ganz schön ins Schleudern. Das geschah ihm recht.

»Luna, kannst du dich bitte beruhigen und aufhören, aus jeder Mücke einen Dinosaurier zu machen? Ich weiß, dass diese Angst, wieder so verletzt werden, tief bei dir sitzt. Und glaub mir, beim Blick in meine Geldbörse werde ich täglich daran erinnert, dass ich dafür verantwortlich bin, dass du diese Angst hast. Aber ich kann die Zeit nicht zurückdrehen und die Dinge ungeschehen machen. Wir beide können das nicht. Das Einzige, was wir jetzt machen können, ist, die Vergangenheit ruhen zu lassen und uns als Erwachsene neu kennenzulernen.«

»Du bist immer noch der feige Junge von damals, oder? Machst die Dinge lieber mit dir selbst aus, egal, was um dich herum passiert«, spie ich ihm regelrecht vor die Füße.

»Ja, vielleicht. Du bist ja auch nach wie vor das Mädchen, das alles in der Hand haben will und keine Kompromisse eingeht. Es steht also eins zu eins, würde ich sagen.«

»Wenigstens verletze ich damit niemanden«, gab ich patzig zurück.

Das alles führte doch zu nichts.

In einem Punkt hatte er recht. Wir sollten das wie Erwachsene klären können. Und genau das würde ich jetzt tun. Ich hatte so was von gar keinen Bock mehr auf dieses ganze Theater. Je mehr ich mich zum Clown machte, umso schlimmer wurde es.

Mit geschlossenen Augen und ein paar tiefen Atemzügen versuchte ich, mich zu beruhigen. Das war allerdings aussichtslos, solange Moritz so nahe vor mir stand, dass mir sein Parfum weiterhin den Verstand vernebelte. Denn den brauchte ich jetzt. Dringend. Also drehte ich mich um, entfernte mich ein paar Schritte. Und spürte, wie sich plötzlich so etwas wie Ruhe in mir ausbreitete, sich mein Herzschlag normalisierte. Mitten in einem Schritt hielt ich inne und wagte einen letzten Blick über meine Schulter hinweg.

»Du hast vollkommen recht. Wir müssen uns wie Erwachsene benehmen. Du kannst hingehen, wo immer du willst. Du schuldest mir keine Rechenschaft. London, New York, Sydney – mir egal. Es ist mir *egal*, hörst du?« Mein bescheuertes Herz begann schon wieder, zu holpern. *Atmen, Luna, atmen*, ermahnte ich mich innerlich und nahm zwei tiefe Atemzüge. »Weißt du, Moritz, ich habe wirklich geglaubt, über deinen Abgang hinweg zu sein. Aber offenbar bin ich das nicht. Offenbar ist da noch so viel ...« Ich wurde leiser, weil ich meiner Stimme nicht traute. »Aber das ist nicht dein Problem, das ist ganz allein meine Baustelle. Du musst dir also keine Mühe mehr geben, mir nette Dinge sagen oder fantastischen Sex mit mir haben.«

Den fantastischen Sex setzte ich mit meinen Zeigefingern in Gänsefüßchen. Dann stieß ich geräuschvoll einen Schwall Luft aus, während Moritz mich ziemlich verdutzt ansah. In seinen Augen sah ich regelrecht Fragezeichen leuchten. Ich schenkte dem keine Beachtung und drehte mich wieder um, setzte langsam einen Fuß vor den anderen.

Gott, das hatte so gutgetan. Schon längst hätte ich für mich einstehen sollen, dann hätte es dieses Theater gar nicht erst gegeben. Dass ich ihm wieder verfallen war, war nur meiner blöden Wankelmütigkeit zu verdanken gewesen. Aber damit war jetzt Schluss.

Moritz König konnte hingehen, wo der Pfeffer wuchs.

»Wie Erwachsene kennenlernen, hatte ich gesagt, nicht benehmen.« Seine sonst so dunkle und kraftvolle

Stimme klang etwas dünn. Anscheinend hatte er nicht mit so einem Seitenhieb gerechnet.

Ohne mich noch einmal zu ihm umzudrehen, winkte ich mit einer Hand ab. »Ich lerne niemanden kennen, der demnächst in London arbeitet.«

Kapitel 15

Es war so unglaublich befreiend gewesen, ihm die Stirn zu bieten. Diesem ganzen Hin und Her, das mich ganz verrückt gemacht hatte, endlich ein Ende zu setzen. Auch wenn sich mein Herz noch nicht ganz entscheiden konnte, ob es erneut gebrochen war oder ob meine Worte dazu beitrugen, dass es endlich heilte.

Es war mitten in der Nacht und an Schlaf war nicht zu denken. Hellwach saß ich meinem Bett, den Laptop auf dem Schoß, die Datei mit dem Marketingplan für die Herbsttermine im Freizeitpark geöffnet. Ich starrte auf die Tabellen und Diagramme vor mir und versuchte, mich zu konzentrieren. Fehlanzeige.

Weil mir Moritz' Gesichtsausdruck von vorhin einfach nicht aus dem Kopf gehen wollte. Sein verletzter, trauriger Blick ...

Du hast ihm ganz schön zugesetzt, armer Kerl, meldete sich sogleich das Engelchen.

Pff, hat sie nicht. Er hatte es nicht anders verdient. Dieser, dieser ... Halunke! Das Teufelchen feixte dreckig.

Halunke, was war das denn bitte für ein Wort? Moritz war kein Halunke.

Dann halt Herzensbrecher. Nenn ihn, wie du willst, es ging ihm nie um dich, sondern immer nur um sich selbst. Also war der Tritt in seinen Allerwertesten absolut korrekt.

Du bist ja nicht ganz dicht, übernahm das Engelchen wieder. Gedanklich war ich wieder bei einem Tennismatch und verfolgte die hin- und herfliegende Diskussion der beiden Erzfeinde. *Er hat doch neulich erst gesagt, dass er nie aufgehört hat, sie zu lieben. So was sagt man nicht, wenn man nur an sich selbst denkt.* Eingeschnappt verschränkte das Engelchen die Arme vor dem weißen Gewand.

Ja stimmt, so was sagt man nur, wenn man jemanden ins Bett kriegen will. Hat er ja geschafft. Und Luna, war die Nummer mit ihm denn nun wirklich fantastisch? Das würde ich schon ganz gern noch wissen.

»Es war leider intergalaktisch gut«, hörte ich mich laut sagen und schlug mir sofort die Hand vor den Mund, aus Angst es könnte jemand gehört haben. Diese Diskussion hatte doch nur in meinem Kopf stattgefunden, oder? Langsam drehte ich wohl durch.

Außerdem war intergalaktisch guter Sex wohl kaum ein Kriterium dafür, jemanden in seinem Leben zu behalten.

Ist es wohl, pfiff das Engelchen. *Aber dann hättest du auch bei Benedikt bleiben können, bei ihm bist auch immer auf deine Kosten gekommen.*

»Haltet endlich die Klappe!«, zischte ich total entnervt und schüttelte heftig den Kopf, in der Hoffnung, die beiden Streithähne so zum Verstummen zu bringen. Langsam verlor ich den Verstand.

Völlig verzweifelt griff ich nach meinem Handy und wählte per Facetime die Nummer meiner Schwester. Ich musste dringend mit jemandem reden, der echt war und nicht mit Dreizack oder Heiligenschein in meinem Kopf wohnte.

Es dauerte ein wenig, bis Stella den Anruf entgegennahm.

»Boah, bist du irre? Weißt du, wie spät es ist?«, maulte sie verschlafen.

»Hi, ja, in Deutschland ist es drei Uhr nachts. Das heißt, bei euch ist es zwei. Hast du etwa schon geschlafen?«

Sie rappelte sich auf und wischte sich die dunklen, kinnlangen Haare aus dem Gesicht.

»Du verarschst mich doch, Große. Natürlich habe ich geschlafen.«

»Ich dachte, ihr Studenten feiert doch so viel?«

»Was genau hast du auf dem Herzen, Luna, dass du mich mitten in der Nacht aus meinen heißen Träumen reißt?«, murrte sie weiter.

»Heiße Träume? Von wem? Gibt es etwa jemanden, von dem du mir unbedingt erzählen solltest?« Gott, ich vermisste meine kleine Schwester manchmal so sehr, dass es fast wehtat.

»Erzähl du mir lieber, was in Dünenwiek so geht. Wie läuft es mit Lord Volde-Moritz? Ich nehme mal an, er ist der Grund für deinen nächtlichen Anruf?«

Genervt verdrehte ich die Augen. Sie kannte mich einfach zu gut.

»Möglicherweise ja. Und möglicherweise geht es hier drunter und drüber, weil ... weil mein Verstand völlig vernebelt ist.«

»Von ihm etwa? Puh, dass ich das noch erleben darf, halleluja!«, rief sie und legte beide Handflächen aneinander, als würde sie beten. Ihr Handy hatte sie offenbar irgendwo angelehnt. »Habt ihr wenigstens gedingst? Du weißt schon ...« Sie wackelte mit den Augenbrauen und wirkte auf einmal viel wacher.

»Warum interessiert es alle nur, ob wir Sex hatten?« Kopfschüttelnd bereute ich schon, sie überhaupt angerufen zu haben.

»Wen noch?«

»Sophie.«

»Na, überleg doch mal. Ich bin deine Schwester, dein ein und alles. Sophie ist deine weltallerbeste Freundin. Also, wenn wir dich nicht danach fragen, wer sollte es dann tun? Mama vielleicht?«

»Was? Um Gottes willen!«, stieß ich aus.

»Also, habt ihr geschnackselt oder nicht?«

»Was genau tut das zur Sache?«

Mit dem Zeigefinger tippte sie sich ans Kinn. »Na, ich schätze, er ist der Grund für das Drunter und Drüber, das du vorhin erwähnt hast.« Ich blies die Wangen auf. »Oh, ich hab sogar recht. Na los, erzähl schon. Was hat er dieses Mal angestellt?«

Schließlich erzählte ich meiner Schwester die ganze Story und ließ dabei nur die pikanten Details aus, die in seinem Zimmer passiert waren. Na gut, die im Hotelfahrstuhl auch. Aber sonst ließ ich sie an allem teilhaben. Wie wir uns ausgesprochen hatten, uns näher gekommen waren, die Tanzstunde. Sogar Luis und Benedikt kamen in meinem Bericht vor. Und natürlich das Jobangebot in London, welches das Chaos perfektioniert hatte, und schließlich meinen starken Abgang von heute Abend.

Und es tat so gut, es loszuwerden. Diesen seelischen Ballast einfach abzuwerfen, wie Gewichte aus dem fahrenden Ballon, damit er wieder aufsteigen konnte.

»Und jetzt weiß ich einfach nicht, was ich machen soll? Ich meine, wenn Benedikt hier auftaucht, wird es ja noch chaotischer«, jammerte ich.

Stella schnaufte durch. »Also für mich ist die Sache glasklar.«

»Ach ja?«

Sie lachte. »Japp. Pass auf. Es ist ganz einfach: Du bist in Moritz verknallt. Moritz ist in dich verknallt ...«

Nach Luft schnappend wollte ich sie unterbrechen, dass das nicht der Wahrheit entsprach, doch sie redete einfach weiter.

»Komm schon, Luni, du müsstest dich einfach sehen, wenn du über ihn redest. Du hast Herzchen in den Augen. Wie früher.« Amüsiert über meine vermeintliche Verliebtheit wackelte sie mit den Augenbrauen, woraufhin genervt mein Gesicht verzog. »Also, wo waren wir stehengeblieben? Ihr habt beide noch Gefühle füreinander. Leider verkackt es der eine immer wieder, weil er denkt, alles mit sich selbst ausmachen zu müssen. Und die andere ist zu stolz, um sich einzugestehen, dass sie ihn noch liebt.«

»Also, das ist ... das ist hanebüchen, Stella. Total an den Haaren herbeigezogen.«

Sie nahm das Telefon näher an ihr Gesicht. »Ist es nicht. Es ist die Wahrheit. Ich verstehe sie auch nicht, aber es ist nun einmal so«, flüsterte sie.

»Ich liebe ihn nicht. Schon lange nicht mehr.«

»Warum hast du dann den guten Benedikt in die Wüste geschickt? Der war cool, sah gut aus. Und ihr wart ein echt schönes Paar. Sagt Mama auch immer.«

»Als ob das entscheidende Kriterien für eine Beziehung sind. Coolness reicht nicht für eine langfristige Beziehung«, gab ich zu bedenken.

»Was sprach denn dagegen, die Beziehung mit ihm fortzuführen?«

Angst.

Es war pure Angst vor einem erneuten Herzensbruch.

»Was genau wird das hier, Schwesterlein?«, fragte ich zurück und behielt meine Gedanken für mich.

»Keine Sorge, ich führe dich nur zur Lösung. Wir haben es gleich.« Sie warf mir ein Zwinkern und einen Luftkuss zu. Blöde Kuh.

»Es hätte eh nicht funktioniert mit Benedikt. Wir waren nicht füreinander bestimmt.« Das lag auf der Hand. Wir waren total unterschiedlich. Und dass er gut aussah, bodenständig war und einen Job in Dresden hatte, reichte nun wirklich nicht aus, um eine dauerhafte Beziehung mit ihm aufzubauen. Oder doch?

»Was wenn doch? Was, wenn er dir die Welt zu Füßen gelegt hätte? Die die Sterne vom Himmel geholt hätte? Dir jeden Wunsch von den Augen abgelesen hätte? Was, wenn ihr einfach weiterhin das perfekte Paar gewesen wärt?«

Genervt stieß ich die Luft aus. Mit dem Anruf hatte ich wohl aus Versehen die Büchse der Pandora geöffnet.

»Wir waren kein perfektes Paar.«

Meine Schwester hob den Zeigefinger.

»Ja, weil du ein Schisser bist und abhaust, sobald es jemand ernst mit dir meint. Und er meinte es ernst. So richtig. Mit allem Pipapo.« Sie deutete auf den Ringfinger ihrer rechten Hand und ich schüttelte sofort vehement den Kopf. Mir fiel zuerst die Eigentumswohnung ein, für die ich nach der kurzen Zeit definitiv noch nicht bereit gewesen war.

Dennoch krochen Zweifel in mir hoch – war es richtig gewesen, die Beziehung mit ihm vorschnell zu beenden? Nur weil er an eine gemeinsame Zukunft mit mir geglaubt hatte? Unbewusst hatte ich genau das nicht getan und deswegen hatte Benedikt nie auch nur den Hauch einer Chance gehabt, obwohl ich ihn wirklich mochte.

»Ach, hör doch auf. Was hat denn das jetzt mit Moritz zu tun?«, lamentierte ich weiter.

»Die Frage ist wohl eher, was hat es nicht mit Moritz zu tun? Überleg doch mal. Vielleicht hast du, ohne es zu merken, immer auf ihn gewartet?«

»Das ist Quatsch, Stella, und das weißt du auch.« Das ergab alles überhaupt gar keinen Sinn. Wir drehten uns im Kreis und das war nervig. »Okay, gut, vielleicht habe ich Benedikt vorschnell abgeschossen.« Ich bemühte mich, seinen Namen halbwegs normal auszusprechen und fand, es gelang mir ganz gut. So schlimm war es eigentlich gar nicht. Möglicherweise hätte ich mich sogar daran gewöhnen können, wenn ich es denn versucht hätte.

»Ja, vielleicht«, stimmte Stella mir zu. »Vielleicht hat aber auch Moritz noch eine Chance verdient.« Hanebüchen! Schon wieder! »Vielleicht wartet aber auch ein ganz anderes Herzblatt hinter irgendeinem Vorhang auf dich. Wir werden es nie erfahren, wenn du immer vorschnell die Reißleine ziehst, bevor ein Typ es schafft, dein Herz zu erobern.«

Kawumm.

Das saß.

Damit traf sie ins Schwarze. Aus lauter Angst, wieder verletzt zu werden, vergrub ich sämtliche Emotionen, sobald ich spürte, dass eine Beziehung tiefer wurde. Ich ließ gar nicht erst zu, dass mir ein Mann zu nahekommen konnte. Gesund war das gewiss nicht. Aber in meinem bisherigen (Liebes-)Leben hatte es genau einen Typen gegeben, der mein Herz erobert hatte. Und genau der hatte es auch zerbrochen. Wie eine Glasvase hatte er es auf den Boden geworfen, wobei es in tausende Puzzleteile zersprungen war.

Wie verwunderlich war es dann, dass ich so kaputt war und keine feste Bindung eingehen konnte?

Benedikt war nahe dran gewesen, sich in mein Herz zu schleichen – er war wirklich einer von den Guten, aber geschafft hatte er es nicht.

Weil du ihn nicht gelassen hast, meldeten sich sofort meine beiden Kopfbewohner. Und zwar synchron.

Argh!

»Du weißt, worauf ich hinauswill?«, hakte meine Schwester nach, weil ich auf ihre vorherigen Worte nicht reagierte.

Ich nickte. »Ich bin mir nicht sicher. Ich glaube, wenn ich es zugelassen hätte, hätte Benedikt es schaffen können.« Ich musste seinen Namen nur öfter aussprechen, umso leichter ging er mir von der Zunge.

Stellas Blick war inzwischen versöhnlicher. Die Psychologiestunde war anscheinend vorbei. »Schwesterherz, ich glaube, bei der ganzen Sache geht es weder um Moritz noch um Benedikt oder um sonst irgendeinen Kerl, der dir den Kopf verdreht hat. Es geht einzig und allein um dich. Um dein Herz. Darum, was du willst. Wer du sein willst. Was du sein willst. Und ich bin mir zu zweitausendfünfhundertdreiundneunzig Prozent sicher, dass, wenn du das für dich herausgefunden hast, dein Mister Right in den Startlöchern steht. Ready to love sozusagen.«

Uff.

Ich schluckte.

Wann war meine kleine Schwester eigentlich so verdammt weise geworden?

Schniefend wischte ich mir über die Oberlippe. »Ich möchte einfach nur wieder ich sein. Nicht mehr die, die vor zehn Jahren verlassen wurde und immer noch damit zu kämpfen hat. Nicht mehr die, die Menschen, denen sie wichtig ist, vor den Kopf stößt, aus Angst, verletzt zu werden. Ich will nicht mehr die sein, die einem Traum nachjagt. Und schon gar nicht, will ich die sein, in deren Kopf sich imaginäre Figuren Schimpfwörter um die Ohren hauen, weil sie glauben, sie wüssten, was das Beste für mich ist.«

Ups. Die letzten Worte waren mir so rausgerutscht.

Doch alles zuvor Gesagte glich einer Befreiung. Alles, was ich wollte, war Liebe. Ohne Bedingungen und vor allem ohne Angst.

»Moment, warte ... Was meinst du mit den imaginären Figuren? Führst du Selbstgespräche?« Sie kicherte. »Ach Luni, du bist so eine wundervolle Person, so eine starke Frau und ich wünsche dir von Herzen, dass dein Katsching-Moment ganz bald kommt.«

»Mein was?«

»Na, dein Katsching-Moment. Der Moment, wenn du jemanden triffst und noch in der gleichen Sekunde weißt, der und kein anderer – dann macht es katsching.« Sie sprach es so witzig aus, dass ich lachen musste, obwohl mir nach Weinen zumute war.

»Du fehlst mir, Schwesterherz«, ließ ich sie aus tiefstem Herzen wissen.

»Du mir auch. Und in genau dieser Sekunde wirst du auch wissen, dass du niemals eine Garantie für die

Ewigkeit bekommen wirst. Aber es wird dir egal sein, weil ... katsching.«

»Woher weißt du so etwas? Wie viele solche Momente hattest du denn schon, hm?« Skeptisch zog ich die Augenbrauen hoch.

»Ähm, ich lese viel und schaue zu viel Netflix. Aber das ist ein anderes Thema. Was genau ist jetzt dein Plan? Wirst du Moritz aus dem Weg gehen? Auf gar keinen Fall lässt du dich wieder zu irgendwelchen Aktionen in Fahrstühlen oder so hinreißen, versprich mir das.«

Ich nickte und legte meine rechte Hand auf die Brust. »Ich schwöre. Keine Aktionen in Fahrstühlen, auf Seebrücken oder in Hotelzimmern. Ehrenwort.« Tatsächlich war das etwas, was mir so schnell nicht wieder passieren würde. Es hatte für zu viel Chaos gesorgt, dass ich geglaubt hatte, mich in alten Gefühlen verlieren zu können.

Wir verabschiedeten uns, nachdem Stella mehrmals demonstrativ gegähnt hatte.

Aber unser Gespräch hatte mir geholfen, wieder auf Kurs zu kommen. Sie hatte mir endlich die Augen geöffnet. Darüber, dass Gefühle für Moritz zwar immer noch da und tief in mir verankert waren. Aber dass das nicht automatisch hieß, dass wir als Paar wieder funktionieren würden. Ich hätte das gern geglaubt, weil es sich viel zu gut angefühlt hatte, mit ihm zusammen zu sein.

Mir war aber auch klar geworden, dass ich mein gesamtes Beziehungssystem hinterfragen musste. Weil ich Menschen immer wieder vor den Kopf stieß, obwohl sie es gut mit mir meinten.

Ich beschloss, noch mal mit Benedikt zu reden. Einfach weil er eine Erklärung verdient hatte. Ich wollte nicht wieder mit ihm zusammen sein, viel mehr ging es mir darum, ihm zu erzählen, warum ich mich von ihm getrennt hatte. Das war ich ihm schuldig. Immerhin wusste ich genau, wie beschissen es sich anfühlte, wenn man einfach so verlassen wurde. Und er hatte es nicht verdient, sich genauso mies zu fühlen wie ich damals.

Das Handy noch in der Hand, öffnete ich WhatsApp und schrieb ihm eine Nachricht.

Kannst du morgen nach Dünenwiek kommen? Ich möchte gerne mit dir reden. Luna

***

Am Morgen spürte ich, dass ich deutlich zu alt war, um mit nur knapp vier Stunden Schlaf auszukommen. Müde rieb ich mir die Augen, weil das Möwengeschrei direkt vorm Fenster kaum auszuhalten war. Das Fenster zu schließen, war bei der Wärme allerdings auch keine Lösung.

In meinem Kopf dröhnten noch immer Stellas Worte. Es war zum Haareraufen. Seit ich hier war, fuhren meine Gefühle Achterbahn und warfen mich in jedem Looping in hohem Bogen raus.

Das Handy vibrierte auf meinem Nachttisch. Benedikt. Mit einer Hand versuchte ich, das Gespräch anzunehmen und gleichzeitig den Lautsprecher anzustellen.

»Du bist mir hoffentlich nicht böse, wegen der spon-«, wollte ich sagen, wurde jedoch jäh unterbrochen.

»Guten Morgen, du Schlafmütze.« Schlafmütze, haha, wenn er wüsste ... als hätte ich vierzehn Stunden geschlafen, sehr witzig. »Möchtest du mir erklären, wie es zu dem Sinneswandel kommt?«

Ich hätte damit gerechnet, dass er pikiert reagiert, weil ich meine Meinung änderte und wie ein Fähnchen im Wind hin und her wehte. Aber er klang liebevoll wie eh und je. Sofort hatte ich seinen Anblick vor Augen. Die blonden, akkurat frisierten Haare, seine graugrünen Augen, die immer leuchteten wie Sterne und sein trainierter Körper. Er war zwar sportlich, aber eher der Typ Mann, bei dem man nicht jeden Muskel auf Anhieb sah, was ihn mir sofort sympathisch gemacht hatte.

»Na ja, so gesehen, ist es ja kein direkter Sinneswandel. Ich möchte unser Gespräch einfach nur etwas vorziehen. Aus Fairness.« Zugegeben, ich hatte nicht damit gerechnet, dass er sich überhaupt melden würde, nachdem ich ihn abserviert hatte. »Also ... Ja, warum halt nicht? Wenn wir beide schon mal an der Küste sind ... «

Ein tiefes Brummen ertönte am anderen Ende der Leitung. »Was soll das eigentlich werden, Luna, hm? Erst schickst du mich grundlos in die Wüste, dann machst du mir Warnemünde schmackhaft, damit ich nicht zu dir komme, und jetzt ist dir doch danach, dass ich nach Dünenwiek komme? Was genau willst du eigentlich?«

»Das versuche ich gerade, herauszufinden. Und es tut mir leid, dass ich dich in die Wüste geschickt habe. Wenn du hier bist, erkläre ich dir alles, okay? Aber du musst zugeben, dass Warnemünde ganz hübsch ist, oder?«

»Stimmt. Bei Weitem nicht so hübsch wie du, allerdings es ist durchaus sehenswert.«

»Also kommst du?«, hakte ich ungeduldig nach.

»Ja natürlich. Als ob ich eine so charmante Einladung ablehnen könnte.«

Er sagte mir, dass er sich noch ein paar Sachen in Warnemünde anschauen wollte, dann seine Sachen zusammenpackte und am Nachmittag nach Dünenwiek kommen würde. Er wollte mir eine Nachricht senden, sobald er angekommen war und wusste, wo er unterkam.

***

Benedikts Nachricht kam früher als erwartet.

Bin gegen 14 Uhr in Binz. Hab schon ein kleines Hotel gebucht und checke dann ein. Wo treffen wir uns?

Am Strand. Ich schicke dir meinen Live-Standort.

Mein Herz machte schon die ganze Zeit seltsame Verrenkungen. Ich war angespannt und aufgeregt gleichermaßen. Zum einen, weil ich Benedikt wiedersehen würde. Zum anderen, weil er der Erste wäre, dem ich reinen Wein einschenkte, was mein Gefühlschaos betraf. Aber ich sah inzwischen ein, dass das absolut notwendig war, damit ich endlich meinen Seelenfrieden fand.

Am frühen Nachmittag war ich zu Fuß am Strand entlang nach Binz geschlendert und sah gegen die Sonne blinzelnd von Weitem nicht nur die Binzer Seebrücke, sondern auch Moritz, der allem Anschein nach mit einer Kamera herumhantierte. Für einen Moment hielt ich inne und horchte in mich hinein. Aber da war keine Stimme, die mir sagte, ich sollte zu ihm gehen.

Gerade als er die Kamera in seine Tasche stopfte, trafen sich für den Bruchteil einer Sekunde unsere Blicke. Ich sah, wie er seine Sonnenbrille auf den Haaransatz schob und sich dann in Bewegung setzte.

In meine Richtung.

Ohne, dass ich es beeinflussen konnte, stolperte mein Herz, als müsste es sich neu kalibrieren. Hitze schoss in meine Wangen und mein Magen zog sich zusammen, als hätte jemand einen unsichtbaren Knoten darin gemacht.

Auf diesen Moment hätte ich vorbereitet sein sollen. Ich hatte mir so fest vorgenommen, ihm neutral zu begegnen. Nicht gleichgültig oder kalt, einfach neutral. Stattdessen fühlte ich mich wie auf frischer Tat ertappt, für ein Verbrechen, das ich nicht begangen hatte.

Mein erster Impuls war es, umzukehren. So zu tun, als hätte ich ihn nicht gesehen. Doch mein Körper machte mir einen Strich durch die Rechnung. Anstatt sich umzudrehen und in die Gegenrichtung zu gehen, verschmolzen meine Füße regelrecht mit dem Sand unter mir. Ich klebte an Ort und Stelle. Meine Kehle wurde trocken. In meinem Kopf wütete ein Tornado.

»Bitte geh einfach vorbei«, murmelte ich ganz leise, während das Blut in meinen Ohren rauschte. Neutral war hier gerade gar nichts.

Je näher Moritz kam, umso eher passierte das Unvermeidliche: noch mehr Augenkontakt. Für ein paar Sekunden verhakte sich sein Blick erneut mit meinem.

Mein Puls raste, meine Gedanken überschlugen sich. Was genau machte ich hier eigentlich? Warum sagte ich nicht einfach Hallo und lief weiter?

Verzweifelt schnappte ich nach Luft.

Atmen. Einfach atmen.

Aber wie sollte das gehen, wenn es sich anfühlte, als wäre plötzlich nicht genug Sauerstoff da?

Innerlich zählte ich bis zehn, um mich zu beruhigen.

Moritz war nur noch wenige Meter von mir entfernt, sein Blick war finsterer als die finsterste Nacht. Und dann hörte ich, wie mein Name gerufen wurde. Aus der gleichen Richtung, aus der Moritz kam.

»Luna, da bist du ja!« Ich entdeckte Benedikt, der sich im Dünengras gerade mit einer Hand die Schuhe auszog und mir mit der anderen Hand zuwinkte.

Wenn das Chaos einen Namen hätte, so würde es vermutlich Luna Winkler heißen.

Aus den Augenwinkeln sah ich, wie Moritz seine Schritte verlangsamte und sich umdrehte. Dann sah er wieder zu mir, während Benedikt fröhlich auf mich zukam und mich in eine stürmische Umarmung zog. Ich hätte vorher klären sollen, dass Körperlichkeiten zwischen uns nicht vorgesehen waren. Mein Fehler, dass ich das versäumt hatte.

Vor lauter Überraschung war ich nicht in der Lage, die Umarmung zu erwidern. Meine Arme baumelten an meinem Körper wie tote Äste an einem Baum. Benedikt drückte mich an sich und schien sich sichtlich zu freuen, mich zu sehen. Über seine Schulter hinweg suchte ich Moritz.

Noch einmal trafen sich unsere Blicke, seiner sprach Bände und das versetzte mir einen Stich mitten ins

Herz. Dann schob er sich die Sonnenbrille wieder auf die Nase und lief an uns vorbei, ohne sich noch einmal umzudrehen.

»Es ist so schön, dich zu sehen. Bist schon richtig braun geworden. Gehen wir einen Kaffee trinken?«, plapperte Benedikt ausgelassen. Er hatte schließlich keine Ahnung, was gerade in mir vorging.

Ich lächelte halbherzig und nickte. »Klar. Kaffee ist gut.«

Kapitel 16

Einen großen Eiskaffee später saß mir Benedikt mit offenem Mund gegenüber. Gerade hatte ich ihm reinen Wein eingeschenkt und die Sache mit Moritz von damals erzählt.

»Oh. Wow. Ich hatte ja keine Ahnung.« Er wirkte betroffen und sah mich mit einem mitleidigen Blick an, während er sich über den Tisch beugte und mit seinen Fingern über meine Hand fuhr.

»Ja, wie auch. Ich hab dir ja nichts davon gesagt und das tut mir furchtbar leid.« Mir war bewusst geworden, dass mich das Verhalten, das ich jahrelang an den Tag gelegt hatte, keinen Deut besser machte als Moritz.

»Ich verstehe allerdings noch nicht so ganz, was das mit uns zu tun hat.«

Okay. Ich nahm an, er könnte das selbst aus dem Gesagten ableiten, aber ich würde ihm einfach auf die Sprünge helfen. »Na ja«, begann ich, »das alles hat wohl irgendwie dazu geführt, dass ich eine schreckliche Angst entwickelt habe, verlassen und verletzt zu werden. Nicht gut genug zu sein, verstehst du?«

Benedikt nickte. »Mhm.« Für einen Moment schweifte sein Blick von uns weg, bevor er mich wieder ansah. »Und, hattest du in unserer Beziehung dieses Gefühl auch? Weil ... eigentlich lief es doch super.«

Seufzend nippte ich an meinem Eiskaffee, in dem das Eis längst geschmolzen war. »Ja, also nein. Das Gefühl an sich hatte ich nicht, als wir zusammen waren. Das ist auch nichts Bewusstes, eher so in mir drin.« Mit der flachen Hand klopfte ich auf meinen Brustkorb. »Aber

219

als du mit der Eigentumswohnung um die Ecke kamst, da habe ich einfach Rot gesehen, sorry. Das war zu viel, wir waren gerade noch dabei, uns kennenzulernen.«

Erneut nickte er und sog geräuschvoll die Luft ein. »Okay. Ich verstehe. Aber findest du nicht, wir hätten darüber reden können?«

»Ja, das hätten wir unbedingt tun müssen. Also ich hätte das unbedingt tun müssen. Schließlich weiß ich, wie scheiße es sich anfühlen musste für dich.«

Ein bitteres Lachen kroch aus seiner Kehle, das er mit einem Räuspern zu verdecken versuchte.

»Nichts für ungut, ich wollte einfach, dass du das weißt. Ich mag dich wirklich, aber ich glaube nicht, dass wir als Paar funktioniert hätten. Ich bin zu kaputt und muss erst mal mit mir selbst klarkommen.«

Er lehnte sich zurück, verschränkte die Hände vorm Bauch. »Jetzt kommt die Stelle, an der wir beschließen, dass wir Freunde sind, oder?«

Mein Mund verzog sich zu einem schiefen Lächeln. »Ich fürchte ja. Wenn wir das beide können und wollen?«

Mir war wichtig, ihn nicht noch mehr zu verletzen. Gerade wusste ich allerdings nicht, wo genau wir standen. Konnten wir Freunde sein? Würde er das zulassen?

»Ja klar, ich werde mich schon daran gewöhnen, dich zur Begrüßung nicht mehr auf den Mund zu küssen.«

Erleichtert darüber, dass er das offenbar locker wegsteckte, wechselten wir zum Abendessen in mein Lieblingsfischrestaurant.

Bei einer Flasche Weißwein und frisch gegrillter Scholle plauderten wir über Gott und die Welt und ich erzählte von Sophies und Finns Hochzeit. In diesem Zusammenhang musste ich wohl eine weitere Beichte ablegen. Ich nahm einen großzügigen Schluck aus meinem Glas.

»Moritz ist übrigens auch hier«, begann ich und holte tief Luft. »Er ist der Trauzeuge des Bräutigams. Ich wollte nur, dass du darüber Bescheid weißt und dass keine Missverständnisse aufkommen.«

Aber auch das nahm Benedikt gelassen hin und versicherte mir, dass es für ihn gar kein Problem sei.

»Sag mal, was hältst du davon, mich zur Hochzeit zu begleiten?« Zugegeben, das war eine sehr spontane Idee, die man auch falsch verstehen konnte.

Als hätte Benedikt meine Gedanken gelesen, runzelte er die Stirn. »Und als was soll ich dich begleiten? Dein Freund? Ein Freund? Willst du deinen Ex eifersüchtig machen mit mir?«

Heftig schüttelte ich den Kopf. »Um Gottes willen, nein, darum geht es doch gar nicht. Ich hätte dich gern als Freund an meiner Seite. Also falls du zufällig im Besitz einer salbeigrünen Krawatte bist und einen Anzug im Gepäck hast, würde ich mich freuen, wenn du mitkommst.«

Aus zusammengekniffenen sah er mich skeptisch an. »Hab ich beides nicht, wobei sich das ändern ließe. Aber meinst du nicht, du solltest erst deine Freundin fragen, ob das in Ordnung ist?«

Da war sie wieder, seine Korrektheit. Es gefiel mir, dass er mitdachte.

»Ja, natürlich. Moment, das mache ich sofort.« Aus meiner Tasche angelte ich mein Telefon und schrieb Sophie eine Nachricht.

Süße, auf einer Skala von eins bis zehn, wie schlimm wäre es, noch einen Stuhl an den Tisch zu stellen, an dem ich sitze? Ich würde auch das Namensschild schreiben.

Ihre Antwort kam prompt.

Ähm ... das ist jetzt sehr spontan. Aber bestimmt können wir das arrangieren. An eurem Tisch ist ohnehin ein Platz frei. Wen bringst du mit?

Mir war klar, dass ich sie damit total überrumpelte. Sie und Finn hatten viel Zeit und vor allem viele Diskussionen in die Sitzordnung investiert und nun kam ich und bracht wieder alles durcheinander.

Das ist toll. Benedikt wird mich begleiten.

Sofort hüpften die drei Punkte, die signalisierten, dass sie eine Antwort schrieb. Erst kam nur der erschrocken schauende Emoji.

Wie steht ihr zueinander? Weiß er von Moritz? Soll ich vorsichtshalber noch einen Mediator organisieren? (Auf eure Kosten selbstverständlich!)

Sorry für das Hin und Her. Benedikt und ich haben reinen Tisch gemacht, wir sind gerade Essen bei Fischers Fritze. Also keine Sorge, wir kommen klar.

Dein Wort in Gottes Ohr!

Danke, du bist die Beste!

Nachdem ich meine Nachricht abgeschickt hatte, wandte ich mich wieder Benedikt zu. »Sophie hat nichts dagegen. An unserem Tisch war ohnehin ein Platz frei, sodass es gar keine Umstände macht.«

»Dann schätze ich, gehen wir wohl gemeinsam zur Hochzeit deiner Freundin.«

Mein Herz überschlug sich vor Aufregung. Ich hatte keine Ahnung, ob das gut gehen würde. Aber ich war wild entschlossen, wie eine Erwachsene damit umzugehen. Ich war absolut in der Lage, mit all dem Chaos in meinem Leben zu jonglieren.

Als Dankeschön übernahm ich die Rechnung, bevor wir zu dem kleinen Hotel im Inneren der Stadt spazierten, in dem Benedikt eingecheckt hatte. Dass er bei der Verabschiedung keinerlei Anstalten machte, mich in sein Zimmer zu kriegen, beruhigte mich ungemein. Das hätte nämlich alles nur noch mehr verkompliziert.

Er war eben sehr vernünftig. Und bodenständig. Er war jemand, der nachdachte, bevor er handelte. Wahrscheinlich würde er nie aus einem Impuls heraus handeln, ohne vorher das Für und Wider durchzukauen.

»Wie kommst du nach Hause?«, fragte er fürsorglich.

»Ich nehme ein Taxi.«

Auf Zehenspitzen stehend drückte ich ihm einen flüchtigen, freundschaftlichen Kuss auf die Wange. »Danke für dein Verständnis, das bedeutet mir unglaublich viel.« »Hey, kein Ding. Was machst du morgen? Wollen wir gemeinsam etwas unternehmen?«

»Ich muss noch mal ins Strandgut zu Sophie und Finn. Stellprobe für die Trauung, Tische im Saal dekorieren und so. Die beiden überlassen nämlich nichts dem Zufall. Danach können wir uns gern zum Eisessen treffen«, schlug ich vor, winkte ihm nochmal und machte mich dann auf den Weg.

»Hervorragende Idee. Mach's gut, bis morgen, Luna«, rief er mir hinterher, während ich schon dabei war, die Nummer der Taxi-Hotline im Handybrowser herauszusuchen.

Zwei Anrufe später war ich sicher, zurück zur Pension laufen zu müssen, weil bei einer Hotline niemand ranging, bei der anderen alle Fahrer unterwegs waren. Mir blieb offenbar nichts anders übrig, als mit dem Bus nach Dünenwiek zurückzufahren. Langsam dämmerte es und ich setzte mich an eine Bushaltestelle. Der nächste Bus kam leider erst in einer halben Stunde, das verschaffte mir genügend Zeit, um nachzudenken.

Zum Beispiel darüber, wie erwachsen es eigentlich war, der Vernunft den Vorrang zu geben. Oder darüber, wie viel Abenteuerlust ein Leben vertrug. Oder wie oft ein Herz brechen und zusammenheilen konnte, bis es endgültig kaputt war.

Ein langsam fahrendes Auto riss mich aus meinen Gedanken und ich schrak zusammen, als es genau vor mir zum Stehen kam. Automatisch schoss eine überdurchschnittliche Menge Adrenalin durch meinen Körper und sorgte dafür, dass ich mich kerzengerade aufrichtete, mein Herzschlag sich beschleunigte und ich mit meinen Augen wachsam die Umgebung scannte – Fluchtmodus aktiviert.

Der Wagen kam mir bekannt vor, aber ich war so im Adrenalinrausch gefangen, dass ich es erst checkte, als sich das Fenster der Beifahrertür mit einem leisen Surren öffnete.

»Soll ich dich mitnehmen?« Moritz' dunkle Stimme drang aus dem Inneren des schwarzen SUV.

Kopfschüttelnd lehnte ich sein Angebot ab. »Danke, aber ich nehme den Bus.«

Er schnalzte mit der Zunge. »Kommt heute nicht mehr.«

»Was? Doch, laut Fahrplan kommt er«, ich zückte mein Handy, um die Uhrzeit zu checken, »in zehn Minuten.«

»An der Hotelrezeption wurde vorhin gesagt, dass heute Abend keine Busse mehr fahren. Der Busfahrer ist krank. Aber hey, du kannst natürlich trotzdem gerne warten.« Demonstrativ trat er aufs Gaspedal und ließ den Sportmotor aufheulen. Idiot. Ich verdrehte demonstrativ die Augen.

Was sollte ich denn jetzt machen?

Warten? Und hoffen, dass der Busfahrer in den nächsten zehn Minuten wieder gesund wurde? Oder dass er im Nullkommanichts Ersatz auftauchte?

Bestimmt hatte sich Moritz das ausgedacht hatte. Er verarschte mich, das war seine Revanche.

Noch fünf Minuten. Ich saß immer noch alleine an der Bushaltestelle. Dass keine anderen Fahrgäste hinzukamen, war ungewöhnlich. Schließlich war noch nicht Nacht und es musste doch noch Leute geben, die wie ich, nach Dünenwiek fahren wollten.

»Ich kann dir ja morgen früh einen Kaffee vorbeibringen«, witzelte Moritz und sein schiefes Grinsen sorgte dafür, dass ich meine Lippen fest aufeinanderpresste.

»Also gut«, brachte ich hervor, erhob mich und öffnete die Beifahrertür, um im nächsten Moment in den Ledersitz zu gleiten. »Aber bilde dir nichts darauf ein, ja?«

Er zuckte lediglich mit den Schultern. »Tue ich nicht, keine Sorge.« Dann schloss er das Fenster der Beifahrerseite per Knopfdruck, drehte das Radio lauter und fuhr los.

Aus den Boxen donnerte passenderweise »Bad Liar« von den Imagine Dragons. Verdammt. Weil es sonst so still zwischen uns war, traf mich der Text dieses Songs auf ganz andere Weise.

Moritz trommelte mit den Fingern auf dem Lenkrad den Takt mit, sein Blick war stur geradeaus auf die Straße gerichtet. Er zeigte keine Regung.

Froh, als die letzten Takte verklungen waren, atmete ich erleichtert aus. Die Atmosphäre blieb allerdings weiterhin angespannt. Es fühlte sich an, als wären wir mit einer unsichtbaren Hochspannungsleitung verbunden, jeden Moment bereit zu explodieren.

Auf dem Parkplatz der Pension konnte ich nicht schnell genug aussteigen und verhedderte mich im Gurt. Unnötig. Das war so unnötig. Weil ich hektisch versuchte, mich aus diesem störrischen Ding zu befreien, klemmte ich mir den kleinen Finger ein.

»Aua«, zischte ich und rieb über die Stelle.

»Geduld war noch nie dein Ding«, raunte Moritz, beugte sich zu mir und half mir aus der Misere, indem er einfach auf das Schloss drückte und den Gurt damit entriegelte. »Bitte schön.«

Im Aussteigen murmelte ich ein halbherziges Danke und hörte, wie auch Moritz die Fahrertür zuschlug und mir zum Eingang der Pension folgte.

»Hör mal, Luna. Ich ... es tut mir leid.«

Ich war schon auf der obersten Stufe und hielt inne. Wartete, ob noch etwas kam. Wobei das gar nicht wichtig war. Jede Entschuldigung war eine zu viel.

»Können wir noch mal darüber reden?«, bat er und kam näher. Automatisch ging ich ein paar Schritte mehr Richtung Eingangstür.

Mein unberechenbares Herz rumpelte schon wieder so komisch. Aber ich erinnerte mich daran, dass ich erwachsen damit umgehen wollte.

»Ja, vielleicht sollten wir das. Aber nicht jetzt. Ich bin furchtbar müde und möchte morgen zeitig aufstehen, um pünktlich bei Sophie und Finn zu sein.« Ich strich mir eine verirrte Haarsträhne hinters Ohr.

Moritz schob die Hände in die Taschen seiner Shorts. »Okay. Ja, dann vielleicht morgen. Bis dahin. Schlaf gut.« Ohne mich anzusehen, ging er an mir vorbei in die Pension, während ich unfähig war, den nächsten Schritt zu machen.

Ich traute mir selbst nicht mehr über den Weg. Moritz und ich würden morgen den halben Tag miteinander verbringen. Als Trauzeuge war auch er Teil der Trauzeremonie und selbstverständlich bei der Probe dabei. Sophie hatte uns gebeten, im Anschluss daran die Deko im Saal auf den Tischen zu verteilen. Nur hatte ich keine Ahnung, wie ich das in Moritz' Gegenwart überstehen sollte.

***

Erleichtert darüber, dass Moritz anscheinend aufs Frühstück verzichtet hatte, genoss ich den ersten Kaffee des Tages mit Blick auf die Ostsee.

Ganz in Ruhe.

Es tat so verdammt gut.

Nach dem Frühstück radelte ich nach Binz. Moritz sah ich also erst, als wir uns auf der Seeseite der Hotelterrasse mit dem Brautpaar trafen. Offensichtlich war er so sauer, dass er lediglich ein Kopfnicken samt mürrischem Blick für mich übrig hatte.

Sollte mir ganz recht sein.

»Welche Laus ist dem denn über die Leber getrampelt? Zwischen euch war doch wieder alles Friede, Freude, Eierkuchen?« Sophie hatte mich mit einer Umarmung begrüßt. Die Vorfreude auf den morgigen Tag merkte man ihr schnell an. Nervös zupfte sie an ihren Haaren oder am Saum ihres Shirts herum.

»Wie man es nimmt.« Kurz und knapp erzählte ich ihr davon, dass ich nach der letzten Tanzstunde am Strand sehr deutliche Worte gefunden hatte.

»O Mann, ihr zwei macht mich echt fertig.« Sophie schüttelte den Kopf. Wir standen etwas abseits, während Finn und Moritz ein paar Worte mit dem Trauredner wechselten. Ich ertappte mich dabei, wie mein Blick in unregelmäßigen Abstand in diese Richtung abschweifte. »Ihr seid schlimmer als Dallas und der Denver Clan zusammen«, schimpfte sie weiter.

»Ich rede nachher noch mal mit ihm, damit das nicht weiter zwischen uns steht.«

»Das ist eine gute Idee. Sag ihm dabei am besten auch gleich, dass du morgen nicht allein zur Hochzeit kommst.«

Mein schiefes Lächeln war halbherzig. »Ja, das hatte ich vor ...«

Ich begann, ein paar Stühle in der letzten Reihe zurechtzurücken, als sie sich näher zu mir beugte.

»Und bist du dir ganz sicher, dass du und Benedikt an einem Tisch mit Moritz sitzen wollt? Dass das gut geht?«

Mitfühlend, weil sie sich so sorgte, fuhr ich mit der Hand über ihren Oberarm, der sich ganz schwitzig anfühlte. »Na klar, mach dir bitte keine Sorgen. Das ist euer großer Tag morgen, ihr steht im Mittelpunkt des Geschehens.«

Sie gab sich gar nicht erst die Mühe, den herzhaften Seufzer zu verbergen. Die Männer drehten sich zu uns um.

»Schatz, ist alles in Ordnung?« Finn kam sofort zu uns geeilt, während Moritz nur einen kurzen Blick in unsere Richtung warf.

»Natürlich. Nur diese beiden hier«, mit einem Nicken deutete sie zu mir und dann hinter sich, wo Moritz stand, »machen mich fertig.«

Finn verkniff sich ein Schmunzeln. »Ihr macht einfach keine Dummheiten, okay? Wobei ich mir bei dir da ganz sicher bin, Luna. Aber bei Moritz ... Was auch immer zwischen euch vorgefallen ist, macht das bitte nicht morgen auf unserer Hochzeit miteinander aus, ja?«

»Hey, für wen hältst du mich? Von meiner Seite her ist das gar kein Problem. Alles andere klärst du lieber mit deinem besten Freund.«

»Das habe ich bereits und er hat mir versprochen, dass es keine Zwischenfälle geben wird.« Zwinkernd küsste Finn seine zukünftige Ehefrau auf den Mund. Als er sich von ihr löste, strahlte sie ihn an. »Alles wird gut, Schatz. Es wird großartig.«

Ich hörte den Trauredner in die Hände klatschen und wir waren wieder im Hier und Jetzt.

Wir besprachen noch einmal den zeitlichen Ablauf und dass erst alle Gäste auf ihren Plätzen sitzen mussten, bevor die Braut auf der Bildfläche auftauchen würde. Er wies darauf hin, dass die Gäste der Braut auf der Brautseite und die Gäste des Bräutigams auf dessen Seite platziert werden sollten, und dass es Moritz ' Aufgabe war, das zu managen, falls jemand nicht wusste, wo er hingehörte.

Na, das war doch genau die richtige Aufgabe für den Herrn Kommunikationsexperten.

»Und Moritz, wenn dann hier unten alles fertig ist, gibst du ein Zeichen an Luna, damit sie und Sophie runterkommen können.«

Moritz riss die Augen weit auf, blickte für den Bruchteil einer Sekunde zu mir. Dann wieder zum Trauredner. »Am besten schnell per WhatsApp, oder so«, ergänzte dieser noch.

Hatte er meinen Kontakt längst gelöscht oder warum schockierte ihn das jetzt so?

Dann fuhr er mit der Zunge über seine Zähne und nickte. »Okay. Info an Luna, geht klar.« Während er sprach, musterte er seine Füße. Nur als er meinen Namen aussprach, hob er ganz leicht seinen Kopf und sah mich aus zusammengekniffenen Augen an. Wie vorhin.

Ich schüttelte mich innerlich, um mich wieder aufs Wesentliche zu konzentrieren. Und das Wesentliche hier waren Sophie und Finn.

Sophie würde heute schon hier im Hotel übernachten, Finn hatte die Honeymoon Suite gebucht, die die Hälfte der obersten Etage einnahm und eine Dachterrasse und den vollen Blick auf den Strand und die Ostsee bot. Ich würde ihr morgen bereits zum Frühstück Gesellschaft leisten, bevor die Stylistin dazukam, die uns dann beide aufhübschen sollte.

Während ich darüber nachdachte, bekam ich Gänsehaut und spürte nun auch, wie die Aufregung meinen Nacken kroch und für ein Kribbeln auf meiner Haut sorgte.

Wir besprachen noch die Trauzeremonie und wer wo zu stehen hatte währenddessen. Sophie bekam vor Aufregung lauter rote Flecken am Hals. Wie früher in der Schule, wenn sie einen Vortrag vor der Klasse hatte halten müssen. Finn versuchte, sie zu beruhigen, indem er sie fest an sich und einen Kuss auf ihre Schläfe drückte. Wobei ich mir sicher war, dass sein pragmatisches »Das wird schon« nicht unbedingt dazu beitrug, dass sich Sophie entspannte.

Das Klingeln von Finns Telefon riss die beiden auseinander. Umständlich kramte er in seiner Hosentasche, ehe er das Ding in der Hand hielt. Mit ein paar Schritten entfernte er sich von uns und man hörte ihn nur

Wortfetzen sagen. Wenige Augenblicke später kam er wieder zu uns.

»Ich unterbreche die Vorbereitungen nur ungern, aber Schatz, wir müssen mal eben in die Chefetage. Kommst du?«

»Muss das jetzt sein? Wir sind doch noch gar nicht fertig«, maulte sie und rollte mit den Augen.

»Japp, es ist wichtig.«

Finn unterstützte seine Eltern bei der Führung des Hotels, das er perspektivisch übernehmen sollte, während Sophie die Buchhaltungsabteilung leitete. Genauso geschäftig gab er sich jetzt und trat von einem Bein aufs andere, während Sophie uns mit eindringlichen Worten instruierte.

»Der Sitzplan und die Tischkärtchen sind in einem der Kartons, die an der Bühne stehen. Und es wäre toll, wenn ihr auch die Kerzen in die Kerzenständer macht. Die Blumen kommen morgen früh, darum kümmern sich dann die Servicekräfte.«

Moritz stand nur da und nickte, die Hände in den Taschen seiner khakifarbenen Shorts. Ich hingegen nahm jedes Detail auf. »Ja. Klar. Schwirrt ab, wir machen das hier schon.«

Finn griff nach Sophies Hand und zog sie regelrecht von der Terrasse. Auch der Trauredner packte seine Sachen zusammen und verabschiedete sich.

»Dann wollen wir mal.« Energisch rieb ich meine Hände aneinander und ging in das Innere des Hotels. Wir mussten einmal die Lobby durchqueren, denn der Saal lag auf der gegenüberliegenden Seite. Die große, zweiflügelige Tür mit den goldenen Klinken stand schon offen und als ich eintrat, verschlug es mir den

Atem. Der Raum war mit salbei- und elfenbeinfarbenen Seidentüchern abgehangen. Die runden Tische, an denen jeweils zehn Stühle standen, waren mit edlen weißen Tischdecken versehen und bereits eingedeckt. Alle Stühle waren mit weißen Hussen überzogen. Die Plätze des Brautpaares zierten bereits Efeuranken und weiße Blüten. Schon jetzt sah der Saal so schön aus, dass ich überwältigt aufseufzte und mich in der Vorstellung verlor, wie wir hier morgen feiern würden.

Ein tiefes Brummen riss mich förmlich heraus. »Was soll ich machen?«, murrte Moritz. Darauf bedacht, mir nicht zu nahe zu kommen, ging er außen um die Tische herum, zur Bühne. Aha, er hatte also doch zugehört.

»In erster Linie könntest du etwas freundlicher sein«, rief ich durch den Saal und erntete lediglich ein einhändiges Abwinken, weil er mit der anderen Hand gerade in einer Kiste wühlte und entweder Feuerzeuge, Kerzen oder Tischkärtchen suchte.

Ich schlängelte mich zwischen den Tischen hindurch und war schneller bei ihm, als uns beiden lieb war. Dass mein Herz schon wieder eine Störung hatte, versuchte ich, zu ignorieren. Geschickt öffnete ich einen anderen Karton, direkt obendrauf lag ein Umschlag mit den Tischkärtchen, die ich sofort triumphierend in die Höhe hielt. Eine Kopie des Sitzplanes, der im Großformat schon an eine Tafel direkt am Eingang gepinnt war, lag ebenso in der Kiste, sodass wir direkt loslegen konnten.

Moritz hatte sich in der Zwischenzeit erhoben, sich die Hose glattgestrichen und sah mich schon wieder mit gerunzelter Stirn an.

»Hier.« Für einen Wimpernschlag erschauderte ich, als sich unsere Finger berührten, weil ich ihm einen Stapel der Kärtchen in die Hand drückte. Hörte das denn nie auf?

Ohne weitere Worte verteilten wir die Kärtchen auf den dafür vorgesehenen Plätzen. Es dauerte ein wenig, weil wir sie beim Beschriften nicht vorsortiert hatten und Moritz und ich nun ganz schön hin und her flitzen mussten, um jedes Kärtchen korrekt zu platzieren. Aber letztlich ging es schneller als gedacht.

»Dein Freund fehlt noch«, stellte Moritz fest und seine Stimme klang erschreckend kühl. Für einen Moment war mir entfallen, dass er uns am Strand gesehen hatte und wohl automatisch davon ausging, dass wir gemeinsam zur Hochzeit kamen.

Ich nahm ihm den Sitzplan aus den Händen. »Er ist nicht mein ... Freund. Aber ja, er ist morgen meine Begleitung.« Demonstrativ stellte ich das Kärtchen mit Benedikts Namen auf den Platz neben mir.

Dann ließ ich meinen Blick schweifen. Vivien, Sophies Cousine saß mit uns am Tisch – na, das konnte ja heiter werden. Sie hatte einen extremem Crush auf Moritz und dieses Mal würde ich ihr nicht im Weg stehen. Sollte sie ihn anbaggern, was das Zeug hielt. Wesentlich erfreulicher war, dass auch Imke, Finja, Tim und Enno uns Gesellschaft leisteten. Ebenso Henning und Brit, da wusste ich jedoch lediglich aus Sophies Erzählungen, dass es sich um einen von Finns guten Arbeitskollegen aus der Chefetage und seine Frau handelte.

»Benedikt also?«

Ich schrak zusammen, weil ich nicht mitbekommen hatte, dass Moritz direkt hinter mir stand. Sein Atem streifte die Haut in meinem Nacken und sorgte für eine Gänsehaut. Automatisch rückte ich ein Stück ab, um Abstand zwischen uns zu bringen.

»Japp«, erwiderte ich. Was hätte ich auch sonst dazu sagen sollen? Das war nun einmal sein Name.

Kerzen. Sophie hatte noch die Kerzen erwähnt. Also ging ich zurück zur Bühne und kramte weiter in den Kartons, bis ich weiße Kerzen und die goldenen Armleuchter gefunden hatte. Auf jeden Tisch sollten drei Stück so platziert werden, dass in der Mitte noch Platz für die Blumengestecke blieb. Ich machte mich also schnurstracks daran, das beim ersten Tisch so zu arrangieren, dass es passte, um Sophie ein Foto zu schicken. Sie antwortete prompt mit einem Daumen nach oben. Aus dem Augenwinkel sah ich, wie Moritz auf seine Uhr blickte.

»Du kannst ruhig gehen, wenn du noch was vorhast«, bot ich an und kümmerte ich mich emsig um Tisch Nummer zwei.

Moritz hingegen sog scharf die Luft ein. »Wir sind beide Trauzeugen. Also machen wir auch das hier«, mit seinen Armen beschrieb er eine ausladende Geste, »gemeinsam.«

Mit lautem Geklimper befreite er die nächsten Kerzenständer aus dem Karton und drapierte sie auf einem der Tische. Dabei sah er immer wieder zu mir, und ich hoffte, er wollte sich einfach nur orientieren, wie er die Armleuchter anzuordnen hatte.

***

Am späten Nachmittag hatten wir es geschafft, sämtliche Dekokisten auszuräumen und auf den Tischen zu verteilen. Ich war gerade noch dabei, die letzten Holzherzchen und goldenen Love-Schriftzüge zu verteilen, als Moritz schon wieder meine Nähe suchte.

Was war denn bloß los mit ihm?

Wie ein Schuljunge stand er da, kratzte sich verlegen am Hinterkopf und verzog das Gesicht.

Okay, vermutlich war jetzt der richtige Zeitpunkt, um zu reden.

»Es tut mir leid, dass ich nach der Tanzstunde so schroff zu dir war«, machte ich den Anfang. »Aber nachdem du das mit dem Jobangebot in London gesagt hattest, spulte sich sofort dieser Film in meinem Kopf ab.« Noch immer schnürte mir allein der Gedanke daran, verlassen und derart verletzt zu werden, die Luft ab. »Ich hatte ein Déjà-vu ... Ich hätte es einfach nicht ertragen, wenn so etwas noch einmal passiert ...« Ein Kloß im Hals erstickte meine Stimme.

Dafür übernahm Moritz das Wort. »Ich schätze, ich hab's nicht anders verdient. Ich hätte dir gleich davon erzählen sollen. Tut mir leid, dass ich das nicht getan habe.«

Für eine Weile standen wir uns gegenüber. Sahen uns nur an. Während ich versuchte, etwas in seinen Augen zu lesen, flatterte mein Herz.

»Entschuldigung angenommen. Hast du dich entschieden, was das Jobangebot angeht?«, brach ich schließlich das Schweigen, weil ich die Stille nicht aushielt.

»Dito, und nein, habe ich noch nicht. Darüber mache ich mir nach der Hochzeit erst Gedanken.«

Ich wusste nicht, was mich mehr beruhigte – dass er meine Entschuldigung angenommen hatte oder dass die Chance bestand, dass er nicht nach London gehen würde.

»Gut. Das ist … gut, schätze ich.« Verlegten zupfte ich an den Spitzen meiner Haare herum.

»Wir werden sehen. Sind wir hier jetzt eigentlich fertig?«

Zwar war die Stimmung zwischen uns nicht mehr ganz so feindselig, aber angespannt war sie noch immer. Mit einem Rundumblick verschaffte ich mir einen Überblick. Auf jedem Tisch standen Platzkärtchen, Menükarten, Deko war verteilt genauso wie die Kerzenleuchter samt Kerzen. Ich nickte also. »Schätze schon.«

Moritz nickte. »Okay, dann sehen wir uns morgen zum großen Tag.«

»Jaaa, morgen ist der große Tag.« Was zur Hölle redete ich denn eigentlich? »Soll ich dir meine Handynummer geben für die Nachricht morgen?«

Schon im Gehen, drehte ich er sich noch einmal zu mir. Ein verhaltenes Lächeln umspielte seine Mundwinkel. »Hab sie nie gelöscht.«

Dann verschwand er und ich stand allein in einem monströs großen Raum, in dem in wenigen Stunden die Luft flirren würde vor lauter Glücksmomenten. In dem getanzt, gelacht und sicher auch die eine oder andere Träne vergossen wurde. Ein Raum, in dem meine beste Freundin ihren großen Tag feiern und vor Glück einfach übersprudeln würde, als hätte sie Brausepulver in den Adern.

Und ich stand hier.
Alleine.
Und fand, dass das gar nicht so übel war.

Kapitel 17

Meine Energie hatte gestern wirklich nur noch für ein Eis am Strand mit Benedikt gereicht. Mehr war beim besten Willen nicht drin gewesen. Der Stress der letzten Tage hatte inzwischen deutliche Spuren bei mir hinterlassen. Chronischer Schlafmangel, Stimmungswechsel, als wäre ich in den Wechseljahren und zu allem Übel wuchs ein Pickel an meinem Kinn, der auf den ersten Blick so groß wie mein Kopf war.

Stöhnend rieb ich mir über die Wangen. Noch vor ein paar Tagen war mein Leben in geordneten Bahnen verlaufen. Ja, es war regelrecht unspektakulär gewesen, aber genau das mochte ich. Ich war nicht auf irgendwelche Abenteuer aus, vielmehr brauchte ich Beständigkeit und Sicherheit. Musste immer genau wissen, wo genau ich gerade stand und was als Nächstes kam.

Ein bisschen musste ich über mich selbst lachen, denn die vergangene Woche hatte mir ganz klar gezeigt, dass nichts im Leben planbar war. Nicht einmal in meinem. Alles war durcheinandergeraten und chaotisch. Ich fühlte mich wie in einem Schwebezustand, in dem man zwar kurz über dem Boden war, aber doch auch irgendwie in der Luft.

Aber hey, wenn Taylor mit einem gebrochenen Herzen vor siebzigtausend Menschen performte, würde ich den heutigen Tag ja wohl mit Bravour meistern.

Doch heute ging es nicht um nicht. Heute war Sophies und Finns großer Tag.

Der Morgen zeigte sich drückend schwül. Ich schwitzte nach dem Duschen so sehr, dass ich mich noch mal unter die Brause stellte und das lauwarme Wasser laufen ließ. Schnell schlüpfte ich in meine Jeansshorts, zog mir BH und Top über, huschte in die Flip-Flops und wagte einen Blick nach draußen. Der Himmel hing wie eine trübe Glocke über dem Wasser.

Oje. Es würde Sophie das Herz brechen.

Im Handy öffnete ich eine Checkliste, die ich eigens für heute angelegt hatte. Mit dieser glich ich den Inhalt meiner Tasche ab, die ich gestern Abend schon gepackt hatte und die alles beinhalten sollte, was ich heute brauchte. Das Kleid hing im Kleidersack schon am Spiegel.

Schuhe – check.

Schminkutensilien zum Nachbessern – check.

Deo und Parfum – check.

Schmuck – check.

Zwei Packungen Tempos – Doppelcheck.

Handtäschchen – Check.

Zu guter Letzt noch das kleine samtene Säckchen, das ich Sophie gleich überreichen würde.

Dezent abgehetzt kam ich eine halbe Stunde später in der Suite im Hotel an.

Mit den Worten »Es ist Schietwetter« öffnete mir Sophie deprimiert die Tür und fiel mir den Tränen nahe um den Hals. Beruhigend fuhr ich über ihren Rücken, während ich meine Tasche mit der freien Hand in das Zimmer bugsierte.

»Hey, das ist halb so wild. Überleg doch mal, bei strahlendem Sonnenschein kann jeder heiraten. Ihr seid etwas Besonderes, also ...«

»Aber ... aber«, sagte sie, schnappte nach Luft und ging zurück in den Wohnbereich, wo bereits ein üppiges

Frühstück inklusive Champagner für uns aufgetischt war.

»Kein Aber. Für die Fotos ist das so sogar viel besser, weil keine Sonne, die blendet, keine zusammengekniffenen Augen ...«

Nur im Bademantel bekleidet ließ sie sich in einen der pompösen Sessel fallen und nippte an ihrem Sektglas.

Ich setzte mich zu ihr, nahm mir auch ein Glas und stieß mit ihr an. »Auf dich, du schönste aller Bräute. Und auf euch und euren Traumtag.«

Sie schniefte.

»O nein, bitte fang jetzt nicht an, zu weinen, wir ruinieren uns beide die Augen damit.« Es war purer Selbstschutz, dass ich das zu ihr sagte.

Zur Ablenkung kramte ich das kleine Samtsäckchen aus meiner Tasche und reichte es ihr über den Tisch. Auf dem Rückweg nahm ich mir ein paar Erdbeeren auf meinen Teller, die schon himmlisch nach Sommer dufteten.

»Was ist das?«

»Mach's auf.«

Vorsichtig zog sie an dem Bändchen und schüttete den Inhalt des Säckchens dann auf die Platte des Glas-Esstisches. Ein leises Klimpern war zu hören.

»O mein Gott«, stieß sie aus. »Du bist ja verrückt. Das ist ... Awww, Luna, du bist einfach die Beste.«

Zuerst griff sie nach der Kette. Modeschmuck von anno dazumal, als wir noch Kinder waren und es Kaugummiautomaten am Straßenrand gegeben hatte. Wir taten immer so, als würden wir den kostbarsten Schmuck der Welt tragen. Die Kette war goldfarben und hatte einen winzigen Anhänger in Kleeblattform.

Man sah ihr an, dass sie schon etwas in die Jahre gekommen war.

»Etwas Altes. Als Symbol für dein altes Leben, das du hinter dir lässt«, erwiderte ich mit einem Kloß im Hals.

Bloß nicht sentimental werden.

Als Nächstes nahm sie den runden Button zur Hand, auf dem *In My Lover Era* stand.

»Echt jetzt?«, lachte sie laut auf. »Du bist einfach ein unverbesserlicher Swiftie.«

»Japp, it's me, hi«, sang ich breit grinsend und winkte mit einer ausladenden Geste, wie Taylor es bei der Eras Tour bei »Anti-Hero« tat. »Der Button ist übrigens nur geliehen und steht symbolisch für unsere Verbindung. Ich will ihn wiederhaben, hörst du?«

»Du bist so süß.« Mit einer Serviette tupfte sie sich die Augenwinkel trocken.

Zuletzt lag noch ein Strumpfband auf dem Tisch.

»Etwas Blaues«, sagten wir beide synchron.

»Das steht für Treue, glaube ich«, ergänzte ich noch.

Mit einem lauten Knarzen schob sie den Stuhl nach hinten, als sie aufsprang, um den Tisch gerannt kam und mich so fest umarmte, dass ich kaum Luft bekam.

»Sophie«, krächzte ich, »wenn du mich erstickst, hast du keine Trauzeugin mehr. Und das hier … kann ich dir dann auch nicht mehr geben.«

»Sorry.« Sie drehte sich einmal im Kreis und setzte sich dann wieder. »Ich bin so scheißaufgeregt, das kannst du dir nicht vorstellen.«

Korrekt. Das konnte ich mir nicht einmal ansatzweise vorstellen.

Von meinem Handgelenk zupfte ich eines der Armbänder, das ich ihr reichte. Es war aus elfenbeinfarbenen Perlen, passend zu ihrem Kleid. Perlen mit goldenen Buchstaben formten sich zum Schriftzug *Bride*. Das Armband, welches an meinem Handgelenk verblieb, war ein Mix aus elfenbein- und salbeifarbenen Perlen mit dem Schriftzug *Bridesmaid*. Beide Armbänder hatte ich zu Hause schon angefertigt.

»O Gott, das ist so schön. Danke, Luna!«, rief sie entzückt aus und bewunderte das Schmuckstück an ihrem Handgelenk. Dann legten wir unsere Handgelenke übereinander und machten ein Foto. Als Erinnerung an diesen besonderen Moment.

»Du musst etwas essen, unbedingt. Damit dein Kreislauf nicht schlapp macht bei all der Aufregung«, sagte ich schließlich.

»Ich bekomme keinen Bissen runter, ehrlich. Finn verdrückt vermutlich gerade ein halbes Schwein auf Toast und mir ist jetzt schon speiübel.«

Ich nahm ein Vollkornbrötchen, schnitt es auf, bestrich es mit Frischkäse und legte in paar Gurkenscheiben drauf. Eine Hälfte reichte ich ihr, in die andere biss ich selbst hinein. Mein Hinweis an Sophie galt nämlich auch irgendwie für mich, weil ihre Aufregung immer mehr auf mich überschwappte.

Artig biss Sophie ins Brötchen und murmelte dann mit vollem Mund: »Bis gestern dachte ich noch, die Hochzeit ist eine reine Formsache. Weil wir schon so lange zusammen sind und so. Wir kennen uns in- und auswendig, du weißt schon.« Ich nickte und aß weiter. »Aber seit gestern Abend fühlt es sich eher an wie ein Ausnahmezustand.«

Während sie sprach, öffnete ich parallel die Wetter-App auf dem Handy. »Ich glaube, das ist nachvollziehbar. Und ganz ehrlich, wenn du jetzt souverän hier sitzen würdest und dich all das gar nicht tangieren würde, dann würde ich mir ernsthaft Sorgen um dich machen. Übrigens«, ich schob das Handy über den Tisch, damit sie sich selbst überzeugen konnte, »es soll nicht regnen heute und am Nachmittag kommt sogar die Sonne raus.«

Nach dem Frühstück, das wir kaum angerührt hatten, pappten uns Aloe-Vera-Augenpads und Masken ins Gesicht, tranken noch ein Glas Champagner und hörten laut Musik.

Bis das Klopfen an der Tür uns wieder ein die Realität holte und uns klarmachte, dass das hier keineswegs eine Pyjamaparty, sondern die Vorbereitung für Sophies Hochzeit war.

Die Stylistin war da und hatte sogar Verstärkung mitgebracht, die sich um mich kümmern würde.

Eine Stunde später saßen wir beide mit Lockenwicklern in Bademänteln auf den pompösen Sesseln und wurden mit professionellem Make-up versehen. Ich fühlte mich wie ein Star. Mitten im Styling für die Oscar-Verleihung. Oder die Grammys. Ich konnte mich gar nicht entscheiden, ob ich Schauspielerin oder Sängerin war. Aber das war eigentlich auch total egal.

Via Bluetooth verband ich mein Handy mit der Lautsprecherbox, die ich ebenfalls mitgebracht hatte. In der Musik-App wählte ich die eigens für heute zusammengestellte Playlist. Gleich darauf schepperte »Shake it off« aus der Box und wir grölten laut den Text mit. Wie gut es einfach tat, die ganze Aufregung (und vor allem alle Zweifel) abzuschütteln. Danke, Taylor!

Nach unserer kleinen Showeinlage hüllten wir uns in eine Wolke himmlisch riechenden Parfüms und waren fast fertig.

Ich half meiner besten Freundin ins Kleid, knöpfte vorsichtig die Zierleiste am Rücken zu und legte ihr den Schmuck an, den sie sich extra für den heutigen Tag gekauft hatte.

»Machst du mir noch die hier noch ums Handgelenk?« Sie griff nach der Kleeblattkette aus dem Organzasäckchen und ich schluckte.

»Ja, natürlich.« Sie streckte mir ihre Hand entgegen, an deren Handgelenk sie schon mein Perlenarmband trug, und ich wickelte die Kette drumherum.

Nachdem Sophie fertig gestylt und angezogen war, schlüpfte ich in mein Kleid, das sich sofort wie eine zweite Haut an meinen Körper schmiegte. Die silberfarbenen Riemchensandalen rundeten den Look perfekt ab. Eine der Stylistinnen drehte mit einem Glätteisen ein paar Wellen, damit mein Bob nicht aussah, als wäre ich gerade erst aufgestanden.

Aus den Augenwinkeln schielte ich immer mal zu Sophie, die mir inzwischen gegenübersaß. Die Hände lagen in ihrem Schoß, sie hielt die Augen geschlossen und seufzte ein ums andere Mal.

Eine Stunde später stand ich mit schweißnassen Händen auf der Dachterrasse der Suite und umklammerte mit einer Hand das Geländer der Brüstung. Auf Moritz' Nachricht wartend umfasste ich mit der anderen Hand so fest mein Telefon, dass die Knöchel weiß hervortraten.

Von hier oben aus hatte ich die Terrasse, auf die Trauung stattfinden würde, gut im Blick. Die ersten Plätze hatten sich schon gefüllt. Als mein Blick an Moritz hängenblieb, der gerade dabei war, jemandem die richtige Seite zuzuweisen, stotterte mein Herzschlag für einen Moment.

In dem hellgrauen Anzug mit dem weißen Hemd sah er ganz anders aus. Aber so höllisch gut. Und er trug eine ... Moment ... sah ich das richtig auf die Entfernung? Eine salbeigrüne Fliege? Das durfte doch nicht wahr sein.

Augenblicklich, als hätte ich ein Gespenst gesehen, löste ich meine Finger vom Geländer und trat einen Schritt zurück, weil ich plötzlich Angst hatte, er könnte nach oben sehen. Vorsichtig blinzelte ich noch einmal über die Brüstung und erschrak erneut, denn Moritz begrüßte gerade Benedikt. Mit finsterem Blick, soweit ich das von hier oben beurteilen konnte.

O Gott.

Ich hatte keine Ahnung, warum genau ich mir dieses Chaos aufgehalst hatte, und vor allem fehlte mir der Plan, wie ich mich da wieder hinausmanövrierte.

»Sind schon alle da?«, hörte ich Sophie aus dem Inneren der Suite rufen.

»Noch nicht. Aber die meisten Stühle sind schon besetzt. Dauert also nicht mehr lange.« Ich wandte mich nun endgültig vom Geländer der Dachterrasse ab und kehrte zu meiner Freundin zurück, die sich gerade zum eintausendsten Mal das Kleid glattstrich.

»Du siehst umwerfend aus. Dieses Kleid, Wahnsinn.« Mir fehlten regelrecht die Worte, um ihrem Anblick gerecht zu werden. Die Stylistin hatte sie dezent geschminkt und die dunklen Haare locker im Nacken verschlungen. In dem losen Knoten waren weiße Margeriten-Blüten eingesteckt, die auch im Brautstrauß vorhanden waren.

Mit beiden Händen fächelte sie sich Luft zu. »Ich bin fix und fertig«, japste sie nach Luft.

Und auch wenn es mir gerade genauso ging und mein Herz mächtig mit ihrem flatterte, versuchte ich alles, um sie beruhigen. Ich legte die Handflächen vor der Brust aneinander. »Wir atmen jetzt dreimal tief ein und wieder aus. Schließ die Augen. Ein. Und wieder aus. Ein und wieder aus. Und noch einmal. Besser?«

Sophie blinzelte und schüttelte den Kopf. »Nee.« Ihre Stimme war so piepsig, dass wir beide lachen mussten.

»Alles wird perfekt.«

»Wenn du es sagst ...« Das klang wenig überzeugt, aber immerhin hatte sich ihre Schnappatmung etwas beruhigt. »Du siehst übrigens auch wunderschön aus. Wobei, nein, rattenscharf trifft es eher. Dieses Kleid ist wie für dich gemacht. Was ist eigentlich dein Plan für heute? Ich meine, mit Moritz und Benedikt ...«

Aus meinen aufgeblasenen Wangen stieß ich geräuschvoll die Luft aus. Wäre ich ein Luftballon, wäre ich jetzt wie irre durchs Zimmer geschossen. Dann zuckte ich mit den Schultern, straffte den Rücken und setzte ein ladylikes Grinsen auf. »Ich schätze, sexy sein, Champagner trinken und dir auf dem Klo die Schleppe halten.«

Damit entlockte ich meiner besten Freundin, die gleich heiraten würde, einen letzten Lacher in Freiheit.

Die Nachricht, dass alle da waren und die Trauung beginnen konnte, hätte nicht passender eintrudeln können. Für einen Wimpernschlag blieb mir die Luft weg, als ich auf dem Handydisplay den Eingang von Moritz' Nachricht sah. Ich würde jetzt nicht den Fehler begehen und mich durch unseren Nachrichtenverlauf scrollen. Stattdessen schickte ich ihm nur einen Daumen nach oben.

Ich begleitete Sophie in die Lobby, wo ihr Vater am Fahrstuhl schon auf uns, um die Braut ab hier zu übernehmen. Als er seine Tochter sah, war er so zu Tränen gerührt, dass wir uns alle die Feuchtigkeit aus den Augenwinkeln tupften. Wie ergreifend konnte so ein Moment sein? Jann würde sie gleich zur Trauung führen und an Finn übergeben. Ich würde hinter ihr laufen und die Schleppe davor bewahren, auf den groben Fliesen aus Naturstein hängenzubleiben.

Mein Herz raste bei dem Gedanken daran, in wenigen Minuten Moritz gegenüberzustehen, während Benedikt unter den Gästen war. Froh darüber, dass Sophie und ihr Vater vorausgingen, stieß ich noch einmal geräuschvoll die Luft aus, bevor ich mich sammelte.

Am hinteren Ende der Terrasse blieben wir am Mittelgang stehen. Plötzlich waren alle Augen auf Sophie gerichtet. Das bewundernde Raunen, das durch die Gästemenge ging, trieb mir die Tränen in die Augen. Leise klangen die ersten Takte von John Legends »All of me« aus den Boxen, die ringsherum aufgestellt worden waren. Es war der Moment, in dem eine dicke Gänsehaut meinen Körper überzog. Ich schluckte gegen den Kloß im Hals an und ging in die Hocke, um die Schleppe aufzuheben.

Dann setzten wir uns in Bewegung. Langsam. Schritt für Schritt kam Sophie ihrem Traum näher und näher. Ich sah, wie Jann seine Tochter voller Stolz betrachtete, und schluckte abermals.

Auch Finn war hin und weg und wischte sich mit einem Taschentuch die Tränen aus den Augenwinkeln. Auf Moritz' Lippen lag ein sanftes Lächeln, während er seinem besten Freund zur Seite stand.

Während wir der kleinen Erhöhung, auf der der Traurredner vor einem üppig bestückten Blumenbogen stand, näherkamen, scannte ich die Umgebung. Meine Augen weiteten sich, als ich Benedikt entdeckte. Allerdings nicht dort, wo ich ihn vermutet hätte, auf der Seite der Braut, weil er mit mir hier war. Nein. Moritz hatte seine Position mal eben ausgenutzt und ihn inmitten von Finns Familie platziert. Dieser ... dieser ...

Zusammenreißen, Luna, zusammenreißen.

Atmen.

Einfach weiteratmen.

Immerhin hatte Benedikt einen Platz. Moritz wäre durchaus auch zuzutrauen gewesen, dass er ihn ganz hinten am Eingang hätte stehen lassen.

Endlich beim Trauredner angekommen, übergab Jann die Braut an den Bräutigam und hinter mir hörte ich die ersten Schluchzer. Zumindest Sophies Mutter gab sich keine Mühe, diese zu verbergen. Von Finn wusste ich, dass seine Mutter etwas weniger emotional war. Aber auch sie hatte ein Taschentuch in der Hand.

Jann nahm neben Elke Platz, während sich Finn und Sophie einander gegenüberstehend verliebt in die Augen sahen. Finn hielt Sophies Hände.

Es war einfach so romantisch, dass ich glaubte, meine eigenen Gefühle würden mich jeden Moment überrollen.

Eine leichte Meeresbrise wehte mir den Duft eines mir bestens bekannten Aftershaves in die Nase. Der vertraute Geruch weckte Erinnerungen an Moritz' und meine gemeinsame Nacht vor ein paar Tagen, an verschwitzte Laken und geflüsterte Versprechen – Versprechen, die sich nur wenig später als ebenso leer erwiesen wie damals vor zehn Jahren.

Ich biss mir auf die Unterlippe und lenkte meine Konzentration wieder auf Sophie. Meine beste Freundin sah so glücklich aus, so sicher in ihrer Liebe zu Finn. Ich hätte sie dafür beneiden können, wenn ich mich nicht so sehr für sie freuen würde.

Moritz stand keine fünf Meter entfernt, und doch fühlte es sich an, als würden uns ganze Kontinente trennen. Aus der Nähe sah ich, wie perfekt ihm der Anzug passte, der seine breiten Schultern betonte. Ich hasste es regelrecht, wie gut er darin aussah, erst recht mit der Fliege, die exakt die gleiche Farbe hatte wie mein Kleid. Vor allem aber hasste ich in diesem Moment mein Herz, weil es immer noch schneller schlug, wenn er in meiner Nähe war.

Das verräterische Ding hat rein gar nichts gelernt, dachte ich bitter.

Ich spürte seinen Blick auf mir, während der Trauredner sprach, und hatte eine ungefähre Vorstellung davon, wie seine Augen jetzt aussahen – dieses intensive Dunkelbraun – verführerisch, sanft. Und doch gefährlich.

Für den Bruchteil einer Sekunde sah ich auf. Moritz '
Blick traf mich unvermittelt. In seinen Augen lag etwas
Flehendes, fast Verzweifeltes, was dafür sorgte, dass
sich mein Brustkorb eng anfühlte.

Zehn Jahre, dachte ich. Zehn Jahre, in denen ich versucht hatte, ihn zu vergessen. Zehn Jahre, in denen ich
mir eingeredet hatte, meine erste große Liebe sei nicht
mehr als eine Jugenderinnerung. Und dann hatten ein
paar Tage gereicht, um meine mühsam errichteten
Mauern einzureißen.

Der Trauredner fragte gerade nach Einwänden gegen
die Eheschließung. Ich hätte fast hysterisch aufgelacht.
Einwände gegen die Liebe hätte ich zur Genüge beisteu-
ern können.

Vernunft.

Karriere.

Angst.

Feigheit.

Und doch stand dort vorne Sophie, die der Liebe ihres
Lebens gerade ihr Ja-Wort gab, mit Tränen der Freude
in den Augen. Finn, der seine Braut ansah, als sei sie
sein persönliches Wunder. In diesem Moment waren
die beiden das pure Glück.

»Sie dürfen die Braut jetzt küssen.« Damit schloss der
Trauredner die Trauzeremonie ab und Finn zog seine
Sophie innig in die Arme, hob sie hoch und küsste sie,
bis die Gäste aufsprangen und jubelten, um das Glück
mit ihnen zu feiern.

Wieder suchte mein Blick Moritz, diesmal bewusst.
Wie er sich verändert hatte in den letzten zehn Jahren.
Die jungenhafte Weichheit war markanten Zügen ge-
wichen, in seinen Mundwinkeln hatte sich eine kleine

Falte eingegraben. Aber sein Blick war noch immer derselbe. Noch immer konnte er mein ganzes Inneres mit einem einzigen Augenaufschlag in Aufruhr versetzen.

Wenn er doch nur …

Schnell schob ich den Gedanken beiseite. Ich würde nicht wieder diejenige sein, die Pläne schmiedete, während er sich davonstahl.

Doch sein Blick ließ mich nicht los, folgte mir wie ein Echo unserer gemeinsamen Geschichte.

Kapitel 18

Meine beste Freundin strahlte übers ganze Gesicht. Nur die Ohren verhinderten, dass es kein Rundumgrinsen wurde. Wie verliebt sie ihren Ehemann immer wieder ansah, ließ mich neidisch werden. Aber es war guter Neid, denn ich gönnte ihr das Glück aus tiefstem Herzen.

Die Sitzordnung an unserem Tisch erwies sich tatsächlich als unproblematisch. Zumindest bis jetzt. Während Moritz damit beschäftigt war, mit Enno und Tim zu quatschen, zog Benedikt es vor, sich größtenteils aus Gesprächen herauszuhalten. Was sicher auch der Tatsache geschuldet war, dass er außer mir niemanden kannte.

Das Hochzeitsdinner war in vollem Gange. Auf der einen Seite streifte Benedikt alle zwei Minuten zufällig meinen Arm.

Auf der anderen Seite saß meine wiederauferstandene Jugendliebe, mit der ich vor ein paar Tagen ...

Nein, daran wollte ich jetzt nicht denken.

Definitiv nicht.

Allerdings machte mich das viele Testosteron um mich herum langsam ganz verrückt. Mir wurde immer mulmiger zumute, weil ich von den beiden regelrecht eingekeilt war.

Viviens bewundernde Blicke in Moritz' Richtung machten es auch nicht besser. Sophies Cousine genoss seine Nähe sichtlich und hatte sich in ihrem knallpinken, knappen und trägerlosen Kleid bereits während der Vorspeise so weit zu ihm herübergelehnt, dass ich nur darauf wartete, dass ihre Brüste auf seinen Teller fielen.

Dennoch fühlte sich der Smalltalk an wie ein Minenfeld – ich wog jedes Wort sorgsam ab, um ja keine falschen Erinnerungen hervorzukramen. Oder in die andere Richtung Signale zu senden, die falsch verstanden werden konnten. Es war anstrengend, die Fassung zu waren.

Nicht zuletzt wegen Moritz' Blicken, die ich auf mir spürte, wann immer ich so tat, als würde ich sie nicht bemerken. Oder das unterschwellige Knurren in Benedikts Stimme, wenn er mit Moritz sprechen musste.

Und jetzt kam die Suppe. Super. Eine wunderbare Gelegenheit, um zu kleckern und auf die Toilette zu verschwinden. Aber dafür war das Kleid zu teuer gewesen. Ich nahm einen großen Schluck Wein. Mit Alkohol ließ sich das hier bestimmt ganz gut überstehen.

»Reichst du mir bitte das Salz?«, fragte ich Benedikt, doch es schossen gleich zwei Hände zum Salzstreuer. Ich unterdrückte ein Stöhnen. Bis vor ein paar Minuten war es doch ganz gut gelaufen.

Moritz zog seine Hand schnell zurück und überließ es Benedikt, mir den Salzstreuer zu geben. Vivien beugte sich indes mit einem strahlenden Lächeln zu Moritz und streifte dabei wie zufällig seinen Arm.

Na klar, leg dich doch am besten direkt auf den Tisch, Vivien, dachte ich zynisch, weil sie offensichtlich Angst hatte, etwas von diesem grotesken Schauspiel zu verpassen.

Gedankenversunken drehte ich die Salzmühle mehrmals über meiner Suppe.

»Nicht so viel. Die Suppe ist schon echt gut gewürzt«, kam es von Benedikt. »Weißt du noch, als wir in diesem kleinen italienischen Restaurant waren und du ...«

Ich mir mein Essen versalzen hatte? Ja, daran konnte ich mich noch gut erinnern. Demonstrativ drehte ich die Mühle noch zweimal und klopfte sie ordentlich ab, damit auch ja jedes Salzkrümel in meiner Suppe landete.

»Die Suppe ist fantastisch, oder? Richtig schön cremig.« Ich wusste nicht, ob Moritz das an mich oder allgemein in die Tischrunde gerichtet hatte. Aber er bekam von mehreren Seiten zustimmende Laute. Auch ich nickte und löffelte weiter.

Vivien himmelte ihn weiter an. »Du bist so ein Gourmet. Was genau essen wir hier eigentlich?«

Ich verdrehte die Augen. Sehr subtil, wirklich.

»Ich würde sagen, das ist eine Kürbissuppe.« Benedikt antwortete, obwohl die Frage an Moritz ging. Dieser setzte ein triumphierendes Grinsen auf, als wäre das hier der Wettbewerb im Suppenraten.

»Süßkartoffelsuppe.«

Herrgott, wo war die Erdspalte, wenn man sie brauchte, um hineinzurutschen? Bis gerade eben lief es doch so gut. So wie sich Benedikt verhielt, wie er regelrecht an mir klebte, wurde ich das Gefühl nicht los, dass er unser Gespräch vielleicht doch missverstanden hatte.

Vivien legte ihre Hand auf Moritz' Arm. »Also ich liebe Süßkartoffeln«, hauchte sie.

Ich hoffte, ihre anklebten Zwei-Meter-Wimpern würden bei dem Geklimper, das sie an den Tag legte, gleich abfallen und direkt in ihrer Suppe landen.

Betont gelangweilt rührte ich mit dem Löffel in meiner Suppe herum. »Überraschung, das hier ist übrigens Karotten-Orangensuppe. Mit Ingwer. Steht sogar in der Karte.« Ich nickte Richtung Tischmitte, wo die Menükarte stand, und konnte mir ein Kopfschütteln nicht verkneifen, weil keiner auf die Idee gekommen war, da reinzuschauen.

Moritz' selbstgefälliger Blick gefror auf Anhieb. Benedikts Gesichtsausdruck auch. Vivien nahm einen großen Schluck Wein.

Und ich fühlte mich wie einem Film.

Bridget Jones oder so. Irgendetwas Chaotisches.

Mit der weißen Stoffserviette tupfte ich mir damenhaft die Mundwinkel ab. »Was meint ihr, wollen wir noch mehr Ratespiele spielen? Schuhgrößen-Raten vielleicht? Oder Körbchengrößen-Bingo? Habt ihr Lust drauf? Nein? Wie schade.« Der sarkastische Unterton in meiner Stimme war nicht zu überhören und das war pure Absicht.

Vivien nahm das Ganze natürlich für bare Münze. »Also ich habe Schuhgröße 37 und eine 75D. Und meine Lieblingsfarbe ist«, ihr Blick glitt zu Moritz und sie schenkte ihm einen lasziven Augenaufschlag, »hellgrau. Wie dein Anzug.«

Moritz zog die Augenbrauen hoch. Es schien ihm sichtlich unangenehm zu sein, dass Vivien ihn so anbaggerte. Er müsste ihr das nur sagen, aber wir wussten ja inzwischen, dass das nicht unbedingt seine Paradedisziplin war.

Irgendwie überstand ich den ersten und zweiten Hauptgang, ohne dass sich Benedikt und Moritz an die Gurgel gingen. Die Stimmung an unserem Tisch war nicht das, was man als ausgelassen oder fröhlich bezeichnen würde.

Nachdem die Servicekräfte die Teller aller Gäste abgeräumt hatten, wurde es dunkel im Saal. Erstaunte Rufe waren zu hören und einige Vorhersagen, was gleich passieren würde.

Der DJ legte noch einmal John Legend auf, als die Hochzeitstorte auf einem Wagen in den Saal gefahren wurde, begleitet von tosendem Applaus.

Als das Licht wieder anging, standen Sophie und Finn schon parat und kämpften darum, wer beim Anschnitt die Hand oben hatte. Denn derjenige hatte in der Ehe schließlich das Sagen, oder?

»Die beiden sind so cute!«, rief Vivien entzückt. »Den Anschnitt muss ich unbedingt fotografieren. Kommst du mit, Moritz?« Sie stand auf und hielt ihm erwartungsvoll ihre Hand hin.

Moritz' Blick flackerte zu mir, dann zu Benedikt, der demonstrativ näher an mich heranrückte. Daraufhin sah ich ein Zucken in seinem Mundwinkel und seine Hand, die Viviens Finger umschloss.

Idiot!

***

Nach einem viel zu üppigen Stück leckerster Hochzeitstorte hatte ich mich strategisch geschickt in die Gruppe von Sophies und Finns Freunden und Arbeitskollegen geflüchtet. Alles war besser, als noch länger zwischen den Fronten zu verharren, von denen ich geglaubt hatte, dass sie geklärt wären. Zwar hatte der

Wein etwas geholfen, die Situation erträglicher zu machen, aber meine Nerven lagen trotzdem blank.

Der DJ kündigte den Hochzeitstanz an, und die Gäste bildeten einen großen Kreis um die Tanzfläche. Ich sah Sophie, strahlend in ihrem elfenbeinfarbenen Kleid, wie sie Finns Hand ergriff und mit ihm in die Mitte schritt. Dabei warf sie mir ein verschwörerisches Zwinkern zu, während mir mein Herz in die nicht vorhandene Hose rutschte.

Das Licht wurde gedimmt und mit einer Stroboskop-Beleuchtung ergänzt, die schon vor dem ersten Takt zu flackern begann.

Aus den Augenwinkeln registrierte ich, dass sich Moritz durch die Menge schlängelte, um einige Meter von mir entfernt stehenzubleiben. Automatisch wanderte mein Blick zu ihm. Ein Fehler. Er hatte sein Jackett ausgezogen und die Ärmel seines weißen Hemdes hochgekrempelt. Erinnerungen an die zwei Tanzstunden blitzten auf. Und an damals, als ich auf seinen Füßen gestanden hatte, um diese dämlichen Tanzschritte für den Ball zu lernen.

Die ersten Takte von Helene Fischers »Atemlos« dröhnten aus den Boxen. Der Versuch, sich hinter Imke und Finja zu verstecken, war zwecklos, denn als Trauzeugen mussten Moritz und ich in den Tanz einsteigen, was außer uns jedoch niemand wusste.

Ich holte tief Luft und straffte die Schultern. Ich würde das überstehen.

Vorausgesetzt, mein verräterisches Herz würde mitspielen.

Gerade als ich Moritz' Blick suchen wollte, fand ich ihn nicht. Er stand nicht mehr dort, wo ich ihn gerade noch entdeckt hatte. War er etwa gegangen? Das käme einem Supergau gleich. Aber nein, so etwas würde er nicht tun, da war ich mir ganz sicher.

Jetzt begann mein Herz leider doch, ordentlich verrückt zu spielen. Es raste förmlich, als hörte ich »Atemlos« in zehnfacher Geschwindigkeit. Da wurde der Songtitel doch direkt zum EKG-Programm.

Sophie und Finn schwebten wie in ihrer eigenen kleinen Welt über die Tanzfläche. Ich musste unwillkürlich lächeln, als Finn seine Braut in eine perfekt getimte Drehung führte. Die beiden hatten es einfach drauf.

»Darf ich bitten?«

Ich erstarrte.

Moritz' Stimme war so nah an meinem Ohr, dass ich seinen Atem spürte. Mein Herz geriet ins Stocken, nur um dann genauso weiterzurasen wie vorher.

Bevor ich antworten konnte, ergriff er meine Hand und zog mich sanft, aber bestimmt auf die Tanzfläche. Sein Griff war fest, vertraut irgendwie. *Zu* vertraut. Als unsere Körper in der Ausgangsposition zusammenfanden, war mir speiübel. Den Applaus der umstehenden Gäste hörte ich nur gedämpft, als wären alle in einem anderen Raum.

Konzentration!, rief ich mich innerlich zur Raison.

Verdammt. Es konnte doch nicht so schwer sein, diese wenigen Minuten mit ihm zu tanzen.

Die ersten Takte waren etwas steif, wie mechanisch. Ich versuchte, mich auf die Schrittfolge zu konzentrieren und mich mehr auf den Rhythmus als auf die Wärme seiner Hand an meinem Rücken zu fokussieren, die ich deutlich durch den dünnen Stoff des Kleides spürte.

Links, rechts, Drehung.

Eins, zwei, Tepp ...

»Entspann dich«, murmelte er. »Du denkst zu viel nach.«

»Ach wirklich? Na, wenigstens denkt einer von uns nach.«

Ein leises Lachen vibrierte in seiner Brust. Der Klang jagte mir einen Schauer über den Rücken. »Manche Dinge sollte man einfach fühlen.«

Als hätte er einen Schalter umgelegt, wurde seine Führung dynamischer. Mit der Hand an meinem Rücken presste er mich fester an sich. Die nächste Drehung kam überraschend schnell. Ich schaffte es, den Schritten automatisch zu folgen, und bemühte mich, mit meinem Kopf nicht an sein Kinn zu knallen.

Die Musik schwoll zum Refrain an, und plötzlich war sie da – diese magische Verbindung, diese absolute Synchronität. Unsere Körper bewegten sich wie von selbst, jeder Schritt nahezu perfekt aufeinander abgestimmt. Seine Hand dirigierte mich durch die Drehungen, bei denen ich mich vor ein paar Tagen noch total verheddert hatte.

Ich spürte seinen Herzschlag, schnell und kräftig wie meiner. Der vertraute Duft seines Aftershaves vermischte sich mit seinem männlichen Geruch. Erinnerungen an unsere letzte gemeinsame Nacht blitzten auf.

Nicht jetzt, bitte!, flehte ich innerlich.

»Das ist so gut, Luna«, raunte er so leise, dass nur ich es hören konnte.

Die Art, wie er meinen Namen sagte ... Ich schloss die Augen, atmete stoßweise und versuchte, die aufsteigenden Gefühle zu unterdrücken.

Was genau tat ich hier eigentlich? Das war genau die Art von Situation, die ich hatte vermeiden wollen. Diese gefährliche Mischung aus Vertrautheit und Verlangen, die mich schon einmal den Kopf gekostet hatte. Genau das hatte nicht erneut passieren sollen. Und zack, war ich wieder auf dem Boden der Realität angelangt.

Mit einer abrupten Bewegung löste ich mich aus seiner Umarmung. Seine Hand griff ins Leere und als sich unsere Blicke für den Bruchteil einer Sekunde ineinander verhakten, sah ich Überraschung in seinen Augen flackern.

»Freestyle«, zischte Sophie und wir tanzten zu viert.

Bis ich mich aus der kleinen Gruppe löste, Benedikt in der umstehenden Gästemenge ausmachte und ihn zum Tanzen aufforderte.

Aus den Augenwinkeln sah ich, wie Vivien die Gelegenheit sofort erkannte und sich Moritz schnappte.

Benedikt führte mich gewissenhaft, aber ohne dieses elektrisierende Knistern. Keine Funken, keine Spannung, keine gefährlichen Erinnerungen. Sichere, vorhersehbare Tanzschritte. Etwas steif und eher aus der Rubrik Roboter. Für meine Begriffe hielt er mich viel zu fest und war zu besitzergreifend. Als wollte er unbedingt etwas demonstrieren, was zwischen uns nicht vorhanden war.

Ich zwang mich, nicht ständig in Moritz' Richtung zu schauen. Ich wollte gar nicht wissen, ob er mit Vivien genauso tanzte wie eben mit mir. Ob seine Hand an ihrem Rücken ihr denselben festen, sicheren Halt gab.

Die Musik dröhnte weiter, aber der Zauber war verflogen.

Und das war auch gut so. Zumindest redete ich mir das ein.

Kapitel 19

Der sommerleichte Weißwein und das eine oder andere Glas Champagner auf das Brautpaar hatten längst ihre Wirkung entfaltet, als Benedikt mich von der Tanzfläche zog, die sich zunehmend gefüllt hatte. Nur vereinzelt standen kleine Grüppchen im Saal oder in der Hotellobby, die er mit mir durchquerte, um auf die Terrasse zu gelangen, wo inzwischen Lichterketten an der Brüstung und den Sträuchern, die in Topfen die Ränder säumten, leuchteten. Er führte mich bis ganz ans Ende, von wo aus eine Treppe zum hoteleigenen Strandabschnitt ging. Ein paar Meter weiter blieb er abrupt stehen.

Mein Herz klopfte unangenehm. Ich konnte nur ahnen, was gleich kommen würde.

»Können wir reden?«, fragte er freundlich, aber bestimmt.

Ich nickte mechanisch. Die ganze Zeit schon hatte ich seine Blicke gespürt, die Art, wie er jeden meiner Schritte verfolgte. Diese Blicke, die ich vor ein paar Wochen noch charmant gefunden hatte und die mir jetzt ein beklemmendes Gefühl bescherten. Moritz' unergründliche Miene während des Essens hatte die Situation nicht besser gemacht. Die Spannung am Tisch war fast schon mit Händen greifbar gewesen, sodass ich mich wie ein Kaninchen zwischen zwei Wölfen gefühlt hatte.

Und überhaupt – wie abschätzig er Moritz die ganze Zeit gemustert hatte. Und wie besitzergreifend er mit mir getanzt hatte. Es war also sicher gut, das noch einmal zu bereden. Denn wenn das seine Auffassung von Freundschaft war, musste er auf mich verzichten.

Nun standen wir hier am Strand. Die Musik hörte ich von hier aus nur noch wie ein gedämpftes Wummern. Meine Handflächen wurden feucht.

»Benedi-« Weiter kam ich nicht, weil er mich unterbrach.

»Luna«, begann er und trat näher an mich heran. Für meinen Geschmack zu nahe. Sein vertrautes Aftershave, das ich einst so gemocht hatte, löste Unbehagen in mir aus. »Ich weiß, warum du mich gebeten hast, dich zu begleiten. Das Freundschaftsding war nur ein Vorwand, weil du noch nicht sicher warst.« Das verheißungsvolle Funkeln in seinen Augen konnte nichts Gutes bedeuten.

»Benedikt, ich –« Panik kroch meine Wirbelsäule hinauf, während ich sicherheitshalber einen Schritt nach hinten wich. Ich kannte diesen Blick in seinen Augen – den er auch gehabt hatte, als er von unserer gemeinsamen Zukunft gesprochen. In genau diesem Tonfall hatte er mit damals mitgeteilt, dass er einen Immobilienmakler mit der Suche nach einer Eigentumswohnung für uns beauftragt hatte.

Dass eine Flucht für mich die einzige Möglichkeit war, lag auf der Hand. Auch wenn das alles sehr verlockend klang. Und vor allem nach sehr viel Sicherheit. Aber eben auch nach mindestens genauso viel Risiko. Und ich war nicht bereit gewesen, das mit ihm einzugehen.

»Sch.« Er legte einen Finger an meine Lippen, was sich seltsam und übergriffig anfühlte. Seine andere Hand glitt an meine Taille. Mein Körper versteifte sich. Sofort war mein gesamtes Nervensystem in Alarmbereitschaft.

»Du musst nichts weiter sagen. Ich verstehe, dass du noch Zeit brauchst. Und weißt du was? Du bekommst von mir alle Zeit der Welt. Weil ich einfach warte, bis du so weit bist.«

Ach, na toll, das wurde ja immer besser.

Ein leises Seufzen kam über meine Lippen, während ich versuchte, mich aus seinem Arm zu befreien. Es gelang mir schließlich und ich wich zurück, stieß dabei mit einem Sanddornstrauch zusammen, der mir unangenehm in den Rücken piekte.

»Ich fürchte, du hast da was falsch verstanden. Es tut mir leid. Das Freundschaftsding, wie du es nennst, war absolut ernst gemeint.« Meine Stimme klang dünn, fast ängstlich. Wo war meine Stärke, wenn ich sie brauchte?

»Du änderst deine Meinung ganz bestimmt. Wir haben ja gerade festgestellt, dass wir alle Zeit der Welt haben.« Er beugte sich zu mir, dass sich unsere Nasenspitzen fast berührten. In seinen Augen blitzte etwas auf und wie in Zeitlupe erkannte ich, was er vorhatte.

Übelkeit stieg in mir auf. Mein Puls donnerte in den Handgelenken und im Hals, dass mir ganz schwindelig wurde. Wie hatte ich mich so in ihm täuschen können? »The smallest man who ever lived« kam mir in den Sinn und jedes Wort traf einfach so ins Schwarze, was Benedikt betraf. »Nein, daran wird sich nichts ändern. Heute nicht, morgen nicht und übernächste Woche oder nächstes Jahr auch ...«

»Hey!« Moritz' Stimme schnitt durch die Abenddämmerung wie ein japanisches Schwert. »Lass sie los!«

Ein Ruck ging durch meinen bebenden Körper. Hatte er mich gesucht? War er zufällig hier gelandet? Eine absurde Mischung aus Erleichterung und neuer Anspannung durchflutete mich.

Bitte nicht noch mehr Chaos.

»Du kannst wieder reingehen und mit deiner Barbie flirten. Das hier geht dich nichts an«, knurrte Benedikt bedrohlich, ohne sich umzudrehen. Ich spürte, wie sich seine Finger wieder in meine Taille gruben – nicht schmerzhaft, aber besitzergreifend.

»Wenn du sie nicht sofort loslässt ...« Moritz' Stimme hatte diesen gefährlichen Unterton, den ich von früher kannte, wenn er sich mit jedem angelegt hatte, der mir zu nahe kam. Damals hatte mir dieser Beschützerinstinkt geschmeichelt. Allerdings konnte ich mich jetzt nicht entscheiden, ob ich froh darüber sein sollte, dass er hier war oder ob er mir mit seiner Anwesenheit einfach nur auf die Nerven ging.

Mit wenigen Schritten und einem parcourreifen Sprung über die Terrassenbrüstung war er bei uns. Sein Blick glitt zwischen mir und Benedikt hin und her. In seinen Augen sah ich, dass er zu allem bereit war.

»Moritz, bitte ...« Ich versuchte, mich zwischen die beiden Kampfhähne zu schieben. Mein Herz raste, Adrenalin pumpte durch meine Adern. Das konnte nicht gut gehen.

Abermals verfluchte ich meine Idee, Benedikt überhaupt eingeladen zu haben. Was hatte ich mir nur dabei gedacht?

»Du glaubst wohl, du kannst hier den Helden spielen? Nach allem, was du ihr angetan hast?« Benedikt drehte sich zu Moritz um und spie ihm die Worte abschätzig vor die Füße.

»In erster Linie sehe ich nur, dass Luna sich unwohl fühlt und du das entweder nicht checkst oder es dir egal ist.« Trotz der Angriffsbereitschaft in seinem Blick blieb Moritz ganz ruhig.

Dabei war die Ironie einfach nur zum Schreien: Beide glaubten, in meinem besten Interesse zu handeln, und keiner von ihnen sah dabei mich. Keiner von beiden checkte, dass ich weder auf Benedikts verzweifelte Annäherungsversuche noch Moritz ritterliche Rettungsaktion Wert legte.

»Ach, und ausgerechnet du willst sie beschützen? Der Typ, der sie einfach sitzengelassen hat? Der ihr das Herz gebrochen hat?«, holte Benedikt erneut zu einem verbalen Schlag aus.

Das war genug. Mir reichte es. Mein Magen verknotete sich unangenehm. Ich riss die Hände in die Luft und schrie: »Stopp! Hört auf!« Meine Stimme überschlug sich zitternd. Brodelnde Wut schoss durch meinen Körper. Sowohl Benedikt als auch Moritz hielten inne und starrten mich an, beide mit diesem typisch männlichen Beschützerinstinkt im Blick, der mich noch ganz wahnsinnig machte. Und der mich klein machte, wie ich just in diesem Moment erkannte. Der mich zurück in eine Rolle drängte, die ich nicht mehr spielen wollte. Keiner von beiden musste mich vor irgendetwas beschützen.

»Ihr ...« Ich holte tief Luft. Spürte, wie sich eine Sturmböe in mir aufbauschte. »Ihr macht mich verrückt.

Beide.« Mit dem Sturm kam die Erkenntnis, die sich in meinem Unterbewusstsein schon seit Tagen angebahnt hatte. Vielleicht schlummerte sie schon länger in mir. Jedoch war sie noch nie zu vor so klar wie jetzt.

»Luna.« Moritz ergriff als Erster das Wort, während Benedikt immer noch nach Luft schnappte. Er machte einen Schritt auf mich zu, aber ich hob abwehrend die Hände. Zum ersten Mal seit einer Ewigkeit fühlte ich mich stark. Aus den Augenwinkeln sah ich, dass Benedikt nun auch das Gleiche vorhatte und wehrte auch seine Annäherung ab.

»Ihr bleibt beide, wo ihr seid.« Meine Stimme bebte, wurde aber mit jedem Wort fester. Klarer. Wie ein reißender Fluss, der lange auf der Suche nach einem Flussbett war und endlich seinen Weg gefunden hatte. Tief durchatmend wandte ich mich meinem Ex-Freund zu. »Benedikt, zwischen uns läuft nichts mehr. Auch zukünftig nicht. Nie wieder. Das Freundschaftsding funktioniert für uns offensichtlich nicht. Es war ein Fehler, dich zu bitten, mich zu begleiten und ich entschuldige mich dafür.«

Abermals schnappte er noch Luft. Ich sah den Schmerz in seinen Augen, aber zum ersten Mal fühlte ich mich nicht schuldig deswegen.

»Aber ...« Er wollte etwas einwenden, doch ich drehte mich bereits zu Moritz. Sein besorgter Blick traf mich mitten ins Herz, aber ich blieb stark.

Ich bohrte meinen Zeigefinger in seinen Brustkorb, dass ich den Abdruck danach im Stoff sah. »Und du ... du brauchst gar nicht den großen Beschützer zu spielen. Ich bin nicht mehr das kleine Mädchen von damals, das gerettet werden muss. Ich kann sehr gut auf mich selbst aufpassen.«

»Ich wollte nicht ...«, begann er, aber ich schüttelte den Kopf. Die Energie der inneren Sturmböe durchströmte mich und brachte immer mehr Klarheit in meinen Kopf.

»Doch, genau das wolltest du. Wieder der Held sein. Aber weißt du was? Ich brauche keinen Helden. Ich brauche ... ich brauche einfach mal niemanden.« Die Worte platzten nur so aus mir heraus, bevor sich ein fast schon hysterisches Lachen aus meiner Kehle befreite, als hätte es da eine halbe Ewigkeit festgesteckt. Tränen brannten in meinen Augen, aber es waren keine Tränen der Trauer. Oder der Reue.

»Ich brauche tatsächlich niemanden. Keinen Ex-Freund, der die Vergangenheit nicht ruhen lassen kann.« Ich nickte in Benedikts Richtung. »Und keine Jugendliebe, die nach zehn Jahren wieder auftaucht und meint, mein Leben durcheinanderbringen zu müssen. Ich brauche euch beide nicht.«

Ich trat ein paar Schritte zurück und strich mein Kleid glatt. Mein Körper zitterte, aber meine Stimme war fest. Ich spürte das Adrenalin, das in meinen Adern pulsierte.

»Wenn ihr mich jetzt entschuldigt – meine beste Freundin feiert heute ihre Hochzeit. Und ihr beide lasst mich ab jetzt bitte einfach in Ruhe.«

Mit geschickten Handgriffen schlüpfte ich aus den Riemchensandalen, nahm diese in eine Hand und ging dann mit hocherhobenem Kopf zurück zur Terrasse.

Ich hatte ganz vergessen, wie es sich anfühlte, frei zu sein. So als hätte jemand bei einem Computer die Reset-Taste gedrückt oder das Gerät auf Werkseinstellung zurückgesetzt, stellte ich gerade alle Zeichen auf einen Neustart.

Ich hatte endlich verstanden, dass es bei der ganzen Sache nicht um eine Entscheidung zwischen den zwei Männern ging. Viel mehr ging es darum, dass ich mich endlich, endlich für mich entschied. Und das hätte ich längst tun sollen.

Innerlich spürte ich, wie sich das unsichtbare Band, das mit dem ich Moritz all die Jahre festzuhalten versucht hatte, in Luft auflöste. Wenn der Adrenalinschub in meinem Körper nachgelassen hatte, würde es weh-tun. Es würde höllisch schmerzen, ihn endgültig loszulassen. Aber es war das Beste, was ich tun konnte. Für mich.

Die warme Sommerluft streichelte mein Gesicht, trocknete die einzelne Träne, die sich gelöst hatte. Sophie würde einen Blick auf mich werfen und sofort wissen, was los war. Und zum ersten Mal würde ich keine Ausreden mehr suchen. Ihr nicht mehr vorgaukeln, dass alles gut wäre. Mich nicht mehr rechtfertigen für falsche Entscheidungen.

Ab jetzt war ich einfach nur Luna.

Luna, die Fehler gemacht hatte.

Luna, die gerade dabei war, sich selbst wiederzufinden.

Und ich beschloss, dass das gut genug war.

Kapitel 20

Der Morgen nach der Hochzeit begrüßte mich mit strahlendem Sonnenschein und dem zehnten verpassten Anruf von Moritz. Ich starrte auf das Handydisplay, den Finger für einen Moment über dem Anrufen-Button schwebend, bevor ich das Telefon mit einem frustrierten Seufzen wieder in meine Handtasche stopfte.

Im Gegensatz zu Moritz hatte Benedikt es vorgezogen, noch letzte Nacht sämtliche Brücken zu mir abzubrechen. Er hatte mich bei WhatsApp blockiert, genauso auf Instagram und TikTok. Sogar auf LinkedIn – was irgendwie übertrieben erschien, aber vermutlich seiner verletzten Männlichkeit geschuldet war. Es war besser so. Ein klarer Schnitt. Keine falschen Hoffnungen mehr.

Mein Koffer war bereits gepackt. Bevor ich wieder nach Dresden fuhr, wollte ich allerdings Sophie noch einen kurzen Besuch abstatten. Sie würde es mir nie verzeihen, wenn ich mich ohne Abschied einfach aus dem Staub machen würde. Das war ohnehin eher Moritz' Stil.

Im Hotel war von der Hochzeit nichts mehr zu sehen. Auf der Außenterrasse standen die Tische und Stühle wieder wie im normalen Restaurantbetrieb. Im Fahrstuhl fuhr ich nach oben zur Suite, nicht ohne ein Schmunzeln auf den Lippen, weil ich an Moritz und den wirklich sehr heißen Kuss nach der Tanzstunde denken musste.

Sophie öffnete mir mit zerzausten Haaren und im Bademantel die Tür, aber ihr Gesicht strahlte immer noch diese frisch verheiratete Glückseligkeit aus.

»Luna!« Sie zog mich in eine feste Umarmung. »Komm rein! Finn ist gerade unter der Dusche.«

Ich folgte ihr in die Suite, wo ihr Brautkleid über der Sessellehne hing und Finn die Einzelteile seines Anzugs achtlos auf die Couch geworfen hatte. Eine angebrochene Champagnerflasche stand neben einem Teller mit kaum angerührtem Hochzeitstortenrest.

»Sieht ja nach 'ner wilden Hochzeitsnacht aus«. Anerkennend schnalzte ich mit der Zunge und wackelte mit den Augenbrauen.

Sophie winkte allerdings ab. »Ganz ehrlich. Dieses ganze Gerede um die Hochzeitsnacht ist Bullshit. Das wird vollkommen überbewertet. Wir waren einfach so kaputt, dass wir nur noch ins Bett gefallen sind. Den Rest holen wir dann auf Bali nach.« Jetzt wackelte sie mit den Brauen, während ich mir die Ohren zuhielt.

»Erspar mir die Details, bitte«, kicherte ich. »Wann geht's eigentlich los?«

Ich ließ mich in einen der plüschigen Sessel fallen.

»In drei Tagen!« Sophie klatschte aufgeregt in die Hände. »Ich kann es kaum erwarten. Finn hat uns diese wahnsinnige Villa direkt am Strand gebucht, mit eigenem Zugang zum Meer und allem Drum und Dran.«

Sie plapperte weiter über Schnorchelausflüge und Tempeltouren, die sie unternehmen wollten. Während ich interessiert nickte, drifteten meine Gedanken immer wieder zu gestern Abend. Zu dem Moment am Strand, als ich endlich – endlich! – die Kraft gefunden hatte, für mich selbst einzustehen.

»Luna?« Sophies Stimme holte mich in die Gegenwart zurück. Sie musterte mich mit diesem durchdringenden Blick, den nur beste Freundinnen haben. »Willst du darüber reden?«

»Worüber?« Ich versuchte, unschuldig zu klingen.

»Och, ich weiß nicht.« Sie rollte mit den Augen. »Vielleicht über die Tatsache, dass du gestern Abend gleich zwei Männern eine Abfuhr erteilt hast? Oder dass Moritz die ganze Nacht wie ein angeschossener Wolf durch die Hotellobby gestreift ist und permanent auf sein Handy gestarrt hat?«

Mein Herz machte diesen verräterischen kleinen Sprung bei der Erwähnung seines Namens. Ich hasste es, nahm mir aber innerlich selbst das Versprechen ab, das in den Griff zu kriegen. Es war nur eine Frage der Zeit, bis das aufhören würde.

»Da gibt es nichts zu bereden«, sagte ich fest. »Ich habe die richtige Entscheidung getroffen.«

»Sicher?« Sophie lehnte sich vor. »Ach Luni, ich kenne dich seit einer gefühlten Ewigkeit. Ich weiß, wie du aussiehst, wenn du verliebt bist. Und so, wie du Moritz gestern beim Tanzen angesehen hast ...«

»Das spielt keine Rolle.« Ich stand abrupt auf und trat an das bodentiefe Fenster. Die Sonne spiegelte sich in der Wasseroberfläche, sodass die sanften Wellen glitzerten wie Edelsteine. Der Strand zog sich wie ein goldenes Band an der Wasserkante entlang. »Er hatte zehn Jahre Zeit, sich zu entscheiden. Zehn Jahre, in denen er kein einziges Mal den Mut hatte, sich zu melden. Und jetzt? Jetzt verschweigt er mir so wichtige Dinge, bandelt mit mir an und trifft dann Entscheidungen über meinen Kopf hinweg – genau wie damals.«

»Ich weiß, was du meinst. Aber Menschen ändern sich«, erwiderte Sophie sanft. Sie war so vernünftig und sah immer das Gute in den Menschen. Dafür musste man sie einfach lieben.

»Tun sie das?« Ich drehte mich zu ihr um. »Er hat mir das Jobangebot in London verschwiegen. Manche Dinge ändern sich eben nicht.« Mein Handy vibrierte in meiner Tasche. Ich linste aufs Display. Es war wieder Moritz. Und wieder ignorierte ich es. »Weißt du«, fuhr ich fort, während ich auf das blinkende Display starrte, »zum ersten Mal seit Langem fühlt es sich richtig an. Als hätte ich endlich die Kontrolle über mein Leben zurück. Keine komplizierten Beziehungen mehr, keine emotionalen Abhängigkeiten. Nur ich.«

Sophie schwieg einen Moment. »Okay. Das ist eigentlich gut, oder? Aber ist dieses Gefühl es wert, möglicherweise die Liebe deines Lebens aufzugeben?«

Ich schluckte trocken. »Er ist nicht die Liebe meines Lebens.«

»Luna ...« Ihren mahnenden Unterton kannte ich nur zu gut.

»Nein, hör zu.« Ich setzte mich wieder. »Ja, mein Herz macht immer noch diese dummen Sprünge, wenn ich ihn sehe. Ja, als wir gestern getanzt haben, war es ... magisch irgendwie. Zumindest bis zu einem gewissen Punkt. Aber ich kann nicht wieder diejenige sein, die plant und hofft und am Ende mit gebrochenem Herzen dasteht. Ich will das nicht mehr, verstehst du? Ich brauche Sicherheit und Verbindlichkeit.«

Sophie nickte. »Weißt du, Sicherheit und Verbindlichkeit sind gut und schön. Aber es gibt Dinge im Le-

ben, für die gibt es keine Garantie. In der Liebe zum Beispiel. Entweder du lässt dich darauf ein oder du lässt sie
los. Und wenn du dich darauf einlässt, gehst du das Risiko ein, dass dir erneut das Herz gebrochen wird. Vielleicht geht es aber auch gut, niemand weiß das.«

Ich seufzte aus tiefstem Herzen. »Woher hast du bei
Finn gewusst, dass er der Eine ist?«

Ein verliebtes Lächeln legte sich auf ihre Lippen. »Ich
habe es nie gewusst. Es war viel mehr so ein Gefühl. Das
kann man nicht beschreiben. Wenn du es fühlst, weißt
du es einfach.«

In diesem Moment kam Finn aus dem Bad, in Jeans
und T-Shirt, die Haare noch feucht. Er blieb kurz stehen, als er die Stimmung im Raum spürte.

»Alles okay bei euch?«

Sophie warf ihm einen bedeutungsvollen Blick zu.
»Luna fährt gleich nach Dresden zurück.«

»Oh.« Er kratzte sich am Kopf. »Heute schon? Dachte,
du bleibst noch? Ist es wegen gestern Abend? Also, Moritz sah nach eurem Gefecht wirklich fertig aus.«

»Finn!«, zischte Sophie.

»Schon gut«, sagte ich lächelnd und stand auf. »Ich
will sowieso los.«

Sophie umarmte mich fest. »Du weißt, dass du jederzeit mit mir reden kannst, ja? Auch wenn ich in Bali am
Strand liege.«

Ich drückte sie noch fester. »Ich weiß. Danke.«

Wir verabschiedeten uns, ich wünschte den beiden
die allerschönsten Flitterwochen und Sophie ver-
sprach mir einen wahren Foto-Spam.

Auf dem Weg Parkplatz vibrierte mein Handy noch dreimal. Nachdem ich ins Taxi eingestiegen war, schaltete ich es schließlich ganz aus.

Schweren Herzens verabschiedete ich mich still von der Küstenlandschaft. Ließ das Meer hinter mir, genau wie die Ereignisse der letzten Tage. Wie einen intensiven Traum, aus dem man gerade erwacht war, wischte ich die Erinnerungen einfach weg.

Natürlich hatte Sophie recht – und wenn ich ganz ehrlich zu mir selbst war, wusste ich es ebenso –, mein Herz schlug für Moritz. Vermutlich würde es das immer tun. So war das nun mal mit der ersten großen Liebe, die prägte einen fürs ganze Leben. Aber manchmal musste man sein Herz eben ignorieren, auf seinen Kopf hören und der Vernunft den Vorrang geben. Oder seinem Stolz. Oder der starken Stimme, die einem zuflüsterte: »Du bist mehr als die Hälfte von irgendetwas. Du bist ganz.«

Am Nachmittag in Dresden angekommen, schaltete ich mein Handy wieder ein.

Siebzehn verpasste Anrufe.

Fünf Nachrichten.

Alle von Moritz.

Anstatt sie zu lesen, schob ich sie ins Nachrichtenarchiv.

Mit Taylors »Am I allowed to cry«-Playlist verkroch ich mich im Bett. Erst jetzt ließ ich zu, dass mich der Schmerz überrollte. Dass ich all das fühlte, was ich in den letzten Tagen gesagt hatte.

Es zerriss mir das Herz, dass ich erneut an dieser Stelle war. *Ich denke, ich habe den Film schon mal gesehen* wollte ich am liebsten ganz laut aus dem Fenster schreien. Aber nach außen hin blieb ich leise, während in mir drinnen ein Tornado alles umpflügte, was ich mühsam aufgebaut hatte.

Kapitel 21

Über vier Wochen hatte es gedauert, bis ich »Guilty as sin« hören konnte, ohne in Tränen auszubrechen. Bei jeder Textzeile hatte ich an Moritz gedacht. An seine sanften Berührungen, seine stürmischen Küsse, sein einnehmendes Lächeln, das mir jedes Mal weiche Knie beschert hatte.

Engelchen und Teufelchen, die mich zum Verzweifeln gebracht hatten, war still geworden. Ihnen waren wohl die Worte dafür ausgegangen, was passiert war.

Ich hatte viel nachgedacht. Über mich. Mein Leben. Über alles irgendwie. Und ich hatte festgestellt, wie festgefahren ich war. Wie ich einer Beständigkeit hinterhergehechelt hatte, die ich auf Dauer würde nicht aufrechthalten können.

Zwar mochte ich mein Leben, so wie es war. Aber so war es eben auch langweilig. Wobei es nicht um irgendeinen wahllosen Kick ging. Vielmehr erkannte ich langsam, dass ich in letzten Jahren sehr viel Energie darauf verwendet hatte, die Wünsche und Ziele anderer zu verfolgen anstatt meine eigenen. Weil ich nie eigene Ziele hatte.

Doch inzwischen hatte ich verstanden, dass ich selbst auch Ziele brauchte, und hatte mir Gedanken gemacht. Gegoogelt und recherchiert. In mir hatte sich die Idee geformt, mein eigenes Business aufzubauen. Eines, bei dem ich von überall aus würde arbeiten können.

Als ich zu Hause in Dünenwiek gewesen war, hatte ich die tiefe Sehnsucht gespürt. Nach der Ostsee, dem Sand zwischen den Zehen, den salzigen Brisen, die der

Wind übers Meer wehte. All das fehlte mir zusätzlich zu meiner Familie. Und wenn ich remote arbeiten würde, könnte ich sie viel öfter besuchen.

Aber das war Zukunftsmusik und wollte natürlich gut durchdacht sein. Es barg ein gewisses Risiko, von dem ich noch nicht wusste, ob es eingehen wollte. Mit jedem Tag jedoch wurde das Ziel in meinem Kopf klarer. Eines Tages wäre ich mein eigener Boss.

In der Mittagspause ertappte ich mich dabei, wie ich gedankenversunken durch Instagram scrollte. Wie ferngesteuert gab ich in der Suche *Moritz König* ein und gelangte prompt auf sein Profil. Es zeigte nicht viele Beiträge, aber als ich seinen Feed begutachtete, blieben meine Augen an einem Foto hängen, von dem ich genau wusste, wann es entstanden war. Es war ein Selfie mit dem Hotel Strandhaus im Hintergrund. Moritz trug einen Anzug, ein weißes Hemd und ... die salbeigrüne Fliege. Er blinzelte gegen die Sonne, und sein Lächeln war einfach umwerfend. Mit Zeige- und Mittelfinger formte er ein V und ich fragte mich, was ihn in diesem Moment wohl so siegessicher gemacht hatte.

Ich entdeckte keine Fotos von London. Nicht einmal von München, wo er die letzten Jahre gelebt hatte. Dafür Selfies von ihm beim Fahrradfahren, beim Wandern, im Biergarten, am Schreibtisch ...

In meinem Magen kribbelte es seltsam beim Betrachten der Bilder. Als würden sich die totgeglaubten Schmetterlinge in meinem Bauch recken und strecken. Aber ich schenkte ihnen keine weitere Beachtung.

Seufzend aß ich meinen Salat auf und machte mich wieder an die Arbeit. Die heiße Phase für die Organisation der Kürbiszeit hatte begonnen und wir rotierten, damit alles glattlief.

Am Nachmittag zitierte mich meine Chefin Ingrid zu sich. Nervosität prickelte durch meine Adern, als ich ihr Büro betrat, weil ich nicht einschätzen konnte, worum es ging. Hoffentlich um die Beförderung zur Marketingleiterin, vielleicht hatte ich aber auch Mist gebaut.

»Setz dich«, empfing sie mich mit einem freundlichen Lächeln.

»Was gibt es denn?« Ich nahm auf dem orangeroten Sessel Platz, der vor ihrem Schreibtisch stand. Vor lauter Aufregung wurden meine Handflächen feucht.

»Ich wollte mit dir über den Posten der Marketingleitung sprechen. Du weißt ja, wie sehr ich es begrüßen würde, wenn du den übernimmst.«

Meine Wangen glühten und Schweißperlen sammelten sich auf meiner Oberlippe. Genau auf diese Position hatte ich hingearbeitet. Hatte mir vorgestellt, wie es sich anfühlen würde, die Leitung übertragen zu bekommen. Wie glücklich es mich machen würde, eine Führungsposition zu erhalten.

Aber als ich in diesem Moment in mich hineinhorchte, war da nichts. Kein Glücksgefühl. Nicht einmal ein Funke. Stattdessen tauchten in meinem Kopf Bilder vom Ostseestrand auf. Von einem kleinen Büro, vielleicht in Binz oder in Sellin. Möglicherweise auch in Stralsund. Und prompt schoss ein Kribbeln durch meine Adern.

Plötzlich wusste ich es. Alles war glasklar. Der Drang in mir wuchs, etwas nur für mich zu tun. Das was riskant, konnte aber gutgehen.

Wie die Sache mit Moritz ...

Für einen Wimpernschlag sammelte ich meine Gedanken. »Ich weiß es zu schätzen, dass du mir die Leitung der Marketingabteilung übertragen möchtest und danke dir für dein Vertrauen in mich. Aber ich glaube, ich kann das nicht übernehmen.«

Meine Chefin lehnte sich in ihrem Bürostuhl zurück, der die gleiche Farbe hatte wie der Sessel. Ein zufriedenes Lächeln umspielte ihre Lippen. Ich hatte mit Gegenwind gerechnet. Hörte sie mir nicht zu?

»Ich werde die Leitung nicht übernehmen«, wiederholte ich und spürte die Kraft in mir, die das Nein zu diesem Posten mit sich brachte.

Ingrid legte die Handflächen aneinander und sah mich fragend an. »Weil?«

Ich tat das Richtige, oder? »Weil ich ... nun ja, wie soll ich es sagen ... Weil ich ... kündige.«

Erstaunlicherweise fiel es mir leicht, diese Worte auszusprechen. Noch viel erstaunlicher war jedoch, dass ich dabei keinerlei Angst verspürte.

Sie beugte sich nach vorn. »Das ist wirklich sehr schade. Mit dir verliere ich eine meiner fähigsten Mitarbeiterinnen. Aber ich verstehe deine Entscheidung. Und ehrlich gesagt, habe ich schon länger damit gerechnet.«

Oh. Okay.

»Da bist du mir um einiges voraus«, sagte ich und lachte auf. Meine Gedanken wurden immer klarer.

»Was hast du vor?«, wollte Ingrid neugierig wissen.

»So genau weiß ich das ehrlich gesagt noch nicht, aber vielleicht mache ich meine eigene kleine Marketingagentur auf.«

Ihr Lächeln wurde breiter. »Das kann ich mir total gut vorstellen. Und du wirst das großartig meistern, da bin ich mir ganz sicher. Wenn du Referenzen brauchst, sag Bescheid. Nur eine Sache musst du mir versprechen, ja?«

Ich war verblüfft, wie gelassen sie es hinnahm, dass ich gerade gekündigt hatte. »Ja, was denn?«

»Wir arbeiten weiterhin zusammen, schließlich bist du mit allem vertraut. Ich habe mir schon länger überlegt, ob es nicht vielleicht besser und vor allem ressourcenschonender wäre, gewisse Bereiche der Firma auszulagern. Das Marketing gehört dazu. Und nun hast du mir diese Entscheidung abgenommen.«

Das bedeutete wohl, dass ich meinen Job ohnehin über kurz oder lang verloren hätte.

Für ein paar Sekunden hielt ich inne, lauschte in mich hinein. Aber da war nur Stille. Gelassenheit. Vorfreude. Kein Frust, kein Ärger, kein Groll.

»Dann ist es wohl Schicksal, dass ich mich so entschieden habe. Und ich würde mich sehr freuen, wenn wir weiterhin zusammenarbeiten.«

Wir besprachen noch ein paar Details und Ingrid gab mir ein paar Tipps für meine Firmengründung mit auf dem Weg. Ihr Angebot, sie jederzeit um Rat fragen zu können, schätzte ich sehr.

Als ich am Abend mit Sophie telefonierte, um ihr von den Neuigkeiten zu berichten, schrie sie vor lauter Freude ins Handymikro. »Endlich, Luni. Das ist das Leben. No risk, no fun.«

»Sagt die mit dem festen Job in der Hotelbuchhaltung«, frotzelte ich zurück.

Tatsächlich mischte sich zu all der Vorfreude auch eine gute Portion Skepsis, ob ich der Selbstständigkeit gewachsen war. Nicht nur finanziell, darüber machte ich mir weniger sorgen, weil ich ausreichend Rücklagen aufgebaut hatte. Aber was, wenn ich nicht genug Kunden bekam? Schnell wischte ich den Gedanken fort. Es würde gutgehen. Punkt.

Wir plauderten über die Arbeit und Sophie schwärmte von ihren Flitterwochen auf Bali, bevor ich noch eine letzte Frage loswerden wollte, die mir schon die ganze Zeit unter den Nägeln gebrannt hatte.

»Du sag mal, hast du etwas von ... Moritz gehört?«

»Oh, wir nennen ihn beim Namen?« Sie kicherte.

»Natürlich tun wir das, wir sind erwachsen geworden«, flachste ich zurück und wurde wieder ernst. »Also, hast du?«

»Nein, in den letzten Wochen nicht. Wir waren ja nicht da und haben auch wirklich gar nichts von der Außenwelt mitgekriegt.« Sie seufzte theatralisch.

Wie schön es doch sein musste, in so einer Liebesblase zu leben ...

»Und du? Habt ihr mal telefoniert oder so?«

Ich schluckte. Mehr als einmal hatte ich seinen Kontakt aufgerufen und war kurz davor gewesen, seine Nummer zu wählen. Hatte es aber doch nicht getan. Weil ich nicht wusste, was ich ihm sagen sollte.

»Nein«, antwortete ich kleinlaut.

»Du weißt aber schon, dass du gerade das gleiche abziehst, wie er damals, oder? Das ist schon bisschen fies, findest du nicht?«

»Ja, ich schätze, damit liegst du gar nicht so falsch.«

Sie hatte es auf den Punkt gebracht. Ich wusste schließlich genau, wie beschissen ich mich gefühlt hatte, als Moritz damals jeden meiner Kontaktversuche ignoriert hatte. Und ich tat seit Wochen das Gleiche. Das war nicht fair, das wusste ich. Mein Herz zuckte schmerzhaft zusammen bei dem Gedanken an diese unglaubliche Leere, die ich damals gefühlt und die mich schier aufgefressen hatte.

Ich würde mich bei ihm melden. Irgendwann, wenn ich in mein neues Leben gestartet war.

Jetzt standen erst einmal alle Zeichen auf einen grandiosen Neuanfang. Und das bedeutete eben genau das: neu anfangen, ohne alten Ballast. Ohne komplizierte Gefühle. Ohne Männer, die nicht wussten, was sie wollten.

Ich wusste es inzwischen dafür umso besser. Jetzt ging es darum, ich selbst zu sein.

Nichts und niemand würde mich mehr daran hindern, mein Leben nach meinen Vorstellungen zu gestalten.

Und ganz bestimmt würde ich auch über Moritz hinwegkommen.

Irgendwann.

Vielleicht.

Epilog

Drei Monate später

»Ich geh zum Strand, da kann ich besser nachdenken«, rief ich meiner Mutter zu, die draußen im Garten im Blumenbeet buddelte. Es war einer dieser schönen Herbsttage, an denen sich der Sommer ein letztes Mal aufbäumte und alles gab. Eine der letzten Gelegenheiten, es sich mit einer Decke am Strand gemütlich zu machen, bevor der Herbst endgültig Einzug hielt.

»Mach das, mein Schatz. Bist du zum Abendessen noch da?«

»Nein, ich bin mit Sophie verabredet. Aber ich hole mein Fahrrad dann noch und verabschiede mich richtig, ja?«

»In Ordnung. Bis nachher.«

Inzwischen bewohnte ich eine kleine Zweiraumwohnung in Sellin und hatte einen Büroraum in Binz gemietet, von dem aus ich arbeitete. Alles hatte sich verändert. Ich hatte mein ganzes Leben umgekrempelt und es ging mir so gut wie nie. Dass ich wieder in meiner Heimat wohnte und meine Eltern regelmäßig sehen konnte, machte mich glücklich.

Gemütlich schlenderte ich über die alten Holzblanken, die den Weg durch die Dünen bis zum Beginn des Strandes säumten. Die salzige Brise der Ostsee wehte mir über die Nasenspitze und durchs Haar.

Am Strand suchte ich mir ein ruhiges Fleckchen, breitete eine Decke aus und versank in meiner Arbeit. Es hatte sich von Anfang an richtig angefühlt, für mich zu arbeiten. Und wie von selbst waren Kunden auf mich zugekommen, nicht zuletzt, weil Ingrid mich weiterempfahl. Endlich konnte ich nach meinen eigenen Regeln arbeiten und betreute Start-ups und kleine Unternehmen im Online-Marketing, baute mit ihnen Social-Media-Präsenzen auf und entwickelte Werbekonzepte. All das, was ich schon immer am liebsten gemacht hatte.

Zufrieden speicherte ich eine Datei mit einem angefangenen Content-Konzept und klappte den Laptop zu, um ihn vor Sand und Salz geschützt wieder in meiner Tasche zu verstauen. Kreatives Arbeiten am Meer gehörte definitiv zu meiner neuen Work-Life-Happiness.

Im Moment fühlte sich alles gleichzeitig surreal und absolut richtig an.

Es war so aufregend, dass meine Haut kribbelte, wann immer ich darüber nachdachte, um zum Beispiel nach einem passenden Namen für meine Agentur zu suchen, der mir noch fehlte. Wann immer ich einen Gedankenblitz dazu hatte, notierte ich ihn in meiner Notizapp. Gerade ergänzte ich *Leuchtfeuer Marketing* – das gefiel mir richtig gut, weil ich für meine Kunden wie ein Leuchtturm sein wollte, der ihnen den Weg zeigte und sie begleitete. In den nächsten Tagen würde ich mich entscheiden, damit ich endlich ein Branding für mich aufbauen konnte.

Seufzend streckte ich mich. Die untergehende Sonne tauchte den Strand in herbstlich warmes Licht. Mit ein paar tiefen Atemzügen füllte ich meine Lunge.

Meine Erinnerungen drifteten für einen Moment ab. Ein paar Kilometer weiter hatte ich vor ein paar Monaten meine eigene Unabhängigkeitserklärung abgegeben.

Was sich damals wie ein Ende angefühlt hatte, war der Anfang von etwas ganz Großem, dessen Ausmaß ich damals noch nicht hatte kommen sehen.

»Luna?«

Ich hielt die Luft an, als ich meinen Namen hörte. Mein Herz holperte für einen Moment.

Diese Stimme.

Ich brauchte mich nicht umzudrehen, um zu wissen, wer da hinter mir stand. Monatelang hatten wir nichts voneinander gehört. Ich war in der Lage gewesen, eine Marketingagentur zu gründen, hatte aber nicht genug Mumm gehabt, um mich bei Moritz zu melden.

Und jetzt tauchte er hier auf, als hätte das Universum beschlossen, dass es noch nicht fertig mit uns war.

Langsam drehte ich mich um. Ich wollte es einfach mit eigenen Augen sehen. Moritz stand keine fünf Meter von mir entfernt, in Jeans und Sweatshirt, die Hände in den Hosentaschen vergraben. Ein müdes Lächeln zupfte an seinen Mundwinkeln, ein Schatten von Bartstoppeln zierte seine Wangen. Er sah müde aus.

»Was machst du denn hier?«, fragte ich mit piepsiger Stimme, während ich wieder das Gefühl von flatternden Schmetterlingen im Bauch hatte.

»Ich wohne wieder hier. Also in Stralsund.« Er machte einen zögerlichen Schritt auf mich zu.

»Oh. Ich dachte, du bist in London«, erwiderte ich und stand auf, klopfte mir den Sand von den Beinen.

»Ich habe das Jobangebot nicht angenommen.«

Ein erneutes, noch erstaunteres »Oh« kam über meine Lippen.

»Ich wollte es dir schon damals am Abend der Hochzeit sagen, aber irgendwie kam ich nicht dazu.« Sein schiefes Grinsen erwischte mich eiskalt und plötzlich waren all die Gefühle wieder da. Dieses Flattern im Magen, das Kribbeln auf der Haut und dieses süße Ziehen im ganzen Körper.

»Tut mir leid, dass ich mich nicht gemeldet habe«, murmelte ich schuldbewusst.

»Schon gut. Ich schätze, ich habe es nicht anders verdient.«

Seine Worte trafen mich und es schmerzte, dass ich ihn hatte dasselbe fühlen lassen.

»Weißt du, manchmal braucht man einen Weckruf, um zu erkennen, was man wirklich will.« Er trat noch näher an mich heran. Wie gut ich wusste, was er damit meinte.

»Und hast du erkannt, was du willst?", flüsterte ich, unsicher, ob ich die Antwort auf diese Frage überhaupt hören wollte.

Noch ein Schritt näher zu mir. »Ich glaube, ja. Ich will Ostseeküsse. Mit dir.«

Mein Herz machte einen fünffachen Axel. »Moritz ...«

»Nein, bitte.« Er hob die Hand. »Lass mich ausreden. Die letzten Wochen waren die Hölle. Ich habe jeden Tag auf deine Antwort gewartet, habe tausend Nachrichten geschrieben und wieder gelöscht. Ich weiß jetzt, wie du dich damals gefühlt hast. Aber mir ist klar geworden, dass ich im Begriff war, das gleiche zu tun wie vor zehn Jahren, und was das bei dir ausgelöst haben muss. Ich

Idiot war dabei, wieder den gleichen Fehler zu machen.«

Im Licht der untergehenden Sonne schimmerten seine Augen bernsteinfarben und ich verlor mich in ihnen.

»London wäre eine Flucht gewesen«, fuhr er fort. »Genau wie damals nach dem Abi. Ich hatte einfach Angst. Vor diesen intensiven Gefühlen, die mich fast erdrückt haben. Vor der Verantwortung, vor ... mir. Aber ich bin nicht mehr der Junge von damals, Luna. Ich laufe nicht mehr weg.«

»Warum hast du mir nicht einfach von dem Angebot erzählt?«, hakte ich nach, weil es mir einfach keine Ruhe ließ und mein Herz eine Antwort brauchte.

Verlegen fuhr er sich mit der Hand durchs Haar. »Weil ich wusste, dass du alles Mögliche daran gesetzt hättest, mitzukommen. Du hättest dein Leben hier aufgegeben, nur um bei mir zu sein. Dafür wollte ich nicht verantwortlich sein. Wieder einmal.« Er lachte bitter. »Ziemlich bescheuert, oder? Ich wollte dich beschützen und habe dabei genau das Falsche getan.«

»Also, mal davon abgesehen, dass es ja meine Entscheidung gewesen wäre, aber ich wäre nicht mitgekommen«, sagte ich.

Er blinzelte überrascht. »Was?«

»Ich wäre nicht mit nach London gekommen.« Ein Lächeln breitete sich auf meinem Gesicht aus. »Zumindest nicht die Luna, die jetzt gerade vor dir steht. Ja gut, die Luna von vor einem Vierteljahr wäre vermutlich eingeknickt und hätte ihre Koffer gepackt. Aber ich richte mein Leben nicht mehr nach anderen aus. Außerdem habe ich gerade meine eigene Agentur gegründet.« Voller Stolz drückte ich mein Rückgrat durch und reckte mein Kinn nach vorn.

»Wow, das ist großartig. Die neue Luna gefällt mir«, raunte er sanft und überbrückte die letzten Zentimeter, die uns noch trennten.

Die Art, wie er mich dabei ansah – voller Bewunderung und etwas, das verdächtig nach Liebe aussah –, ließ meine Knie weich wie Wackelpudding werden.

»Kein nine to five mehr, keine Kompromisse. Ich mache mein eigenes Ding. Und zum ersten Mal in meinem Leben ist es mir egal, ob das zu den Plänen von irgendjemandem passt.« Mein Herz raste, während mein Blick zu seinen Lippen glitt.

Sein Lächeln wurde breiter und nahm mich gefangen. »Das ist stark, Luna. Diese Begeisterung steht dir unheimlich gut.«

Eine Möwe kreischte über uns, als wollte sie ihre Zustimmung kundtun.

»Also«, sagte ich und versuchte, das Zittern in meiner Stimme zu kontrollieren, »was machen wir jetzt?«

Moritz war mir inzwischen so nah, dass sein Atem meine Nasenspitze kitzelte und der Duft seines Parfums meine Sinne vernebelte. »Das kommt darauf an.«

»Worauf?«

»Darauf, ob du bereit bist, einem reformierten Idioten noch eine Chance zu geben.«

Mein Herz hämmerte so laut, dass ich der Ansicht war, ganz Dünenwiek müsste es hören. »Wir haben uns wohl beide nicht mit Ruhm bekleckert«, gab ich zu.

»Ja, das stimmt. Aber immerhin bin ich ein verliebter Idiot.«

Ich schluckte und biss mir dann auf die Unterlippe.

»Du liebst mich also?«

Sanft umschloss er mit seinen Händen sein Gesicht und seine Haut auf meiner zu spüren, löste ein Feuerwerk in mir aus. Erst jetzt merkte ich, wie sehr ich mich nach seinen Berührungen gesehnt hatte. »Luna Winkler, ich wiederhole mich sehr gerne. Ich habe dich schon immer geliebt. Zehn Jahre lang habe ich gefühlt eine Milliarde Küsse für dich aufgehoben und ich schwöre dir, du bekommst sie alle. Jeden einzelnen.«

Die Welt um uns herum schien stillzustehen. Das Rauschen der Wellen, die Möwen über uns, selbst der Wind – alles verstummte. Ich verlor mich vollkommen in diesem Moment.

Da waren nur noch Moritz' Hände an meinen Wangen, seine Daumen, mit denen er zärtlich über meine Haut strich. Mein Herz hämmerte so wild in meiner Brust, dass ich kaum atmen konnte.

Als sich seine Lippen endlich auf meine senkten, war es wie ein stummes Versprechen. Anders als die verzweifelten, leidenschaftlichen Küsse in jener Nacht vor ein paar Monaten, die einen faden Beigeschmack gehabt hatten, fühlte sich dieser Kuss wie ein Neuanfang an. Wie ein wortloser Eid, dass wir es diesmal richtig machen würden. Jede sanfte Berührung seiner Lippen war wie ein Schwur – nie wieder davonlaufen, nie wieder Geheimnisse, nie wieder ohneeinander. Seine Lippen bewegten sich behutsam auf meinen, zaghaft und vorsichtig, als hätte er Angst, ich könnte zerbrechen. Oder verschwinden.

Tränen der Erleichterung rollten über meine Wangen, und ich spürte, wie auch seine Wimpern feucht waren, als sie meine Haut streiften. All die unterdrückten Gefühle der letzten Jahre brachen mit einem Mal aus uns heraus. Ich krallte meine Finger in sein Sweatshirt, während der Kuss intensiver wurde, leidenschaftlicher und fordernder. Seine Arme schlossen sich fester um mich, Moritz hob mich hoch, als wollte er jeden Millimeter Abstand zwischen uns zunichtemachen.

Als wir uns voneinander lösten, beide atemlos und zitternd, lehnte er seine Stirn gegen meine. Seine Augen waren dunkel und voller Emotionen. Mit zitternden Fingern wischte er die Tränen von meinen Wangen.

»Ich liebe dich, Sprotte«, flüsterte er erneut, seine Stimme rau vor Gefühl. »So sehr.«

Ich schluckte gegen den Kloß in meinem Hals an. »Ich liebe dich auch«, brachte ich hervor, und es war, als würde eine Last von meiner Seele fallen, die ich zehn Jahre lang mit mir herumgetragen hatte. »Ich habe nie damit aufgehört.«

Er küsste meine Tränen weg, eine nach der anderen, während seine Hände sanft über meinen Rücken strichen.

»Heißt das, du gibst uns noch eine Chance?«, fragte er, seine Lippen an meiner Schläfe.

Ich löste mich gerade weit genug von ihm, um ihm in die Augen sehen zu können. Diese Augen, die mich schon in der Schule verzaubert hatten. Die mich immer noch verzauberten.

»Ja«, sagte ich lächelnd durch meine Tränen. »Aber nur unter zwei Bedingungen.«

Mit den Händen umfasste er wieder mein Gesicht, mit den Daumen strich er über meine Wangen. »Alles.«

»Keine Geheimnisse mehr. Keine einsamen Entscheidungen. Wir sind Partner – oder gar nichts.«

»Partner«, wiederholte er nickend und zog mich wieder an sich. Dieses Mal war sein Kuss voller Versprechen. »Das gefällt mir.«

Zusammen sanken wir in den warmen Sand. Die letzten Sonnenstrahlen ließen das Meer wie flüssiges Gold aussehen, während wir uns weiter küssten, langsam und zärtlich, als hätten wir alle Zeit der Welt. Vielleicht hatten wir die ja auch. Seine Lippen wanderten zu meinem Hals, meiner Schulter, während er seine Hände in meinen Haaren vergrub. Ich seufzte leise, schmiegte mich enger an ihn.

Als käme es aus einer entfernten Galaxie hörte ich ein leises *Katsching*, vielleicht kam es aber auch direkt aus meinem Herzen, in dem das Glück wie ein Feuerwerk explodierte. Ein Lächeln stahl sich auf meine Lippen.

»Was ist eigentlich die zweite Bedingung?«, raunte Moritz und knabberte an meinem Ohrläppchen. Heißkalte Schauder rieselten meinen Rücken hinab.

»Küsse am Strand gehören zur Tagesordnung. Darauf bestehe ich.«

Er lachte leise. »Okay. Damit kann ich gut leben.«

Um seine Aussage zu untermauern, zog er mich noch näher an sich und drückte seine Lippen so fest auf meine, dass er mir fast den Atem raubte.

»Ostseeküsse schmecken einfach besser«, murmelte ich an seinen Lippen, bevor wir uns voneinander lösten und ich meinen Kopf an seine Schulter lehnte.

Liebe bedeutete, jemandem – also Moritz – die Macht zu geben, mich jederzeit zerstören zu können, aber darauf zu vertrauen, dass er es nicht tun würde. Ich hatte unendlich lange zehn Jahre gebraucht, um das zu verstehen. Es würde nie eine lebenslange Garantie für uns geben. Aber die brauchte ich nicht mehr. Viel wichtiger als Versprechen, von denen keiner wusste, wie lange man sie aufrechterhalten konnte, war der Moment. Das Hier und Jetzt war alles, was zählte.

Und jetzt, genau jetzt, war unser Moment.

An unserem Lieblingsplatz.

Mit ein bisschen Vergangenheit im Rücken und ganz viel Zukunft vor unseren Augen saßen wir hier. Und ich erkannte, dass das hier nicht nur eine zweite Chance für den reformierten Idioten war, der mir abermals das Herz gestohlen hatte.

Viel mehr war es eine zweite Chance für mich.

Die Chance, endlich ich selbst zu sein, weil ich beim ersten Mal noch nicht so weit gewesen war.

Danksagung

Liebe Leserin, lieber Leser!

Dass du Luna auf ihrer turbulenten Reise nach Dünenwiek (und zu sich selbst) begleitet hast, bedeutet mir die Welt. Ich hoffe, du hattest genauso viel Spaß beim Lesen wie ich beim Schreiben und hast die Ostseebrise an der Nasenspitze gefühlt. Vielleicht hast du sogar mit Luna mitgelitten oder dich gar mit ihr in Moritz verliebt.

Schon länger habe ich davon geträumt, einen Ostseeroman zu schreiben und als die Anfrage von Digital Publishers kam, musste ich nicht lange überlegen. Vielen Dank an euch, dass ihr an mich und diese Geschichte geglaubt und ihr ein so schönes Zuhause gegeben habt. Ein großes Dankeschön geht auch meine Lektorin Sarah, weil sie das Allerbeste aus dieser Geschichte herausgeholt hat.

Vielen Dank an meine Buchclub-Mädels Nicole und Jacky – euer Feedback als Testleserinnen ist so viel Wert.

Torsten von Buchgewand hat die Ostseeküsse eingekleidet und ich könnte nicht glücklicher über dieses wunderschöne Cover sein – ganz herzlichen Dank.

Es soll ja Menschen geben, die glauben, Schreiben sei ein einsamer Job. Aber nein, das ist er ganz und gar nicht. Im Lauf der Jahre sind viele Kolleginnen zu

Freundinnen geworden und ich schätze jede Verbindung von ganzem Herzen und bin so dankbar für den Austausch.

Der allergrößte Dank geht an meine Familie, die mich entbehren muss, wenn ich mal wieder im Schreibtunnel gefangen bin oder ein Lektorat rechtzeitig fertigstellen muss. Ohne euch würde ich all das nicht schaffen. Lieb euch bis zum Mond und wieder zurück!

Lass mich gern wissen, wie dir diese Geschichte gefallen hat. Unterstützen kannst du mich mit einer Rezension (die muss gar nicht lang sein, ein paar Worte genügen).

Wenn du mehr über mich, meine Bücher und mein Autorinnenleben erfahren möchtest, folge mir gern auf meinen Social-Media-Kanälen und abonniere meinen Herzpost-Newsletter.

Homepage: www.katrin-franke.de
Instagram: katrin.franke_kate.franklin